日本文明とは何か

山折哲雄

角川文庫
18366

目次

はしがき――文庫版のために 5
第一章 「弱い歴史」と「強い歴史」 11
第二章 文明の「断層線」 22
第三章 「自爆テロ」と「文明の衝突」論の行方 34
第四章 文明の「横断線」――「捨身飼虎」図の背景 46
第五章 パクス・ヤポニカの可能性 57
第六章 文明対話の調停者 68
第七章 宗教言語の聖性と世俗性 79
第八章 惨劇のシンボルから「平和」の象徴へ 90
第九章 死者を許す文明と許さない文明 101
第一〇章 大乗仏教と明治無血革命――トインビーの視線 112
第一一章 死者を許す文明の誕生 123
第一二章 看過されてきた「平和」の意味 135

第一三章　国家と宗教の相性　146
第一四章　学問世界の「神仏分離」体制　157
第一五章　「鎌倉時代＝宗教改革」論の幻想　168
第一六章　平和―戦争―平和の律動　179
第一七章　慈円の複眼的思考――花田清輝の着眼点　190
第一八章　象徴天皇制と日本型王権の特質　201
第一九章　天皇制における儀礼主義　212
第二〇章　天皇権威の源泉　224
第二一章　「歴史の終わり」と「最後の人間」　235
第二二章　「最後の人間」を越える日本モデル　246
第二三章　日本文明のグローバル化　258
第二四章　一筆平天下の戦略　270
第二五章　ガンディーによる「一筆平天下」　281
第二六章　無常セオリーの戦略　292
あとがき　304

はしがき——文庫版のために

　9・11の同時多発テロは、アメリカ文明の心臓部を直撃する世紀の大事件だった。とすれば3・11にこの日本列島で発生した大震災と福島原発の事故は、文字通り日本文明の根幹を脅かす未曾有の災害だったといっていいだろう。それはあい呼応するかのような形で、新しい世紀への転換期の危機意識を増幅させた。あらためて「文明」とは何か、という問いをわれわれの眼前につきつけたのである。

　9・11の当時、私は勤め先の国際日本文化研究センターで「日本文明」にかんする共同研究を立ちあげていた。世界の各地ではげしく進行する民族紛争や宗教対立を前に、これまでの日本文明の伝統と蓄積がどのような役割をはたすことができるのかという問いを立て、いくつかの思考実験をくり返していた。

　そんなとき、たまたま角川書店のPR誌『本の旅人』の編集部からの依頼で、そのような思考実験の一端を連載の形で発表することになった。総合タイトルをとりあえず『文明』を考える」としてはじめたのだったが、驚いたことに、その第一回目の「『弱い歴史』と『強い歴史』」を脱稿して編集部に送った直後に、あの9・11が発生した。このことが、つい昨日のことのように蘇る。まさに「文明の衝突」の不気味な胎動を感じたのである。

われわれはこれまで、民族とか宗教の要因は「近代化」の過程で克服されていく、という議論をしばしばきかされてきた。しかし二一世紀に入ってからの世界の状勢を見渡してみるかぎり、この民族と宗教の二要因がいぜんとして妖怪の衣裳をまとって世界の各地にさ迷いでて猛威をふるっていることを否定することができない。

世界の動きを、これまでの「近代」的な価値尺度だけで読みとることはもはやできないのではないか。そのような見方はもう賞味期限がきているのではないか。

さて、どうしたらよいのか。歴史の見方を根本的に変えなければならないのだろう、と思うようになったのだ。それで、本書で展開しているような問題意識を立てて思考実験をくり返してきたのである。

これまでの世界の一〇〇年は、戦争と革命の時代だった——よくいわれることだ。とすれば、これからの一〇〇年はどういう時代なのか。私は、大災害と道徳的頽廃の時代がやってくると思っている。

「地球の温暖化」がすすむかぎり、大災害のさらなる襲来は避けることができない。「旧約聖書」の冒頭に語られる「ノアの方舟」の物語が現実のものとなるだろう。

そしてまた、「経済成長」がつづくかぎりモラルの頽廃と窮乏化も容赦なく進行していくだろう。その先にみえている光景が「バベルの塔」の崩壊であり、「火宅無常」の現実である。

「地球の温暖化」と「経済成長」の今後の命運がこれからの地球を占う鍵となる。はたして大災害と道徳的頽廃の二一世紀を救うことができるのか、それとも滅亡に追いやるのか、メルクマールになる。私はそう思っている。その世紀の岐路に立って、日本文明はいったいどのような意味をもちうるのだろうか。これからの地球の運命にたいして、どのような役割をはたすことができるのか。今日のわれわれの緊急課題であるのだが、ここでは大きな枠組みとして三つぐらいのテーマを掲げておこう。

第一が、民主主義には一神教的な思考にもとづくタイプと多神教的な思考にもとづくものがあるだろうということだ。デモクラシーといえば、近代西欧発のものこそ本物と考えがちであるが、そんなことはない。民主主義の歴史を進化論的な図式で整理しようとすれば、そうもなるだろうが、しかしその見方はむしろ人類史の実相を見失わせる。理屈をいえば、民主主義とはそもそも多元的な価値観と弱小意見を尊重する統治システムのことだろう。

とすれば多神教的な世界観こそ、そのようなデモクラシー原理により適合的な考え方であるととらえた方がよい。正統派の政治・経済理論からは冷笑を浴びせられそうだが、今日の中東地域における自由化や民主化の押しつけが、一面で惨憺たる結果を招いていることを忘れてはいけない。

第二は、政教分離国家と政教一致国家にかんする常識的な見取図をとらえ直してみるということだ。9・11テロを契機に「文明の衝突」ということがいわれはじめたが、私の目にはむしろ、政教一致国家群と政教分離国家群の衝突、というように映っていた。政教分離の理念にもとづく自由主義国家群と政教一致の旗を掲げるイスラーム国家群の衝突、といってもいい。

しかしこのような見方は間違っているかもしれないと思うようになった。なぜなら世界政治の現場から立ちのぼってくるのは、厳密な政教一致から緩和された政教一致まで、濃淡や色彩を異にするだけの国家群が共存・対立している姿だからである。あるいは逆に、厳密なる政教分離国家群から緩和された政教分離国家群にいたるさまざまな分布、といいかえてもいい。

そして、このように見方を転換するとき、国家と宗教の関係が、人間社会にとっていぜんとして根源的な課題であることがみえてくる。ついでにいえば、わが国における政教分離論争や「靖国」問題もそうした観点から新しく見直すことができるようになるだろう。

第三にいいたいのは、形而上学の復権についてだ。今さら何を、という声がきこえないではないが、今日流行の現象学やその周辺の流派による見方からだけでは、もはや世界の解釈や未来の展望は開けてこないのではないか。

形而上学とは何か。それは、そもそも人間とは何か、人間はどこからきてどこへ行くのか、を問うところからはじまった。神は存在するのか、しないのか。世界はどのようにしてつくられたのか、ということを問うことだった。しかし今日、そんなことを大まじめに議論する者はどこにもいなくなった。形而上学といえば古色蒼然たる神学、さもなければ抹香くさい教学、とても現代人の意識を刺激するような論題ではない。猫の目のように移り変る現代社会を分析するのに有効な学問とは、誰も思わなくなったからだ。

しかし、はたしてそうだろうか。さきの現象学についていえば、それは世界を細分化し、人間を個別化し、その人間と世界の関係を「現象」という名の網の目の中に還元しようとしているだけではないか。つい素人談義になってしまったが、世界ははたしてこのまま維持することができるのか、人間はこのままではたして救われるのか、そういう問いが私にはますますなつかしく、そしてきわめて切実な論題であるようにみえてきたのである。

民主主義、政教一致、形而上学の三論題は、ただそれだけでは異物の集合にみえるかもしれない。だが、それをパラダイム転換という共通の土俵の上に並べ直してみるとき、意外な融合反応をみせはじめるのではないか、と思っているのである。

二〇一三年一二月一三日

京都　芦刈山にて　著　者

第一章　「弱い歴史」と「強い歴史」

ある論争

このところ、ある論争のことが気になって頭から離れない。サルトルとレヴィ＝ストロースのあいだでおこなわれた激しい論争のことだ。もう四〇年も前のことになる。ここ半世紀ほどのことでいっても、あれほどのきびしい学問上の言い合いはみたことがない。それが脳裏に焼きついて離れなかったのである。

その学問上の言い合いをとりあげる前に、ちょっと個人的なことにふれておきたい。その論争の当事者である二人についてであるが、まずレヴィ＝ストロースの方から……。

じつは私がかつて勤めていた京都の国際日本文化研究センターは、昭和六二年（一九八七年）に設立されたが、それを祝いこの年の三月九日から四日間、国際的な催しがおこなわれた。

桑原武夫《くわばらたけお》さん、ドナルド・キーンさん、そして同センターの初代の所長に就任した梅原《うめはら》猛《たけし》さんによる講演がおこなわれたのであるが、そのときフランスからの招待講演者としてレヴィ＝ストロースさんの記念講演があった。そのテーマが「世界の中の日本文化」というものだった。

このときの明晰《めいせき》な語り口が忘れられない。用意された原稿を読むだけだったのだが、通訳者の口を通して日本語の流れに変換されると、それがそのまま心にしみ通ってくるようだった。講演の内容は音楽や絵画などの話をまじえて多岐にわたったが、その中心的な主題は日本の神話と歴史にかんするものだった。アメリカ先住民やインドネシアの豊富な神話研究の実績にもとづいて、日本の『古事記』や『日本書紀』の神話を鮮やかに分析したのである。そのなかで、とくに私の印象につよくのこる言葉があった。その講演全体のなかでも重要なポイントをなすものと思うのだが、それが、日本においては「神話から歴史への移行」がごく自然に滑らかに意識されているが、それにたいして西洋においてはその神話と歴史のあいだが「深い淵《ふち》」で隔てられている、という主旨の意見だった。かれはそのことを、九州の高千穂《たかちほ》一帯の神話的景観とイスラエルの場合、すなわち天孫降臨《てんそんこうりん》の聖地とダビデやイエスにゆかりのあるエルサレムの聖地を比較しながら、そう論じていたのである。端正な身のこなしのレヴィ=ストロースの顔に、ワシのように鋭い目と高い鼻がくっついていたことが忘れられない。

つぎに、そのレヴィ=ストロースを激しく批判したサルトルについてであるが、一九九七年（平成九年）のことだった。仕事の都合でパリに四〇日間ほど滞在したが、知り合いに案内されてある喫茶店に入った。ところはサン・ジェルマン・デ・プレ広場の角、「ドゥ・マゴ」と称されるカフェだった。昔から、学生、芸術家、ボヘミアンなどが集まる名所なのだという。第二次世界大戦後には、実存主義の哲学者や哲学者気取りが出入りしてにぎわっていた。そのなかの大御所の一人が、いうまでもなくサルトル……。

その「カフェ・ドゥ・マゴ」のマゴというのは安物の骨董品《こっとうひん》を指すのだという。もともとは陶器や磁器でつくられた中国風の人物の小像を意味したが、この店では四角の大きな柱の上に中国服をきた等身大の東洋人の二つの木像が飾ってある。それで「カフェ・ドゥ・マゴ」と呼ばれるようになった。お茶や紅茶というと、はるかな中国を連想させる。そこから、コーヒーを飲ませるパリの老舗《しにせ》の通り名になったのだろう。

この「ドゥ・マゴ」の店の奥の壁際に、サルトルがやってくるとかならず坐《すわ》ったという座席があった。いまでもそこにはサルトルの名を記したプレートが貼られていて、誰でも坐れる記念のシートになっている。そのとき私も誘われてその店に入り、「サルトルの座席」に坐ってフランス・コーヒーを注文したのだった。それだけの話である。サルトルの、眼鏡をかけた独特の両眼を思い出しながら、深夜のコーヒーをすすっていた。

そのサルトルがレヴィ＝ストロースに論争を仕掛け、レヴィ＝ストロースもそれに負けじといい返した。一九五〇年代から六〇年代にかけてのことだ。その応酬のあらましが、レヴィ＝ストロースの『野生の思考』の最終章「歴史と弁証法」に記されている。サルトルはおそらく、あの「カフェ・ドゥ・マゴ」の例の指定席に陣取って、周囲に集まるマルクス主義者や実存主義者相手に、ストロース批判、構造主義批判の気炎をあげていたのだろう。

サルトルのいい分は、一九六〇年に刊行された『弁証法的理性批判』に展開されている。要するに、レヴィ=ストロース流の構造主義のよって立つ「分析的理性」なるものは歴史の深部を明らかにすることはできない、というのだった。そのころマルクス主義と実存主義の総合を企てようとしていたサルトルにとって、「分析的理性」なる思考が我慢ならぬものと映っていたのだろう。時間の流れの総体的な意味を把握するうえで「分析的理性」はなお不十分であり、それにたいして「弁証法的理性」こそが有効であると主張したのだった。

レヴィ=ストロースの歴史理解

考えてみれば、はじめから水と油の喧嘩《けんか》を一方的に仕掛けたようなものだった。けれどもレヴィ=ストロースは正面から反撃に出た。分析的理性と弁証法的理性をあたかも誤謬《ごびゅう》と真理のように対立させたり、さらには悪魔と神のごとく対立させるサルトルのやり方は根本的に間違っているというのだから、よほど腹にすえかねたのにちがいない。

レヴィ=ストロースは主張した。その二つの「理性」のあいだの差は見かけほど大きくはない。むろん民族学者といえども、歴史はこれを尊重するにやぶさかではない。けれども同時に民族学者は歴史に特権的価値を与えるようなことはしない。歴史学と民族学はあくまでも相補的関係にある学問だからだ……。

一見するに、このレヴィ＝ストロースの反論はきわめて穏健なものであり、筋も通っている。当り前のことをいっているといっていい。サルトルの逆鱗《げきりん》にふれるほどのことではない。というのも民族学と歴史学の提携の可能性が暗示されているからだ。ところがその反論のほこ先をさらにそのさきへと辿《たど》っていくと、じつはかならずしもそうはなっていないのだから、レヴィ＝ストロースも人が悪い。サルトルに肉を斬らせておいて、やがてそのふところに飛びこんで骨を斬ろうとしているからだ。いま、かれら二人の表情をことさらに思い出しているわけではないのだが、一方のイノシシのようにいら立っている攻撃的なサルトルにたいし、他方の、やや身を離して空中から獲物をねらうハゲタカのように俊敏なレヴィ＝ストロース、といった構図が浮かび上がってくるようだ。いまから考えれば、勝負はそこでもうついていたのかもしれない……。ともかく、もうすこしレヴィ＝ストロースのいい分を追いかけてみることにしよう。

かれによれば、歴史学の最重要の基準は「年代」である。というのも、日付＝年代のない歴史は存在しないからだ。しかし、このいわば歴史理解の尺度としての年代は、いくつもの層位を異にする年代の束から成り立っている。すなわち、一万年もしくは十万年単位で区分される先史学時代、紀元前四千年とか三千年から千年単位の考古学時代、そして世紀単位の歴史学時代、といったものだ。このほかさらに一年単位、一日単位、場合によっては一時間単位の歴史の断片的日付を考えてみてもいいだろう。一般にn千年、n百年……といった年代的分節化が可能になるが、これらの各尺度は、普通に考えられているように連続しているのではない。各尺度はそれぞれ意味のある全体を構成しているのであって、それぞれの尺度は他の尺度の前提であったり連続であったりすることはできない。

そもそも、一つの尺度が他の尺度の前提であり継続であるかのごとくみえるのは、たんなる幻想にすぎない。歴史というのはむしろ、こうした複数の歴史領域から形成された、一つの「不連続集合」である、という。具体的にいえば、一七八九年はフランス革命が勃《ぼっ》発《ぼっ》した年であるが、この日付は、たとえばn万年やn千年の歴史的尺度であらわされる事件にたいして何の意味ももってはいないし、何の連続性も有してはいない。同様にして、その逆も真である。

「弱い歴史」と「強い歴史」

意表をつかれるのは、これらの日付にかんする各種の尺度のうち、n年n月n日という形で表現される「歴史」のことをレヴィ＝ストロースが「弱い歴史」(histoire faible)と呼んでいることである。そしてこの「弱い歴史」というのは、要するに「伝記的挿話的歴史」なのだという。ところがこのような個人的で個別的な「挿話的歴史」は、n万年、n

千年というような「強い歴史」(histoire forte) へと越境していくにつれて、その個別性や個人性を消失し、しだいに図式化され抽象化されてしまう。したがって「弱い歴史」をいくら積み重ねても、それはn万年、n千年というような「強い歴史」を構成することにはならない。なぜなら「弱い歴史」と「強い歴史」はそれぞれ異なった別個の歴史尺度に属しているからであって、その両者を連続させたり連係させたりすることはできないからである。

レヴィ＝ストロースのいう「弱《フエブル》い歴史」と「強《フオルト》い歴史」の考え方というか発想が、なかなか面白い。なるほどサルトルのいう「弁証法的理性」なるものは、歴史学的年代尺度にもとづく「弱い歴史」の領分においてはたしかに有効であるかもしれない。しかしながら、一切の個別性や個人性を消却する年代尺度にもとづく「強い歴史」の領域では、それは意味ある論理として作動することはできない。「強い歴史」にたいしては、ただ民族学が依拠する「分析的理性」のみが検証可能な武器であるにちがいない、――レヴィ＝ストロースはそう主張したのである。

歴史というものに、強い歴史と弱い歴史があるというのがとにかく目を惹《ひ》く。この場合、強いとか弱いというのは、たんに「歴史」の性格の違いをそのようにいったものにすぎないのであって、両者の歴史に優劣をつけたり上下の等差を考えたりするためのものではないだろう。しかしそれにしても、「強い」と「弱い」といういい方は、言葉自体のもつ強度において、つい価値尺度の観念へとわれわれを誘ってしまう。優勝劣敗という転倒のイメージを喚起してやまない。

言葉のなかにいつのまにか浸出してしまった毒素といってもいいだろう。おそらくレヴィ＝ストロースもそのような毒素の効果を十分に心得ていたのではないだろうか。それがサルトルの頭上に鉄鎚《てっつい》を下す恰好《かっこう》の武器になることを心ひそかに期待していたのかもしれない。時が経ってみれば、サルトルの「弱さ」とレヴィ＝ストロースの「強さ」といったイメージまでを後世にまき散らしてしまうほどの効果だったのかもしれない。

「強い歴史」の黙示録的メッセージ

ところで、かりにそのような「歴史」にかんする二分法をもちだすと、これまでさまざまに試みられてきた歴史の解釈の多くが、レヴィ＝ストロースのいう「弱い歴史」に概括されてしまうという模様がみえてくるだろう。千年、二千年のタイムスパンで考えられてきた「歴史」たちのことだ。この場合重要なことは、そのような「弱い歴史」に登場する歴史記述が陰に陽に「近代」というものを終着点として構想されていたということではないだろうか。歴史の流れに起承転結のリズムをつけて編集するまなざしに「近代」という目標が焼きつけられていたということだ。たとえば古代から中世へ、そして近世、近代へといった風に、あるいは古代・中世的世界認識から近代的世界認識へ……といった工合《ぐあい》に、である。

ところがどうだろう。その「近代」の外れに位置する現代世界の各地において、当の「近代」よりもむしろ「中世」や「古代」を想起させるような紛争や戦争がつぎつぎに発生している。いや、ひょっとするとその「古代」をすらつき抜け、それ以前の「先史」時代にまでさかのぼりうるような、執拗《しつよう》で、あたかもガン細胞の増殖を思わせるような要因にもとづく紛争や戦争が、われわれの周辺でとだえることなく火を噴いている。すなわち「民族」とか「宗教」の要因、である。ここ数十年の間に起きた事件だけでいっても、パレスチナ、コソボ、チェチェンそして、シリア……。それらをみていると憎悪と対決のマグマが、まさに人類史の深部に「神の手」によって構造的に仕組まれているのではないかと思いたくなるほどだ。その修羅場の映像的再現は、一瞬、私のうちに「弱い歴史」にたいする「強い歴史」の復讐《ふくしゅう》劇、というイメージを呼び醒《さま》す。

むろん、それらの紛争や戦争を単純に「民族」や「宗教」のせいにすることはできないだろう。毎日のように各種のメディアに登場する報道や解説も、政治経済的な利害の方が主役を演じているということをいつもいっている。けれども、はたして本当にそうなのだろうか。それはいつのまにかさきの「弱い歴史」観に引きずられた、たんなる建て前の議論ではないのか。たとえば、「近代」という歴史時代の現代的な先端部分においては、「民族」や「宗教」などというものはそもそも克服されるべき対象にすぎないのであって、主役を演ずるような代物ではもともとないのだ、という歴史観である。

そう考える気持も、わからないわけではない。私自身もそうした見方につい肩入れしたくなるときがある。けれどもここでは、一呼吸おいて、地の底からきこえてくるような声にも耳を澄ましてほしい。たとえば、一九九一年に勃発した湾岸戦争のときのことだ。あのとき、フセイン大統領のイラク軍とそれを迎え撃つアメリカなどの多国籍軍のあいだで、いったい何がおこったのか。あまり知られていないエピソードがここにある。クエート奪回作戦に参加したアメリカの戦車隊員たちは、全員が胸の内ポケットに『旧約聖書』の詩篇《しへん》第九一章をしのばせていたというのである。「神はわが避け所、わが城、……汝《なんじ》は獅子《しし》と蝮《まむし》を踏み歩き、若き獅子と竜を踏みにじらん」という箇所である。これは第二次世界大戦中、北アフリカのイギリス戦車隊がくり返し読んでドイツ軍に大勝した故事にちなむというのだから、その根はおそろしく深いといわなければならない。だからこそ、イラクのフセイン大統領もただひたすら「聖戦《ジハード》」を唱えて、イスラームの軍隊をさらに砂漠の戦闘へと駆り立てたのである。

この、今日ではすでに語り草になってしまったような湾岸戦争は、「弱い歴史」観に立ってふり返って眺めれば、各種の戦略兵器がはるか彼方《かなた》の上空に飛び交うバーチャル「近代」戦のように映る。けれどもひとたびそのような映像メガネをはずしてこれを子細に点検すれば、『聖書』と『コーラン』の硬質なレンズを串刺《くしざ》しにする「強い歴史」の脈打つ波動がそこからきこえてこないわけではないのである。

ここで、よく考えてみよう。「宗教」や「民族」という名の歴史上のママ子たちは、とりわけ近代化という名の「弱い歴史」の流れのなかにあってはしばしば抑圧の対象とされ、いつのまにか日陰の場に追いやられてきたのではないだろうか。それがどうだろう、さきの湾岸戦争と「ソ連」の崩壊以後、にわかに妖怪《ようかい》の衣裳《いしょう》をまとって世界の各地にさ迷い出てくるようになった。不気味な地鳴りのような響きをあげて、「弱い歴史」の皮膜を食いやぶるような身じろぎをはじめているようにみえるのである。

それは、レヴィ＝ストロースのいう「強い歴史」がわれわれ近代の「弱い歴史」にたいして告発する黙示録的なメッセージであるように、今の私にはみえてしかたがないのである。

第二章　文明の「断層線」

9・11テロと『旧約聖書』

本当に驚いた。予想もしないことだった。

前章の「『弱い歴史』と『強い歴史』」の原稿を書いて編集部に送った直後に、ニューヨークとワシントンで連続多発テロが発生した。このところ、パレスチナやコソボやチェチェンのように世界の各地でおこっている「紛争」や「戦争」をみていると、そこからは「弱い歴史」（近代）にたいする「強い歴史」（前近代）の復讐《ふくしゅう》劇、といったイメージが立ちのぼってくるのではないだろうか、と書いたばかりだったからだ。それはレヴィ゠ストロースのいう「強い歴史」が、われわれ近代の「弱い歴史」の立脚地を脅かす黙示録的なメッセージであるようにみえる、といったばかりだったからである。

もう一つ、こんどの世界貿易センターとペンタゴンを急襲した自爆テロで、思わず惹《ひ》きつけられた報道記事が目に焼きついた。

テロが発生した一一日夜のことだ。ブッシュ大統領はテレビ演説で犠牲者と家族に語りかけるように『旧約聖書』の詩篇第二三章を引用した。

死の陰の谷を行くときも
わたしは災いを恐れない。
あなたがわたしと共にいてくださる。
あなたの鞭《むち》、あなたの杖《つえ》
それがわたしを力づける。

ダビデの詩である。ダビデは前一〇世紀のイスラエルの王だった。その王が呼びかける「あなた」はいうまでもなく『旧約聖書』の神、ユダヤ教の神ヤハウェのことだ。人間の罪を罰する怒りの神だ。その大統領の演説が引金になったかのように、全米のいたるところで追悼集会が開かれ、讃美歌、星条旗、ろうそくの火、慰め合う人びとの姿が街角やテレビの画面を埋めつくしていった。

その光景をみていて私は、一〇年前の湾岸戦争における戦場のひとこまを思い出していた。それは前章にもふれたことであるが、あのときクエート奪回作戦に参加したアメリカ戦車隊員のポケットに、旧約の詩篇第九一章を記す紙片がお守りのように入れられていたということだ。それが、

（神は） わが避け所、わが城、
わたしの神、依《よ》り頼む方、
……
汝《なんじ》は獅子《しし》と蝮《まむし》を踏み歩き、
若き獅子と竜を踏みにじらん。

というモーゼの詩だった。モーゼは前一三世紀にイスラエルの民を導いたカリスマ的指導者であり、旧約世界を代表する預言者である。そのユダヤ民族の神は獅子と毒蛇（異教徒）を踏みにじるとうたわれている。ところが第二次世界大戦のとき、北アフリカ戦線のイギリス戦車隊はこの同じモーゼの言葉を唱えてたたかい、ドイツ軍に大勝したのだという。

因果はめぐるというか、なぜいつも『旧約聖書』なのだろう。それが一抹の不安を私の胸のうちにひろげる。なぜ『新約聖書』のイエスの言葉ではなく、旧約のモーゼやダビデの言葉なのだろうか。その疑問が刺《とげ》のように喉元《のどもと》にひっかかる。ヤハウェの神は戦いの神の一面をもつが、イエスの神は赦《ゆる》しの神、愛の神の面影を宿しているからなのだろうか。イラクのサダム・フセインや、こんどのタリバンや、テロの首謀者とされるウサマ・ビンラディンの側からきこえてくる「聖戦《ジハード》」という叫びに対抗し、自己正当化を主張するための応答だったのかもしれない。

そのウサマ・ビンラディンであるが、かれはサウジアラビア出身の大富豪の息子であるという。二〇〇一年当時、四四歳。一九七九年のソ連によるアフガン侵攻の際に、義勇兵として参戦している。湾岸戦争のときは、サウジの王室が非ムスリムのアメリカ軍を自国に駐留させたことに反発し、九六年には聖地を占拠するアメリカ人にたいする「宣戦布告」を宣言している。そのため祖国サウジから国籍を剥奪《はくだつ》された。こんどの米中枢同時テロが、そのかれによるはげしい反米武装闘争の一環であると、アメリカが断定しているのもそのためだ。

その湾岸戦争時のことであるが、記憶にとどめておいてよいことがある。ビンラディンのその後の行動を知るための背景的な事実だ。多国籍軍がサウジアラビアに進駐してきたとき、メッカとメジナという二大聖地の守護者をもって任じていたファハド国王は、イスラーム法学者たちから「異教徒」駐留許可のお墨付をえなければならなかったのではない。駐留軍の宗教活動は、直接サウジ住民の目にふれないよう隠密裏におこなわれなければならなかった。たとえば従軍牧師による礼拝は基地内に隔離されたチャペルでおこなわれ、クリスマス・ツリーや、ユダヤ教兵士のハヌカ祭飾りも、塹壕《ざんごう》や兵舎、病院内でひっそり飾られたというのである。従軍牧師という呼称もサウジアラビアでは「風紀担当官」と改められ、制服やヘルメットの十字架も取りはずされた。三月一七日からは、断食月ラマダーンが始まった。そこでアメリカ軍司令部はラマダーン時の心得を全軍に配布し、「日の出から日没まで人前で飲食したり、タバコを吸わないよう」に命じていた。

このように湾岸戦争では、サウジアラビアに駐留する多国籍軍の味方同士のあいだでも緊張感が走っていたのである。宗教をめぐって極度の警戒心と猜疑《さいぎ》心をひきおこしていたのだ。

「断層線」をめぐる対立

今回の同時多発自爆テロを機に、ブッシュ大統領による追悼演説とテロにたいする全面「戦争」の宣言をきいて私がまっさきに思いおこしたのは、奇異にきこえるかもしれないけれども、あのマハトマ・ガンディーのことだった。じつをいえば、一〇年前の湾岸戦争が勃発《ぼっぱつ》したときにも、私は同じ衝動を感じていた。今回は、さらにその思いがつのった。とりわけテロの黒幕、ウサマ・ビンラディンがサウジを追われインド、パキスタンに隣接するアフガンに出没し、あの過酷な乾燥した風土のなかでことをおこしたという事実が、私のそのような感覚をさらにつよめた。その地域はあのサミュエル・ハンチントンが『文明の衝突』のなかでいっている、文明と文明をきびしく区切る「断層線《フォルトライン》」だったからだ。

しかし歴史をわずかでもさかのぼればわかることだが、この「断層線」をめぐるはげしい対立・抗争のドラマは、こんどのタリバン問題をまってはじめて火を噴いたのではなかった。

一九四七年のことだ。この年、インドとパキスタンが分離・独立をはたしている。長いあいだイギリスの植民地だった「インド」が、ヒンドゥー教徒を中心とするインドとイスラーム教徒に支配されるパキスタンに分割され、それぞれ独立したのだった。むろんその新生国家誕生の過程では、はげしい路線の対立があった。分離に反対するガンディー、分離独立をやむをえざる現実的な選択として受け入れたネルー。結局ネルーの現実路線が採択され、その生みの苦しみのなかで「民族の大移動」がはじまる。インド東部のベンガル地方と西部のパンジャーブ地方で、それまで雑居混住していたヒンドゥー教徒とイスラーム教徒がそれぞれの「国家」の領土へとなだれを打って移動をはじめたからだ。国家の分割が民族と宗教の分裂を加速し、血で血を洗う殺戮《さつりく》が演じられることになったのである。

インドが分離独立したとき、インド側は三億三〇〇〇万の人口のうち約四二〇〇万人がイスラーム教徒だった。イスラーム教を国教として奉ずるパキスタン側には、数百万人のヒンドゥー教徒とシーク教徒がいた。インドは政教分離の世俗国家《セキュラーステイト》として特定の宗教の国教化はおこなわなかったが、パキスタン国家はイスラーム教に固執し、政教一致の国家を志向したのである。

インドとパキスタンの分離独立は、民族、文化、信仰にかかわる一体感と対立感情の錯《さく》綜《そう》する国土を政治レベルで強引に分断するものだった。そのため、その政治的国境近くのベンガルとパンジャーブでは、収拾のつかない騒乱が連続的に発生した。

騒乱は、すでに前年（一九四六年）の八月、「ベンガルの虐殺」と呼ばれる殺し合いではじまっていた。そのきっかけとなったカルカッタの暴動では、わずか四日間に約五〇〇〇人が殺され、一万五〇〇〇人が負傷している。それは連鎖反応をおこし、ベンガル、ビハール、そして西方のボンベイ、パンジャーブへと伝染病のようにひろがっていった。ガンディーの命がけの「平和行脚」がはじまったのが、そのときだった。一〇月に入って、東ベンガルの農村ノアカーリに虐殺事件がおこり、ガンディーの調停工作がはじまる。

かれは朝四時に起き、仲間とともに裸足《はだし》で歩いた。好んでイスラーム教徒の農民の家に行き、膝《ひざ》をつき合わせて話し合い、コミュナル（宗派的）な対立の融合を説いて廻《まわ》った。それはガンディー流にいえばまさに「贖罪《しょくざい》の巡礼」だったのだが、かれの道行く先ざきにはガラスの破片や汚物がまき散らされた。中傷と悪罵《あくば》が投げつけられ、生命の危険がいつもその身辺に迫っていた。しかもイスラーム教徒とヒンドゥー教徒のそれぞれの側の保守派や過激派は、ガンディーが自分のコミュニティーの裏切者であるとみなしていたのである。かれは両陣営の憎悪と狂気のまっただなかへ、ただ孤独な非暴力思想だけをたずさえて、裸足で入っていった。

だがガンディーの「調停」は、結局、実を結ばなかった。失敗に帰したといっていい。なぜならインドは民族と文化と信仰の「断層線《フォルトライン》」をついにのりこえることができないまま分離独立の道を歩み、ガンディー自身極右のヒンドゥー教徒の銃弾に斃《たお》れたからである。

インドが独立をはたした翌年（一九四八年）の一月、ガンディーは新国家の首都デリーで最後の断食に入っていた。いっこうに止む気配のない暴力と相互殺戮を鎮静させ、民族の反省を求めるためだった。関係者の努力で事態が改善され、それをみてかれはようやく断食を終える。だが、その直後の一月三〇日になって、その日がくる。夕方の礼拝場に暗殺者ゴードセーがあらわれ、微笑を浮べて伝統的な挨拶《あいさつ》をするガンディーにピストルを向け、三発を発射した。一発は心臓を貫通し、一発は太い血管を突き破っていた。ガンディーは「ヘー、ラーマ（おお、神よ）」とつぶやいて、倒れた。

孤独な倫理的調停者

一九四七年のインド亜大陸における「国家分裂」では、一〇〇〇万人が難民と化し、一〇〇万人が殺されたといわれる。深い民族の怨念《おんねん》が天空を覆った年だったのだが、その悲惨な結果だけに目をとどめるとき、ガンディーの倫理的「調停」はさきにも記したように空無に帰したようにみえる。かれの非暴力の思想までが一挙に「暗殺」されてしまったというほかはない。が、私はやはりそこで立ちどまらないわけにはいかない。なぜなら、それにもかかわらずかれが最後にやろうとした仕事は、誰の目にも明らかな強度の輝きを放っていたからだ。対立、紛争のルツボである「断層線」そのものにさらに目を近づけるとき、ガンディーの「贖罪の巡礼」によって鎮静と平和をとりもどした奇蹟《きせき》の地域が、血煙の立つ地平線のかなたから立ちあらわれてくるからである。その事実にゆり動かされた当時の数々の証言は、今日の感覚からすれば、ほとんど神話的な額縁に飾られたはるかなる挿話というほかないものだ。

たとえば、植民地インドの最後の総督になったマウントバッテン卿《きょう》の言葉。かれはイギリスを代表してインド・パキスタンの分離独立を演出した人物だったが、ガンディーに書簡を送ってつぎのようにいっている。

パンジャーブでは五万五〇〇〇人の兵士と大規模な暴動が対立しています。しかしベンガルでは軍隊はただ一人の人間からしか成っておらず、しかも暴動がありません。わたしは、たんなる一将校、一行政官として、たった一人の国境警備軍たるあなたに心からなる感謝の気持を捧《ささ》げるものであります。

(D.G.Tendulkar, *Mahatma—Life of Mohandas Karamchand Gandhi*, The Publications Division : Government of India, Vol. VIII〈New ed.〉, 1963, p.111)

また『タイムズ』の記者は、ガンディー一人で「数個師団の軍隊に勝る仕事」をしたと報道し、フランスの『ル・モンド』はつぎのように書いた。

マハトマ・ガンディーの秘密兵器――すなわちはるか以前に福音書とその使徒たちによって教えられた精神的な暴力――は、おそらく原子爆弾にたいする最上の応答であろう。ガンディーの声はインドの国境を超えてひろがっている。この激動する西欧世界でその声はいまだ暴力の声を制してはいないが、われわれはその声をきくべきであり、それはわれわれの時代を超えて伝えられていくであろう。……マハトマ・ガンディーを通して、東洋は西洋にたいして、憎悪の革命以外に別の革命の存在することを教えてくれた。

（上掲書、p.272）

今日ガンディーを想起するのは、むろん過去の一瞬の栄光の輝きにセンチメンタルなまなざしを注ぐためではない。かつて、一〇〇万もの殺戮が発生した「断層線」の現場に、一人の孤独な倫理的調停者が立っていたということを記憶にとどめるためにほかならない。そしてその一人の倫理的調停者の背後に、その調停工作を支える無数の声なき声が地底からはいあがるようにこだましていたということだ。

考えてみれば不思議な契合《けいごう》というべきか、一九四〇年代にはげしい亀裂《きれつ》を走らせたインドとパキスタンの「断層線」が、今日、それと隣接するアフガニスタンとパキスタンのそれへと不穏な移動をみせている。歴史はくり返すというべきか、それとも「断層線」の質的大転換の世紀を迎えているというべきか。その不気味な波動はわれわれの周辺にも及びはじめているのであるが、しかしここであらためて歴史をふり返り、今から二千年前のアフガニスタンをふり返ってみよう。事態が一変することに誰でも気づかされるだろう。なぜならこの地は当時、西方からギリシア、ローマ文明の波が押し寄せ、南からはインド文明、東方からは中国文明の情報がそれぞれ層をなして流入する文明の十字路だったからである。

むろんそのことを可能にしたのがアレキサンダー大王による遠征と侵略であったことはいうまでもない。だがその大遠征を通してこの地に独自のヘレニズム文明が勃興し、東西文化交流のさまざまな果実がもたらされることになったのである。そのよく知られた一例が、ガンダーラ地方で制作されたブッダの像だった。仏教の創始者の表情と身体がギリシア彫刻の手法で表現され、それ以後の仏教の伝播《でんぱ》に多大な影響を与えた。

ガンダーラは今日パキスタンの西北部ペシャワール近くに位置している。そのペシャワールが、じつは今やイスラーム原理主義の影響力が浸透する州都となり、タリバン兵士の多くがそこで養成されてきたのだという。このペシャワールの目と鼻の先のカイバル峠をこえると、そこはもうアフガニスタン領であり、そのヒンドゥークシュ山中にタリバンによって爆破されたバーミヤーンの大仏がある。またガンダーラ地方からそのまま北上すると今日のタジキスタン領に属するパミール高原、さらにカラコルム山脈をへだてて中国と境を接している。その地域は周知のように今日いぜんとして政治、軍事上の紛争地点であるが、しかしかつては仏教文明が異文化交流のつよい刺激のもとに高度の宗教思想を生みだす創造の溶鉱炉だったのだ。

その成果の一つが今のべた仏像の創造だったのだが、その仏像のモデルとなったブッダもまた文明の十字路に立つ孤独な倫理的調停者であったことを今にして思う。とすれば、その後の二千年の「歴史」はいったい何だったのか、前章に論じた「強い歴史」と「弱い歴史」の問題をめぐって改めて考えないわけにはいかないのである。

第三章　「自爆テロ」と「文明の衝突」論の行方

タブー視された「文明の衝突」論

「自爆テロ」という言葉が、いつのまにか消えた。テレビの画面から消えた。新聞のヘッドラインから消えた。アナウンサーの口から消えた。あらゆるマスコミの解説者の言葉の中から消えた。

消えたのではない。消されてしまったのかもしれない。

「自爆テロ」に代って登場してきたのが「同時多発テロ」といういい方だった。ニューヨークの世界貿易センターとワシントンのペンタゴンを同時にねらって襲撃したテロであったから、「同時多発テロ」であることに間違いはなかった。しかしそれは本当のことをいえば「同時多発自爆テロ」であったはずである。「同時多発」であるには違いないけれども、それ以上に「自爆」というところに、このテロの恐ろしさがあった。世界の人びとに衝撃を与えその心の底をえぐる凄《すご》さがそこにあったのではないだろうか。

その「自爆」がいつのまにかあらゆるマスコミ報道から、あっというまに消えたのである。消されてしまったといっていい。いったいどうして、そういう事態が生じたのか。

「同時多発自粛」だったのだろうか。ならばその「同時多発自粛」はいったいどうしておこったのか。

　おそらく「自爆」という言葉がいつのまにかタブー視されたのではないだろうか。「自爆」という表現が意識の底に封印されてしまったのではないだろうか。それはおそらく、正視するのをはばかるような何かの本質を隠蔽《いんぺい》することにつながっているのかもしれない。

　もう一つ、こんどのテロ事件に触発されて自粛されかかっている事柄がある。いつのまにか議論の背後に封印されようとしている言説がある。すなわち、こんどの同時多発テロを「文明と文明の衝突」とみなそうとする言説のことだ。ハーバード大学の国際政治学者ハンチントン教授のいう「文明の衝突」論である。その「文明の衝突」の図式によってこんどのテロ事件を解釈してはならぬとする、自粛規制の意識である。それがいつのまにかマスコミの大勢を制しはじめている。一種の箝口令《かんこうれい》のような効果をあげはじめている。

　それにかわって登場してきたのが、こんどの「同時多発テロ」の本質は自由と民主主義にたいする世界の無法者の反逆テロである、とする論法である。それは断じて、ユダヤ・キリスト教文明とイスラーム教文明の衝突に発する国際テロなどではない、とする考え方だ。ましていわんやアメリカの「正義」にたいするアラブの「大義」といったような対立の図式で解いてはならない、ということだろう。

　ハンチントンの「文明の衝突」論よ、引っ込め、という大合唱である。むろんそこに喧《けん》喧嘩両成敗的な議論がないわけではない。たとえば、イスラエルに甘くイスラーム諸国に厳しいアメリカ外交の二重基準を衝《つ》く議論（宮田律《みやたおさむ》氏）、アメリカのグローバリズムは各国の文化の制度を破壊する「国民精神へのテロ」であり、ブッシュ大統領のいう「戦争」は「原理主義同士の戦い」と位置づける見方（西部邁《にしべすすむ》氏）、また同時多発テロにたいする報復戦争の「国際法的な正当性」はそもそも成り立たないとする考え（加藤尚武《かとうひさたけ》氏）、などである。しかしそれらの議論においても「文明の衝突」論的視点は意識的にか無意識的にか慎重に回避されているようにみえる。すくなくともそれを正面から論じようとはしていない。

その回避の趨勢《すうせい》は、あるいはあまりにも当然のことであるのかもしれない。なぜならこんどの「戦争」の過程で、それを「文明間の対立」であると叫びつづけているのがテロの当事者ビンラディンとその一派だからである。かれらの主張にみられる単純明快なアメリカ＝諸悪の根源論が、アラブ大衆の心理に訴える効果は甚大で、それが反米感情の温床になっているからだ。「文明の衝突」論はただ敵（テロ集団）を利するのみで、味方（自由主義陣営）にとっては何の役にも立たない……。

こうして「自爆」と「文明の衝突」が、しだいに議論の前景から後退しはじめているのである。理由は、むろんいまのべた事柄の外にも挙げるべき問題がいくらもあるだろう。しかし本筋のところではそのように概括したとしてそれほど間違ってはいないはずである。

世論の方向も、だいたいそのような議論の線で定まっているようにみえる。そして私もまた、事態がそのような方向に進みつつあることを、ある意味で仕方のないことだと思わないわけではない。それなりにブッシュ大統領のいう「戦争」の深刻さを思うからであり、議論のいたずらな紛糾を避けるには、「自爆」と「文明の衝突」の問題から身を離した方がよいのかもしれないとも考えるからである。

岡本公三の予言

だがしかし、そのような見方は、やはりあまりに引っ込み思案にすぎるのではないか。いや、むしろそれは事の本質を見誤らせることにつながるのではないか。そう思わないわけにはいかなかった。そのような落ち着かない気持に陥っているとき、目の前に飛びこんできたのが立花隆《たちばなたかし》氏の「自爆テロの研究」（『文藝春秋』一一月特別号、二〇〇一年）だった。この論文には「自爆」の問題が正面から取りあげられ、同時に「文明の衝突」ということの認識について重要な指摘がなされていたのである。それは私が日ごろ考えていたことをほとんどそのままいいあてた議論だった。

その第一の指摘が、アラブ・ゲリラに「自爆テロ」の思想と方法を教えた、つまり輸出したのは、「日本赤軍」だったということである。いわれてみればまさにその通りなのだが、その事実は直視するにはあまりにも重く、そして不気味である。

発端が、一九七二年にイスラエルのテルアビブ空港で発生した乱射事件である。このとき日本赤軍の奥平剛士《おくだいらつよし》、安田安之《やすだやすゆき》、岡本公三《おかもとこうぞう》の三人が空港で銃を乱射して、無差別テロをはかった。死者二四人、負傷者七〇人以上。奥平、安田の二人は乱射後手榴弾《しゅりゅうだん》で自殺し、生き残った岡本だけが裁判にかけられた。このときの裁判を週刊誌記者として取材した立花氏は、岡本が法廷でつぎのようにいったと書き記している。

「世界のあらゆる所で、一国的限界にとらわれることなく、世界革命を起していく。世界の人に警告しておく。これから同じような事件（無差別殺人テロ）は、ニューヨークで、ワシントンで次々に起る。ブルジョワ側に立つ人間は、すべて殺戮《さつりく》されることを覚悟しておかねばならない」

当時、この岡本の言葉に注目する者は誰もいなかった。しかし今回の事件で、このときの岡本の予言がある意味で実現してしまったのだと氏はいっている。なぜ、それが実現してしまったのか。経済のグローバル化、文化のグローバル化、交通、通信のグローバル化がこの三〇年、恐ろしい勢いで進んだ。そのポジティブな面にはみんながすぐ気がつくが、それだけグローバル化が進めば、犯罪、テロなど、社会のダークサイドも同時にグローバル化が進むからである。これをさきのレヴィ＝ストロースの仮説にもとづいていえば、あらゆる分野におけるグローバリゼーションの進行のなかで、「強い歴史」のマグマが突如として噴きあげてきたということになるであろう。

ところがこの日本赤軍の自爆的特攻作戦がアラブ人につよい衝撃を与えた。なぜならパレスチナの地で、長いあいだくりひろげられてきたはげしいテロ活動の歴史のなかで、自殺を前提にした特攻作戦は存在しなかったからである。それはいずれも生還を期す戦闘行為だったからだ。そしてそうであったからこそ、日本赤軍がひきおこした空港作戦によってオカモトたちはたちまち英雄に祀《まつ》りあげられたのである。

殉教の美学

そしておそらくこの事件を契機にして、その二年後の七四年、こんどはパレスチナ人自身の革命組織による特攻作戦がはじめて敢行されることになったのだ。この年の四月一一日、キルヤトシェモナ（イスラエル）でパレスチナ解放人民戦線司令部派の手でおこなわれたのがそれで、死者一八名、負傷者一六名、そして犯人が自殺している。事件後、この特攻攻撃者を称《たた》える写真入りのビラが町中いたるところに貼りつけられ、かれはオカモト以上の民族的英雄になったという。だが、それ以後それにつづく特攻攻撃者はしばらくのあいだ出なかった。左翼革命主義者たちは基本的に合理主義者であるから、合理性を欠く自爆テロ作戦をとることができなかったからだ。

ところが九〇年代に入って、イスラーム過激派がこの自爆攻撃作戦をにわかにとり入れるようになる。かれらは神のための殉教という宗教的信念にもとづいて、死の恐怖と不安をのりこえ自爆テロを受け入れていった。神のために闘う聖戦《ジハード》において死ぬことは、むしろイスラーム教徒にとって最高の功徳となるからだった。自爆テロの方法と思想が左翼革命主義者からイスラーム過激派の手へと受けつがれたといってもいい。それが七〇年代から九〇年代にかけてであったということになる。自分の死を代償とする革命テロ、すなわち自爆テロの殉教の美学がこうしてできあがっていった。

そのように考えるとき、こんどのニューヨークとワシントンにおける同時多発テロが岡本公三の予言を実現するような形で発生してしまった歴史的背景がかなり鮮明にみえてくるのではないだろうか。そしてその狂気のごとき「殉教」の行動をさかのぼっていけば、信念の内容こそ違っているにしても、あの真珠湾の特攻攻撃そして戦争末期の「神風」特攻攻撃の記憶へとわれわれの想像をかり立てずにはおかない。その耐えがたい記憶が潜在しているがゆえに、それを心の奥底に封印し隠蔽せずにはいられない無意識の衝動がはたらきだす、そういうことだったのではないか。氏はそこまではいってはいないけれども、世論はいつのまにか「自爆」テロという表現をいち早く回避して、「同時多発」テロといいかえる方向をむきはじめたのである。

もう一つ、立花氏がいっていることの重要な点が、「文明の衝突」はすでに千年も前から発生しており、今日なおそれは消滅していないのだという指摘である。そのことについては私も前章にのべておいた。レヴィ＝ストロースのいう「強い歴史」の問題だ。「強い歴史」をつらぬいて流れる「民族」と「宗教」の通奏低音である。

そのことについて氏はこのようにいう、——よく新聞論調などで、こんどの同時多発テロを文明の衝突にしてはならないという言い方がなされているけれども、それは誤りだ。「文明の衝突」はこれからするさせないというような問題ではない、それはすでに千年も前からおきている。その衝突が千年来つづいてきた結果として、今日の事態があるのだ。そのことの認識を欠いて、「文明の衝突」論を否定したり批判したりするのは頭かくして尻《しり》かくさずといったたぐいの議論にしかすぎない。私もその通りだと思う。ところが現実には、このような議論がマスコミのみならず多くの専門家の論説において主流をなしている。「文明の衝突」論よ、引っ込め、という大合唱がしだいに大きな輪をひろげはじめているのである。

聖都エルサレムの祈り

私は一九九五年の一〇月下旬から一一月はじめにかけてイスラエルに行ってきた。イエスの足跡をたどって聖都エルサレムを訪れる、というのが長いあいだの念願だったからだ。思い返してみれば、この年は、わが国に大変な事件が続発した年だった。一月に阪神淡路《はんしんあわじ》大震災に襲われ、三月になってオウム真理教による地下鉄サリン事件が発生したからだ。

国際空港のあるテルアビブから地中海沿いに北上し、ナザレをへてガリラヤ湖に出た。ついで、その湖に発するヨルダン川沿いに南下し、エリコをへて聖都にたどりついたのだった。エルサレムからは例によってベツレヘム、そして死海まで足を延ばし、それでイエス巡礼の旅はひとまず上がりということになった。全行程バスの旅だったが、パレスチナ人自治区のエリコを通過するときは、イスラエル人兵士とパレスチナ人兵士の検問をうけ、きびしい政治の風圧を肌身で感じた。

それだけではない。旅のさなか、イスラーム原理主義組織のリーダーがマルタ島で暗殺されるという事件がおこり、旬日をへずしてガザ地区で報復テロが発生した。やがて帰国直後の一一月四日になって、ラビン首相暗殺のニュースがとびこんできた。思えば、日本国内では考えられないような、一触即発の危険な地域を歩いてきたのであった。

イスラエルは地中海の眺望から離れると、どこも一面の砂漠だった。湖までが「死の海」だった。首都エルサレムも、オリーブの丘に立って街並みの全景を見下ろしたとき、砂漠に囲まれる壮大な廃墟《はいきょ》にみえたほどだ。そのエルサレムの心臓部に、ユダヤ教の神殿の丘がある。紀元七〇年、ローマ軍によって破壊され、以後いくたの戦いをへて多くのユダヤ人が殺された。わずかに残された外壁の一部が「嘆きの壁」として知られるところだ。神殿の再建とメシア（救世主）の来臨を待望するユダヤ人が、毎日のようにそこを訪れて祈りを捧《ささ》げている。

　ところがこの神殿の丘の中央に、黄金のドームをもつ八面体の建物が建っている。そしてその内部にムハンマッドが天使を従えて昇天したと伝える大きな岩が祀られていた。もっともムハンマッドがこの都を訪れたという証拠はない。けれども預言者の遺志をつぐカリフ・オマールが紀元六三八年にこの聖都を征服して以来、十字軍戦争をへてユダヤ教、キリスト教、イスラーム教は三つどもえの聖都争奪戦を演じてきた。こうして黄金色に輝く岩のドームは、ユダヤ・キリスト教の権威に挑戦するイスラーム教の記念碑となったのである。そしてそのドームがそこに建ちつづけるかぎり、ユダヤ教の神殿が同じ場所に再建される可能性はない。今に残る嘆きの壁は、永遠に廃墟の姿をとどめたまま生きつづけるほかはないのである。その嘆きの壁の前で祈りつづけるユダヤ教徒もまた絶えることはないだろう。

　神殿の丘の北側に目を向けてみよう。するとそこに、イエスが十字架を背負って歩きはじめたといわれる最後の巡礼路がみえるはずだ。この路《みち》はゴルゴタの丘に通じ、イエスはそこで処刑されたのだが、その丘の、イエスの遺体を葬ったとされる場所に聖墳墓教会が建てられている。聖書によればイエスは処刑ののち三日にして蘇《よみがえ》って昇天したといわれるから、むろんそこにイエスの遺骸《いがい》が埋められているわけではない。聖墳墓教会はイエスの空墓なのである。埋め墓ではなく詣《まい》り墓ということになるだろう。

ユダヤ教徒の「壁」、キリスト教徒の「墓」、そしてイスラーム教徒の「岩」がエルサレムの地に共存して、危うく聖都の均衡を保ってきたのだ。世界史上に栄光と苦難の足跡を残す三つの一神教が、壁と墓と岩によって互いをへだて、その類《たぐ》いまれな棲《す》み分けのシステムを作りあげてきたといっていいだろう。そのように考えるとき、この砂漠の上に建てられた廃墟のような神聖都市は、人類が生き残るためのほとんど最後の砦《とりで》のようにみえてくる。むろんこの神聖都市をとりまく俗界においては、血で血を洗うテロの嵐が連日のように吹きまくってきた。目には目を、歯には歯をの報復の応酬があとを絶たなかった。しかしそのような終末を思いおこさせるような時代においてなお、このエルサレムの聖地だけは壁と墓と岩の神聖機能をつむぎだすことによって、平和共存という名の、ほとんど虚構に近いような理念を、ともかくも砂漠のどまんなかに打ち樹《た》てることに全精力を注いできたのだ。

　聖都エルサレムには、満たされることのない祈りがいたるところに充満しているように、私にはみえる。絶望と紙一重の祈りである。しかしその祈りを手放そうとするものは、おそらく一人もいない。むしろその祈りを現実のものにしようとするあまり、理不尽なテロが発生する。その悪循環をいったい誰がとめるのか。「壁」と「岩」と「墓」がそこに存続するかぎり、聖都はそれでもなお世界に平和・均衡のメッセージを発信しつづけることができるのであろうか。

「文明の衝突」がそこに存在しつづけるかぎり、それを調停するための努力が同時に世紀をこえて試みられてきたことを、いまあらためて思わないわけにはいかない。流血のテロと戦争を抑止するための倫理的調停者の役割がいついかなるときでも要請されてきた歴史を思いおこさずにはいられない。文明の「断層線」の一画でもあったエルサレムの聖地は、そのような無数の調停者たちの犠牲の上に建てられた最後の砦だったようにもみえるのである。

第四章　文明の「横断線」――「捨身飼虎」図の背景

「捨身飼虎」図のモチーフ

私はしばらく前、奈良に二年ほど住んでいた。勤務先がたまたま法隆寺の近くにあったからだった。

それで法隆寺や中宮寺にはよく出かけた。散歩に立ち寄るだけで心安まる思いがしたのだが、しかしいつも、あの玉虫厨子《ずし》の側壁に描かれた「捨身飼虎《しゃしんしこ》」図のことが念頭にあった。「捨身」とは何か、なぜ「飼虎」なのか、と自問自答をくり返していたのである。

サッタ太子が、飢えた母子の虎に身を投じて食べさせる話である。その絵は三段構成になっていて、上段は山の頂きで衣を脱いでいる太子の姿、中段は両手をそろえて反り身になって落下する姿、下段が竹林で虎に食われている血なまぐさい場面である。

インドのシャカ前世物語である。ジャータカという仏教説話文学のなかにでてくる有名な話だ。虎の餌食《えじき》として犠牲になった太子が、やがて転生してブッダ＝覚者になるという教訓物語である。それが経典にも採用され、『金光明経《こんこうみょうきょう》』の「捨身品《しゃしんぼん》」に登場することになる。法隆寺に伝わる「捨身飼虎」図はそれに由来するのだという。

その「捨身飼虎」の物語絵が、遠く中国辺境の敦煌《とんこう》やクムトラ、そしてキジールなどの千仏洞の壁画に描かれていることも知っていた。法隆寺の絵もそれらの伝流の影響下にあったのである。しかし私は、いつのころからかこの「捨身飼虎」図に違和感を抱くようになっていった。もしかするとこれは仏教の考え方とは背馳《はいち》するものではないかと、かすかながら抵抗感さえ覚えるようになったからである。

そのきっかけの一つになったのが、さきの敦煌・莫高窟《ばっこうくつ》やクムトラ、キジールの千仏洞の図版集を見ていたときである。そこにあらわれるいくつかの「捨身飼虎」図の下段部分が意図的に泥で塗りつぶされているのが目にとまったのである。虎の母子がサッタ太子を食い漁《あさ》っている光景が明らかに消されていた。おそらくその残酷な場面を見るにしのびなかったのであろう。そのとき私の脳裡《のうり》に蘇《よみがえ》ったのが、そのような血なまぐさい犠牲の物語がはたしてブッダその人の思想からでてきたものだろうか、という疑問だった。そのような過激な表現は、われわれの常識になっている仏教感覚からは、あまりにもかけ離れたものではないかと思ったからだった。

そんなこともあって、一九九五年の四月に中国に行ったとき、私はまず敦煌を訪れた。敦煌研究院の研究者の方のご案内で、いくつかの「捨身飼虎」図をくわしく見て回った。お話では、その壁画は有名なわりには数はあまり多くはないということだった。が、ともかくもそのようにして第二五四窟《くつ》に通され、うす暗がりのなかではあったが、その下段に展開されている餓虎《がこ》に食われている太子の無惨な姿を眼前にしたのである。そのとき、背に冷たいものが走ったのを今でもよく覚えている。ブッダは、はたしてそのように実践せよと、われわれに教えさとしたのか……。

この「捨身飼虎」図にみられる犠牲のモチーフは、あるいはキリスト教の影響によるのではないかという考えが、いつのまにか自然に浮かぶようになった。十字架上のイエスの美しく痛ましい姿と虎に食われている太子の静かな姿が、ダブル・イメージになって私の内部に固着するようになったといってよい。キリスト教文明の東漸《とうぜん》が仏教文明の北方伝播《でんぱ》の流れとぶつかり合い、そこで生じた観念上の化学変容だったのではないかと思えてきたのである。

「捨身飼虎」図の思想的源流

一九九九年の夏のことだった。たまたま玄奘《げんじよう》三蔵を顕彰する国際シンポジウムが奈良の地で開かれた。討議のなかで私は、「捨身飼虎」図について日ごろ抱いていた疑問をもちだしてみた。それは仏教とキリスト教の融合を示す一例ではないだろうかといったのである。

ありがたいことに、その場には名古屋大学の宮治昭《あきら》氏がパネリストの一人として参加しており、そういうことがあるかもしれないと賛成していただいた。氏の専門はインド・

中央アジアの美術史であり、私には大きな励ましになった。というのも氏の著作『ガンダーラ仏の不思議』（講談社、一九九六年）によって、カラコルム・ハイウェイ沿いのチラスで「捨身飼虎」の線刻画がすでにみつかっていることを教えられたからだ。その線刻画でもサッタ太子はあおむけに横たわり、飢えた牝虎《ひんこ》が子虎とともに食らいつこうとしている。描法は単純でマンガ的になっているのであるが、それはまぎれもない太子犠牲図だった。

もう一つ、金沢大学の杉本卓洲《たくしゅう》氏の研究においても類似の話が紹介されている。それが『菩薩《ぼさつ》——ジャータカからの探求』（平楽寺書店、一九九三年）である。それによると、北インドのマトゥラーに伝えられたジャータカ（本生）図のなかに、この「捨身飼虎」図のあることが論じられており、「牝虎本生」のパネルが紹介されている。その杉本氏によると、このマトゥラーのジャータカ図の内容は、バールフットやサーンチーの場合のような、動物と人間が自由に交錯する牧歌的な世界とは大いに違って、まったく異質な特徴を示しているという。

ともかくガンダーラとマトゥラーというインド北方の地域で「捨身飼虎」図の遺品がみつかっていたのである。それで思い出すことがある。このガンダーラとマトゥラーの地で、はじめて仏像が制作されたということだ。紀元一—二世紀のころだが、それが遠くヘレニズムの影響によるものだったことが、とりわけ私の好奇心を刺激する。「捨身飼虎」図の誕生と仏像の出現のあいだに目に見えない糸がはられているのではないか、そんな気分になってきたのだ。

しかしそれにしても、虎が人間を貪《むさぼ》り食うという発想は、あまりに残酷にすぎないか。われわれの農耕民的な生理感覚とは根本的になじまないイメージではないか。そういう疑問から発して、この「捨身飼虎」のテーマが北方遊牧民の記憶につながるのではないかと推定したのが成城大学の上原和《うえはらかず》氏だった。氏の『玉虫厨子——飛鳥《あすか》・白鳳《はくほう》美術様式史論』(吉川弘文館、一九九一年)のなかで、そのことが指摘されているのである。この著作はその主題をめぐる膨大な文献と考古遺品を精査する論文群から成っているが、伝存する「捨身飼虎」図についてもじつに多くの情報を提供している。

その上原氏が、この血の匂いの濃厚な、そしてきわめて果断な自己犠牲の行為は、「草原と流沙《りゅうさ》の遊牧騎馬民族国家」の生活風習に由来するのではないかといっているのである。あるいは狩猟社会における動物と人間の食うか食われるかの関係をあらわすもの、といってもいいだろう。

こうして今、私は「捨身飼虎」図の思想的源流が遠くヘレニズムやキリスト教にあるのか、それとも北方遊牧民の狩猟文化のなかに発するのかという、はなはだ興味ある設問の前に立たされている。あるいはその双方の文化の波動をうけて、それが成立したのかもしれないとも思っている。もう一つ付け加えていえば、十字架上のイエス・キリストを突き刺すために槍《やり》を向けているのは人間たちであったが、しかしそれにたいして「捨身飼虎」

図の太子を食べているのは動物である。犠牲という行為の背後にひそむ、人間の悪と贖罪《しょくざい》にかんする問題がそこには介在しているのではないだろうか。

文明の「横断線」

ところで、この群がり寄る虎に人間が食われる残酷な図は、さきにもふれたように敦煌の莫高窟にだけみられるのではない。それは敦煌の東方、西安《せいあん》に近い麦積山《ばくせきざん》の千仏洞にも出現するからだ。また敦煌から西へ、ロプノールを越えた彼方《かなた》に位置するクムトラ千仏洞、およびそのさらに西方に近接するキジール千仏洞にも描かれている。

ここで、中国の西北辺境を注視しよう。そこは中国と西域が接し、中国の西端と中央アジアの東端が重層する地域だ。その、いわば政治的、軍事的な拠点領域に、仏教石窟が密集している。

政治・軍事上の要衝に文物の交易路が重なり、シルクロードの重要な結節点を形成している。いわば文明の「横断線」がつくりあげられていたのである。文明の「断層線」ではなく、文明の「連続線」ができあがっていたといえるのではないだろうか。

その石窟の内壁を埋めつくす絵画や彫像の大群のなかに、これまでのべてきた「捨身飼虎」図がうがたれていたということだ。流血にまみれる人肉の匂いが立ちのぼってくるような、飢えた人食い虎の咆吼《ほうこう》がこだましていた。その人食い虎の犠牲になるサッタ太子の物語が、わが国における仏教誕生の聖地である法隆寺の「玉虫厨子」のなかに再現されることになったのである。

その敦煌の莫高窟を中心として蝟集《いしゅう》する千仏洞地帯に目を近づけていくと、不思議な事実に気づかされる。その多くが、何と「北緯四〇度線」に位置しているということが、それだ。その「北緯四〇度線」が、天山《てんざん》山脈と崑崙《こんろん》山脈にはさまれたタクラマカン砂漠の、東西にひろがっている空漠たる地域を指している。今から一三〇〇年前に、玄奘がこの北緯四〇度線をまたぐ地球の深い谷間を、気の遠くなるような忍耐と努力を傾けて歩いていった。

その西方のはるか彼方のアフガニスタンに目をむけると、やや南にそれるけれども、あのタリバン勢力によって破壊されたバーミヤーンの壮大な千仏洞がみえてくるはずだ。そこから東進すれば、北方にミンウイやベゼクリクの千仏洞があらわれ、やがて楼蘭《ろうらん》をへて敦煌の莫高窟にいたるはずだ。そしてさらに東にむかえば、大同の雲崗《うんこう》千仏洞をへて北京に達する。

これらの千仏洞を一線につらねる「北緯四〇度線」のルートは、いうまでもなく仏教流伝の道であった。さきにふれたようにブッダの全身像がインドではじめてつくられたのが紀元一―二世紀。その個性的な仏像がまもなく西域をへて中国に伝えられることになるが、その最北端のルートが、千仏洞の拠点をつらねる水平線だったといっていいだろう。そこに刻みだされた巨大な仏像が、やがてわが国の東大寺における大仏鋳造にも刺激を与えることになった。それだけではない。「捨身飼虎」のイマジネーションもまた、おそらくこの北緯四〇度線上を伝わって、わが法隆寺に秘匿される厨子の壁面に蘇ることになったにちがいないのである。

しかしながら、人食い餓虎のイメージはあまりにも血なまぐさく、残酷だった。そのためかどうか、その後この「捨身飼虎」図のモチーフは、わが仏教芸術の領域に登場することはなかったようだ。その図は一部の例外をのぞいて一種のタブー・サブジェクトとして忌避されるようになったのではないか。そういえば、さきの北緯四〇度線上の千仏洞に描かれている「捨身飼虎」図のなかには、

さきにものべたように人食いの場面のみを泥で塗りつぶしているのがいくつかあったのである。あれも、たんなるいたずらであったとは考えにくい。そこには明らかに、見たくないもの、見るべきではないものを抹殺しようとする意志がはたらいていたようにみえる。とすれば「捨身飼虎」図はわが国においても、その後の仏教受容の過程において無視と敬遠の彼方に追いやられることになったのかもしれない。

「共生」感覚にひそむエゴイズム

いま「捨身飼虎」図の残酷さと血なまぐささについてのべたが、それは北方遊牧民の狩

猟文化の波動をうけたものではなかったかということも指摘した。その問題について、ここではもうすこし突っこんで考えてみる必要があるのではないだろうか。狩猟文化といってもいいし、狩猟文明といってもいい。そこに、ある原理的な課題がひそんでいるようにみえるからである。

狩猟文化というのは動物を狩猟し、飼育し、解体することで成り立っている文化である。動物を殺して解体し、臓器をはじめとするすべての身体部分を生活のために無駄なく消費する文化である。動物は当然のことながら鹿や兎のようなおとなしい動物たちから象、ライオン、虎のごとき猛獣に及ぶ。猛獣を相手にするときは食うか食われるかの戦いに発展するだろう。油断をつかれ、寝こみを襲われて人間たちの方が殺されることもある。人間も、自然界の食物連鎖の環《わ》のなかに組みこまれているということだ。人間どもが動物を屠《ほふ》るように、動物たちの側も人間をいつでも血祭りにあげる。その相互襲撃がいわば生存競争の原理になっているのだ。「捨身飼虎」図に登場するサッタ太子がその裸身を飢えた虎たちに与え、そしてそれを虎たちが貪り食らっている図は、そうした狩猟社会の掟《おきて》が混入した結果ともみられるわけである。キリスト教の犠牲とか仏教の布施の精神という前に、むしろそれ以前の狩猟社会のモラルともいうべき掟にさかのぼらせて考えてみなければならないのかもしれない。

ところが、その狩猟民の生き方の掟に、否《ノン》をつきつけたのが農耕民だった。平地民だった。なぜならこれらの農耕民や平地民がやったことは、狩猟民が当り前のこととしてきた食物連鎖の環の中から人間だけを脱出させようとすることだったからである。食うか食われるかの対等の関係を拒否したからだった。人間は動物を食べることはできるが、しかし動物は人間を食べてはいけないとする掟をつくったからである。人間中心主義のイデオロギーが誕生したのである。いってみれば、その狩猟文明と農耕文明のあいだに、越えがたい「文明の断層線」が刻みつけられたのだ。

このように考えるとき、狩猟民文化と農耕民文化のあいだにさまざまな領域にかかわる絶対の亀裂《きれつ》が走っていることがみえてくるだろう。たとえば今日、このわれわれの日本列島においては「共生」というイデオロギーがいたるところで叫ばれるようになっている。自然環境との共生、動植物界との共生……。しかしこの共生のイデオロギーは、ヒトの群れだけは自然界の鉄則である食物連鎖の環の外にある、という思想から抜け出ることができないでいる。ヒト中心のエゴイズムから自由になれないでいるイデオロギーであるといっていいだろう。

もし自然界にブッダのごとき叡智《えいち》をもつ百獣の王がいたとしたら、人間たちの「共生」感覚がいかに虚偽にみち、醜悪な自己中心のエゴイズムに汚されているかということを、言葉するどく指摘するにちがいない。そのときまずわれわれが想起しなければならないのが、あの「捨身飼虎」の命題ではないだろうか。北緯四〇度を横断して東西文明を結びつけた宗教図である。文明の「断層線」ならぬ、そのユニークな「横断線」の結晶といってもいい「捨身飼虎」図を、おそるおそるその百獣の王の前にさし出すことではないかと思うのである。

第五章　パクス・ヤポニカの可能性

ペリーの「白旗」事件

二〇〇一年のことだが、ペリーの「白旗」をめぐってちょっとした論争がおこったことを記憶している方も多いだろう。幕末、黒船で日本にやってきたペリー提督が幕府との条約締結を要求し、もしも戦争に勝ち目がないとわかったときは、これを掲げよといって「白旗」をわたしたのだという。世に砲艦外交、恫喝《どうかつ》外交の象徴とされてきた事件である。

論争というのは、その砲艦外交を示す資料、すなわちペリーの「白旗書簡」なるものがじつは偽文書ではないかとする宮地《みやち》正人《まさと》氏の発言をめぐってはじまったのだった。むろん私には、それらの議論についてどうこう論評する資格があるわけではない。その是非について判断する材料も手元にない。

ただ、その「白旗」事件について今回あらためて披瀝《ひれき》されている三輪《みわ》公忠《きみただ》氏の見方が、私には大変面白かった。三輪氏はこんどの論争でも、右の宮地氏の場合と同様『UP』誌上に文章を寄せているが（二〇〇一年一二月号、宮地氏のは同八月号）、しかしすでに一九九九年に刊行された『隠されたペリーの「白旗」――日米関係のイメージ論的、精神史的研究』（上智大学、信山社）でその問題にふれていた。

その三輪氏の結論をさきにいってしまえば、この砲艦外交を象徴する「白旗」の事実を、日米外交関係のきわめて早い時期において日本側が隠し、そしてアメリカ側も意識的に抹消していた。その場合の重要人物が新渡戸《にとべ》稲造《いなぞう》、アメリカ側がペリー提督その人だったのだという。なぜなら新渡戸稲造はその最初期の著作『日米関係史』（*The Intercourse between the United States and Japan*, The Johns Hopkins Univ.1891）において、「白旗」のことにふれる古文書を抄訳するなかで、「白旗」そのものについての歴史的事実をとりあげず、隠蔽《いんぺい》していたからだった。それはかれ自身の言葉によれば、アメリカから与えられたそれまでの個人的な「恩」に報いるためであり、その後の日米関係の良好な発展を願ってのことであった。

それにたいして、ペリーはなぜその事実の抹殺を決意し、側近にそのことを命じたのか。黒船艦隊を率いて日本にやってきたペリーは、ときの大統領の命令に背いて、つい「白旗」を贈るという逸脱した威嚇《いかく》外交を展開してしまったからだった。かれはその事実を大統領の目にふれないようにするため抹消、隠匿の命を下したのである。

三輪氏の結論は明快である。日米双方のあいだで、それぞれの思惑を秘めた外交感覚とでもいうべきものが作用していたというのである。そのため後世、「白旗」事件とそれにまつわる古文書の真偽判断の問題があいまいのままにのこされ、いらざる議論の火種をまいてしまったということになる。

「隠す」「隠される」という問題である。「隠す」ことによって、ものごとが円滑に運ばれるということがあるであろう。しかし同時に、「隠す」ことによってものごとの本質に膜が張られ不問に付されてしまうということもあるにちがいない。その境界を見定めることはむずかしいが、はたして新渡戸とペリーの両者によって演じられた意図的な「隠蔽工作」はその後の日米関係にプラスにはたらいたのだろうか、それともその逆か。そのときから数えて一世紀以上もたった今日の眼から眺めるとき、その判断はますます困難になっているように私にはみえる。というのもそのときの新渡戸の歴史的決断が、たとえ日米関係の良好な発展を願い、アメリカからの「恩」に報いる気持からでた行為だったとはいえ、はたして日本という国についての過不足のないイメージを伝えることに成功したのかどうか。よかれと思ってやったことが、かえって日本の実状についてのリアルな認識を誤らせることにつながったのではないかという疑問が、いぜんとしてのこされているからである。

隠蔽される戦争の記憶

もう一つ話題は飛ぶが、別の話題作についてもふれておこう。木下直之《きのしたなおゆき》氏の『世の途中から隠されていること』（晶文社、二〇〇二年）である。建築や美術について面白いエピソードが満載されている作品であるが、それがはからずもさきの新渡戸による「白旗」隠しの物語を私に思いおこさせる。

たとえば日清戦争後に建てられた「凱旋門《がいせんもん》」や「記念碑」の話がでてくる。まず、その凱旋門や記念碑がつくられたときのいきさつが語られているが、やがてその当初の建設の趣旨が時代の流れのなかでどんどん隠されていったことが暴露される。意図的に隠蔽していったあげく、まったく異なった文脈の説明書がつくられたという話だ。時代思潮の変化に合わせて戦争の記憶が消し去られ、平和の身振りだけが大仰にクローズアップされていった。

広島に建てられた「凱旋門」がそうだった。建立の言葉がモルタルで埋められ、それに代って「平和塔」を忽然《こつぜん》と出現させる仕掛けがほどこされた。また、こういうこともある。同じ日清戦争後のことだが、九州の福岡に「元寇《げんこう》記念碑」なるものが建設された。元寇の歴史画が描かれ、亀山《かめやま》上皇像を台座にのせたものまでがつくられた。この記念物はあきらかに蒙古《もうこ》襲来や秀吉の朝鮮出兵といった古い記憶を呼びおこすためのものだったのである。ところがこの「元寇記念碑」は、現存しているにもかかわらずどの美術史書にもどの旅行案内にも最近までほとんどのせられていなかったという。隠されていたのである。現地を訪ねてみると、絵葉書には「世界平和を祈るため」などと書かれている。「軍国主義日本」の暗い過去を隠し、「平和日本」の明るい記憶をこれみよがしに宣伝している。民間外交における隠蔽工作の効用、といってもいいものかもしれない。

こういう例は探していけばいくらでも発見できるのではないだろうか。古い話をもちだせば、東北には「隠し念仏」という異端の宗派があった。正統的な念仏門、すなわち本願寺教団にたいしてみずからの出自を隠した秘密のセクトだった。同じころ九州では「隠れキリシタン」が潜伏し、ひた隠しに隠した「マリア観音」を拝んでいた。キリスト教の素《す》生《じょう》を隠し、仏教徒を装ったのだった。聖母マリアを観音仕立てにする工夫のなかで、土着の信仰との平和共存をはたそうとしたのではないだろうか。隠れたり隠したりする振舞いのなかで、衝突しかねない価値の融合と妥協がはかられたのだといっていい。そう考えれば、さきに紹介したペリーの「白旗」事件のいきさつなども納得がいく。ことは何も日米関係にかぎらないだろう。日本と日本のイメージを外国にどう売りこむか、という商売人根性の志に目覚めるとき、誰しもが考えることだ。

平和研究の曲折

隠す、隠れるという一種の「外交」ゲームにふれて、あらためて私が思いだすのが、わが戦後社会における「平和」の研究である。そこに流れている隠す、隠れるの歴史感覚、といったらいいであろうか。善意を装った隠蔽の思想と心情、といいかえてもいい。とにかく、その曲折した歴史解釈のドラマは結構複雑なのだ。日清戦争後に日本人の好戦気分や夜郎自大《やろうじだい》の戦勝記憶がかき消され、代って「世界平和」や「平和祈願」のオポチュニズムが大写しにされていったという、さきの木下氏の指摘を思いおこすだけでいい。ここで素材にする対象はいまのべたものとはいささか性格を異にするが、戦後の主潮をなした「平和」の研究が、かつて存在していたはずのわが国の重要な「平和」の遺産に目隠しをしていたという事実がとりあえず浮かび上ってくる。

具体的にいえば、平安時代に三五〇年にわたってつづいていた長い「平和」の意味について、戦後の「平和」の研究はほとんど知らぬ顔の半兵衛をきめこんでいたということだ。同じように江戸時代の二五〇年の「平和」についても親身な検討を加えてきたようにはみえない。ここでも、隠す、隠れるのメカニズムがはたらいていたのであろう。木下氏がいうように「世の途中から隠されて」しまったのである。

もっともそれを、新渡戸がいったように外国に「恩」があるからそうしたのだ、というエクスキューズも成り立つ。外交関係の良好な発展のためにそうせざるをえなかったという理屈もわからないではない。しかしながらそのような態度がはたして真の意味において日本の実状を、日本文明の総体としてのあり方を外部の世界にむかって開いていく正当な行き方であったのかどうか、疑ってみてもいい問題ではないか。

そもそも戦後の「平和」研究や「平和」学の実態はどのようなものだったのか。ここでその流れを一瞥《いちべつ》してみよう。まず念頭によみがえるのが、平和とは戦争のない状態だとする定義、だったように思う。平和は失われてはじめてそのありがたさがわかる、というわけだ。真実の平和は、他の場所で戦争がおこっているときのことである、という定義である。トルストイの『戦争と平和』ではないが、平和は戦争の対概念とされてきたのである。パクス・ロマーナもパクス・ブリタニカも、戦争と征服のはてに手にしたパクス、すなわち秩序の維持を意味した。「戦争」がいつでも主人公で、「平和」はその果実としての脇役、あたかも歴史の裏街道を歩むかのような孤独な随伴者、だったといっていい。

ヴェルサイユ条約の平和もヤルタ会談の平和もパクスではあるけれども、戦争の不在を意味するたぐいのパクスであった。結局のところ、平和とは戦争の勝利者の支配による所産という主張までがでてくる。それが第二次世界大戦後になってパクス・アトミカ（核抑止力による平和）、そして今日のような市場主義グローバリゼーションの時代ではパクス・エコノミカということになる。経済、市場主義で均衡と平和を、という掛け声である。そのような掛け声の陰に隠れて、いつもパクスこそが正義という旗が掲げられてきたことを忘れてはならないだろう。

パクス・ヤポニカから日本文明へ

そのような平和研究の見取図のなかで、「アジア文明」圏のパクスはどのように感受され評定されてきたのだろうか。ブッダの「アヒンサー」（不殺生）やガンディーの「非暴力」、老荘思想の「無為自然」、そして日本列島に発芽した「和」イズムなどなどだ。それらがいずれも、戦争の不在によってもたらされるパクスなどでなかったことはいうまでもない。

ところがそれらの東洋風「パクス」にたいして戦後の平和学が与えてきた決まり文句が、つぎのようなものだった。心の平安世界にとじこもる内向的で非政治的な処世感覚、生活防衛的で消極的な平和志向、紛争や戦闘状態から退行する受動的な静寂主義、不正義をそのまま放置する事なかれ主義、そして暴力のみならずあらゆる紛争を嫌う「和」の政治文化などなど……。戦争の契機を欠く平和の静寂主義、である。戦争を宇宙の外部に放置しようとする「和」イズムの観念性、である。それが「東洋」や「アジア」のパクスだった。一切のパワー・ポリティックスを排除する平和の維持、つまりそれは奴隷の平和にほかならないというのが、戦後における「平和」研究の背後に流れる嘘偽りのない基調低音だったのではないだろうか。

そのような平和研究のなかでは、平安時代の三五〇年や江戸時代の二五〇年をとりあげることなど、まず考えられもしなかったのだろう。パクス・ロマーナ、パクス・ブリタニカ、パクス・アメリカーナと並んでパクス・ヤポニカが議論の俎上《そじょう》にのせられることはまったくなかったといっていい。そしてその傾向は現在までそのままの状態でつづいているのである。

きくところによると、今日わが国では「平和」研究がますます花盛りで、その「平和学」講座が全国三九の大学で開設されているという。それらの講座において、平安時代と江戸時代におけるパクス・ヤポニカの問題をそれとしてとりあげているケースが、はたしてどれほどあるのだろうか。戦後の「平和」研究のなかで、ひそかに隠されてきたものがこのパクス・ヤポニカの問題だったのではないか。その可能性や歴史的背景の検討がなおざりにされてきたのだったと思う。そう考えるとき、隠す実体は何も「平和」研究だけだったのではないということがわかる。なぜなら戦後の「歴史」研究もまた「平和」研究と歩調を合せて同じ轍《てつ》を踏んできたからである。

さて、そのパクス・ヤポニカにもどっていえば、まず第一に気になるのが、なぜ平安時代の三五〇年、江戸時代の二五〇年という持続された「平和」が実現可能であったのか、という問題である。そんなことは、まずヨーロッパの歴史には見当らないからだ。中国やインドの歴史を通観しても存在しないだろう。それはなぜか、という問いである。

とするならばつぎに第二の問いとして、それではその三五〇年と二五〇年を可能にした条件はいったい何であったのか、ということが浮上してくる。が、これはいうまでもなく難問である。私などには簡単に答えられそうにない。もっとも、ローマ帝国の興亡から学ぶというやり方があるかもしれない。イギリス帝国の興隆、衰退に目を凝らして参考にしてみるということもあるだろう。視点をかえて、中国帝国の屋台骨を検討してみるのも悪くはない。

しかしそのようなやり方からは、おそらく歯ごたえのある果実を手にすることはあまり期待できないだろう。歴史的背景が異なるだけでなく、社会の構造がまるで違っているからだ。やはり何よりも大切なことは、平安時代の三五〇年そのもの、江戸時代の二五〇年それ自体の内部に目を凝らしてみるほかはない。その内部へと関心と視線を移動させていくことだ。そしてひとたびそのような姿勢を定めるとき、半ば奇蹟《きせき》のように実現されたパクス・ヤポニカの背後から、国家と宗教の相性がきわめて良好だった光景が私には自然にみえてくるのである。両者の関係がこんなにも噛《か》み合っている例は、ほかの国家にはほとんどみることができないのではないだろうか。そういう思いが胸を衝《つ》いてくる。

ところがまことに残念なことに、このような「平和」の光景がこれまでの平和研究や平和学の領分からはみごとに消却され「隠され」てきたのである。さきの「白旗」事件にみられるように、意識的に隠蔽されたり抹消されたりしてきたのである。むろん隠すには隠すなりの理由があったであろう。「恩」や「友好」のため、あるいは良好な対外関係を維持するためと、新渡戸的国際感覚をはたらかせたということもあったかもしれない。

しかし、もうそろそろ見方を変えてもいいではないか。日本の歴史的背景に横たわる多元的価値を発掘するため、自由な旅にでていってもいいではないか。三五〇年の「平和」、二五〇年の「平和」の秘密を探りあて、ともかくパクス・ヤポニカの岸辺にたどりつこうとするための旅である。そのためには、場合によっては行きすぎや間違いを犯すことがあるかもしれない。しかしそうした試行錯誤のはてに、われわれは「日本文明」についてのいくつかの見取図を描いてみることができるのではないか。それが当面の私の願いである。中間考察の弁、幕間狂言の口上である。

第六章　文明対話の調停者

東西の倫理観

そろそろ「パクス・ヤポニカ」という問題を真剣に考えてみるときではないか、――そういうことを前章にのべた。「パクス・ロマーナ」や「パクス・ブリタニカ」を考えるようにといってもいいが、しかしそれらとはまた別の文脈において「パクス・ヤポニカ」の可能性について積極的に論ずべき時代にきているのではないか、――そう書いたのである。

これから先、私はこの問題にすこしずつ入っていく算段をしているのだが、その前にもう一つだけいっておきたいことがある。前提条件のような話であるのだが、しかし私にとってはどうしても避けて通ることのできないような事柄である。

一口にいってしまうと、「パクス」を実現するためには「制覇」や「覇権」という言葉に象徴されるような要因のほかに、「仲介」とか「調停」といった契機が同時に要請される場合があるだろうということだ。それは力の対立、民族の葛藤《かっとう》、宗教上の対決といった紛争要件をめぐってさまざまな姿をとるだろうが、基本的には「寛容」と「不寛容」という古くて新しいテーマにかかわっている。ここでは、そのような問題を考えていくうえで参考になると思われる、一つの興味ある提言を紹介してみようと思う。

二〇〇一年の七月三一日から八月三日にかけて、国際会議「文明間の対話」が国連大学主催の下に京都で開催された。いまからふり返れば、9・11の同時多発テロが発生する直前の時期にあたっていたことになる。その会議に討論者の一人として参加した稲賀《いなが》繁美《しげみ》氏（国際日本文化研究センター教授）の報告が、ここでの話題である。とりわけそこでは、例のサルマーン・ラシュディー事件で暗殺された五十嵐一《いがらしひとし》氏のことがとりあげられ、文明対話の最前線における「調停者」の困難な役割とその重要性が論じられているのが、つよく印象にのこった。

サルマーン・ラシュディー事件とは、インド系イギリス人作家のラシュディー氏による小説『悪魔の詩』を五十嵐氏が翻訳し、おそらくそれがもとで氏が筑波《つくば》大学の構内で暗殺されたという事件を指す。これはイスラーム教を侮辱する作品として糾弾され、イスラーム世界の最高指導者ホメイニ師によってその作者が「死刑の宣告」をうけた、その矢先のことだった。

それをとりあげた稲賀氏がさきの報告のなかでクローズアップしているのが、第一に異文明間の倫理観の差異、第二に文明対話における調停者の役割、第三に「寛容」の倫理的可能性、という三つの論点である。

第一の問題についていうと、さまざまな文明間にわれわれはしばしば同種の倫理的命題を見出《みいだ》すことがあるが、しかしそこにもつきつめて検討していくと大きな違いが明らかになる場合がある。そのことに細心、慎重であれ、ということだ。たとえば『聖書』には、よく知られた「人にしてもらいたいと思うことは何でも、あなたがたも人にしなさい」（マタイ七章一二節）が出てくるが、これと似た命題が『論語』にも登場する。すなわち「己れの欲せざる所は人に施すこと勿《な》かれ」（顔淵第一二）である。右の『聖書』と『論語』のなかに共通の思考を見出そうとする比較研究は、すでに一六世紀に中国にやってきたイタリアのイエズス会宣教師マテオ・リッチ以来のものだ。だが、その両者には重大な相違も横たわっていると稲賀氏はいう。なぜなら『聖書』の場合、その倫理的決断の積極的な意義と善意がそこでは自覚されているのにたいし、『論語』の場合は自己の倫理的決断を相手に押しつけないという受動的態度が目立っているからである。

『論語』の行き方は、『聖書』の観点からすればたしかに現実逃避に映るだろう。逆に『聖書』の言明は、『論語』の観点からすれば内政干渉にすぎると思われるかもしれない。そのような両者の間をはたして本当に調停することができるのか。「文明の衝突」のハンチントン流儀でいうと、今日、儒教＝イスラーム文明の枢軸が西欧文明の枢軸と対立しているという構図があるわけであるが、しかし右に紹介した比較研究のやり方からすると、イスラームは『聖書』的な独善（あるいは偽善）との親近性を示し、それにたいして儒教世界はそれとは対極的な倫理観をあらわにするはずだということになる。儒教における集団主義とイスラームにおける神の全能性、といった基本的な対立点もみのがしがたい。その上そのイスラームと儒教は、西欧文明における「ヒューマニティー」や「人権」の考え方ともなじまない。そういう錯綜《さくそう》した関係が浮き上がってくるはずだという。

文明対立の調停者たち

第二の論点というのが、調停者の役割である。「対話」というのはその話し合いをつづければつづけるほど、西と東の場合であろうと南と北の問題であろうと、往々にしてその対立を弱めるどころかむしろ激化させるものである。そこで必要となってくるのが、そのような二項対立に代る第三の調停原理というものだろう。

その例証として稲賀氏が引き合いにだしているのがローレンス・ヴァン・デル・ポストである。南アフリカ出身のイギリスの作家で、人種差別《アパルトヘイト》に反対する雑誌を編集・発刊することでその独特の人生をはじめた。第二次大戦中は特別攻撃部隊に加わって、日本軍の捕虜になる。その収容所体験が一九八三年に「戦場のメリークリスマス」という映画になって話題をふりまいた。またその捕虜生活でかれは西と東の価値観の対立に悩まされるが、その窮境をくぐり抜けるのに自分自身の南アフリカでの体験が役立ったという。幼少年期からえてきたサン゠ブッシュマンたちの生活の知恵と生き方である。それが捕虜収容所内における東西の対立を和解させる上で有効に活用され、イギリス軍将兵たちが生き残っていく上での重要な指針になった。かれは連合軍の捕虜と日本軍将兵のあいだをとりもつ有能な調停者になったのだ、と稲賀氏はいう。

しかしヴァン・デル・ポストは同時に、そのような役割を演ずる調停者はしばしばおのれの生命を危険にさらし、ときにその危機を回避するため犠牲にならなければならないことを知っていた。われわれが生き残ることができるのは、そのような犠牲者のいるおかげにほかならないという。そのスケープゴートになった死者によってはじめて調停の仕事が報われる。そしてスケープゴート＝死者の実例としてもう一人、稲賀氏がここでとりあげているのが、さきにもふれた五十嵐一氏のことだった。くり返していえば、このわが国の有為なイスラーム学者は、一九九一年七月一二日に筑波大学のキャンパスで死体となって発見された。サルマーン・ラシュディー氏の『悪魔の詩』を翻訳したことでイスラーム世界の憤激を買い、それが暗殺の引き金になったとされる事件である。しかしながら氏の本心はむしろその作品の翻訳を通して調停者の役割を引き受けようとしたところにあったのではないか、と稲賀氏は主張する。

なぜ、そうなのか。じつをいうとここでの氏の議論が面白い。それによると、まず五十嵐氏は西欧側からの批判とは異なる立場をとっていた。すなわち、ホメイニ師のいうファトワー（Fatwa、宗教上の命令）、つまりラシュディー氏にたいする暗殺命令は、その宗教的権威の立場上有効であると考えていた。しかし同時に五十嵐氏は、当のラシュディー氏をイスラームのスーフィー神秘主義の系譜のなかに位置づけることを忘れなかった。その点でラシュディー氏の立場をはっきり擁護していた。

ラシュディー氏はけっして反イスラームだったのではない。かれの作品はむしろ亡命者の文学ともいうべきものであって、それはいわばインドを離脱して「イングランドへの道」をたどる文学だったといっていい。かつてイギリスの作家E・M・フォースターが『インドへの道』を書いて、本国からの離陸の旅を企てたように、それとちょうど対応する文学上の実験だったのではないか。さらにいえばそれはムハンマドによるメジナへの亡命の旅（聖遷《ヘジラ》）にたとえられるのではないかとまでいう。もしもそれがこのように解釈する稲賀氏のいう通りだとすれば、五十嵐一氏の態度こそは、さきにのべた意味において生命の危険を冒してまでも引き受けようとした調停者そのものの生き方だったということになるだろう。

一方における、西欧世界からの「表現の自由」という価値観の大合唱、それにたいして『悪魔の詩』を許しがたい「瀆聖行為《とくせい》」と断ずるイスラーム世界からの声、――その和解しがたい両者の対立のはざまに立って五十嵐一氏は一人の自由な日本人として第三の地点を確保しようとしていた。また翻訳を通してその両者の終りなき葛藤に終止符を打とうと努めていたのではないか、それが稲賀氏の見解なのである。南アフリカの作家ヴァン・デル・ポストと日本のイスラーム学者・五十嵐一氏の仕事をつなげることで、自己犠牲を覚悟するありうべき倫理的調停者の影像を刻みあげようとしているといっていいだろう。

寛容であることの可能性

そしてこのような五十嵐一氏のケースが、最後に第三の論点であるトレランス（寛容）のテーマへとわれわれをみちびくと、稲賀氏はいう。これまでの話の流れからすれば、倫理的な調停者と寛容とのかかわりという問題である。

いまふれたように五十嵐氏は、表現の自由を絶対視するような論の立て方には反対だった。自由を絶対視すれば、反《かえ》って自由への道が閉ざされるからだ。一方かれは、イスラーム教というものがどれほどに寛容な宗教であったかということをイスラーム世界に知らせようと努めてもいた。が、皮肉なことに五十嵐氏が身を挺《てい》して明らかにしようとしたイスラームの寛容性が、寛容であれかしと願っていた人びとによって逆に非寛容なものと映ったのである。

寛容とは、いかにも傷つきやすい徳目である。というのもそれは不寛容という壁につきあたれば、たちどころに力を失うからである。非寛容にたいして寛容であろうとすれば、われわれは非寛容そのものを甘受しなければならなくなる。しかしもしもその非寛容にたいして非寛容の態度をとれば、われわれは非寛容というものからこんどは二重の負担を強いられることになる。これはすでに一八世紀の末にヴォルテールがいっていたことだ。とすれば人類は、その当時からいくらも進歩していないことになる。数年前のことだが、ポール・リクールもつぎのような反省の言葉をのこしている。「調停とは、犠牲になる苦しみと救援におもむく暴力のあいだに存在するもの……」（傍点は筆者）。このポール・リクールが明らかにした救難活動における倫理的ジレンマは、寛容ということを倫理的に反省する場合の出発点となるものではないか。

　こうしてわれわれは、寛容をそれ自体として語ることをもうやめるべきなのだ、と稲賀氏はいう。それよりも寛容であるための条件が何であるかを問うべきときだ。なぜなら寛容とはいかなる意味においても、けっして中立的な事柄ではないからである。もしも寛容であることが調停のために必要な一つの形式であるとするならば、それは言葉の暴力であれ身体的な暴力であれ、かならずや暴力そのものを呼びこむことになるはずだ。それは、『聖書』におけるように攻撃的な場合もあれば、『論語』におけるように受動的な場合もあるだろう。ともかくわれわれは、寛容を現実的なものにするための必須の条件を探しださなければならない。そのことを抜きにして、おそらく真の意味における文明の対話はありえないのではないだろうか。（International Conference on the Dialogue of Civilizations, United Nations University, 31 July-3 August 2001, —— Additional recommendations for the Dialog between the Civilizations, by Shigemi INAGA.)

　以上が稲賀繁美氏の「報告」の概要である。文明の対話についての三つの論点、すなわち東西思想における倫理観、対話における調停者の役割、寛容であることの倫理的可能性、についての内容である。その議論のなかで氏がとくに注意を喚起しているのが、『悪魔の詩』の翻訳という仕事によって生命を奪われた五十嵐一氏のことだった。かれこそ文明対話における真の「調停者」だったのではないかと主張しているのである。ポール・リクールの反省をかりていえば、犠牲になる苦悩と救難作戦における暴力のはざまを生きようとした倫理的人生がそこにあった、ということになる。さらにヴォルテールの言葉をかりていえば、五十嵐一氏こそ非寛容にたいして寛容たらんと志し、当の非寛容によって二重の犠牲を強いられた人間だったことになる。

神秘主義と良寛

私はこのような稲賀氏の問題提起に心からの共感を覚える。これまで私は五十嵐一氏の「犠牲」についてそのような文脈で考えたことは一度もなかったが、それだけに文明対話における倫理的調停者という問題のとりあげ方が私の蒙《もう》をひらき、衝撃的なものに映ったのである。

じつをいうと稲賀氏は右の国際シンポジウムに先立って、すでに「寛容の否定的能力——『サルマーン・ラシュディー事件』再考——『表現の自由』と『イスラーム』との狭間《はざま》にたった翻訳者」（小堀桂一郎編『東西の思想闘争』、中央公論社、一九九四年）という論文を発表している。稲賀氏と五十嵐氏のあいだには個人的なつき合いがあり、文化の翻訳という困難な仕事とその問題関心を共有していたことがそれを読むとよくわかるが、じつをいうと私も五十嵐氏とは一度だけ出会いの機会をもったことがある。それは氏が犠牲になる直前のことだったと思うが、多分、氏の『神秘主義のエクリチュール』（一九八九年）が法蔵館から刊行された直後のことだったのではないかと思う。内輪の研究者が集まる小規模な研究会においてであった。

当時の私は氏の『神秘主義のエクリチュール』をただ字面を追うようにして読んだだけであったが、こんどふたたび読み返してみて胸に響くものがあった。というのも氏は「神秘主義」を論ずるにあたってまず自分史的な告白からはじめ、まっさきに良寛《りょうかん》のことにふれて論を展開しようとしていたからだった。氏の母方が神主の家系であったことや幼少期の宗教体験などにふれ、それがのちにイランに渡ってイスラーム研究に打ちこむ契機になったいきさつがのべられている。とはいっても、その『神秘主義のエクリチュール』は特定の宗教や宗派の護教的プロパガンダとは何の関係ももつものではないと釘《くぎ》をさすことも忘れない。それはイスラーム研究の場合と同じように、まったく氏の個人的な感性と知的興味だけでできあがったものだといっている。その学問上の足跡は、東大理学部の数学科に学んだ氏が、のちに大学院の美学芸術学に進んでいった経歴をそのままあらわしていた。

そのような五十嵐氏がイスラーム神秘思想の荒野にさまよい、その鬱蒼《うつそう》たる茂みをくぐり抜けてたまたま邂逅《かいこう》したのが良寛の世界だった。そのときの驚きと感動が素直に伝わってくるような文章がそこに書きつけられていたのである。とりわけその良寛讃歌が良寛と貞心尼《ていしんに》の相聞の歌からはじめられているところが目を惹《ひ》く。それにつづけて、本書の全体の骨格をなすイスラーム神秘主義の精華、すなわちスフラワルディーの『幼児性の状態について』の考究へと議論が展開していくのである。

こと「幼児性」という問題になれば、むろんのこと良寛の詩句のなかからも、それについての美しい神秘の花束がいくらでもあふれでてくるであろう。それがもしかすると、文化の翻訳という困難な仕事にたずさわった過激な倫理的調停者の、内心深く蓄えられた精神の泉だったのかもしれない。

第七章　宗教言語の聖性と世俗性

聖書と論語の倫理的命題

「パクス・ヤポニカ」の可能性をいうためには、まず思想としての「倫理的調停」ということを考えなければなるまい、と前章でいった。そうなればわれわれは、そのような先駆的存在としてすでにインド人のガンディーの名を知っている。そしてまた、イギリス人のヴァン・デル・ポストの名を挙げたのだった。

もう一人、サルマーン・ラシュディー氏の『悪魔の詩』を翻訳した五十嵐一氏の仕事にもふれた。その翻訳の仕事のため暗殺の悲運に見舞われたイスラーム学者であるが、氏はイスラーム圏と非イスラーム圏のはざまに立って、倫理的調停の道にすすみでようとしていたのだ。――そのように稲賀繁美氏が論じていたのである。

文明は、はたして思想のレベルで和解することができるのか。たとえば『聖書』と『論語』には同質の倫理的命題があらわれるが、そこから思想上の調停の道を探りだすことができるのだろうか。

「己れの欲せざる所は人に施すこと勿《な》かれ」（『論語』）は、はたして「人にしてもらいたいと思うことは何でも、あなたがたも人にしなさい」（『聖書』）と同じことをいっているのかどうか、という問題だった。帰するところは同じである、という言明もあるだろう。似ても似つかぬ双生児、という判断をしなければならないときもある。「東」と「西」のあいだには、昔からその同異をめぐって、いつはてるとも思えない議論がつづいてきた。その両者のあいだで「調停」の話がついたなどという話は、まずきいたことがない。それでもわれわれはいつでも、いつのまにか、その同異の問題にひきつけられてきたのである。

一九八四年のことであるから、もう二〇年も昔のことになる。ちなみにいえばこの年、南アフリカ共和国で黒人としてははじめてイギリス国教会黒人主教となったデズモンド・ツツに、ノーベル平和賞が与えられた。九月には、全斗煥《チョンドゥファン》韓国大統領が来日して「日韓新時代の幕開け」といわれた。しかし一〇月、インドのインディラ・ガンディー首相が分離派シーク教徒によって暗殺されている。

この年の八月に、東京で河合《かわい》文化教育懇談会の主催による国際シンポジウムが開かれた。題して「日本の心・フランスの心――フランス精神分析学者との対話」。たまたま、フランスのラカン派の精神分析学者ジャン＝マックス・ゴディリエール夫妻が来日したのを機にもち上がった企画だった。夫妻は土居健郎《どいたけお》氏の『「甘え」の構造』を高く評価し、その書評の一部がフランスの雑誌『クリティーク』に発表されていた。このシンポジウムで基調報告をしたのが、当のゴディリエール氏（当時、パリ社会科学高等研究院教授）と土居健郎氏および河合隼雄《はやお》氏の三人。これら基調報告者を交えて自由討論に参加したのが、いまは亡き井筒俊彦《いづつとしひこ》氏、湯浅泰雄《ゆあさやすお》氏、木村敏《きむらびん》氏、中川久定《なかがわひさやす》氏であり、その末席に私もつらなった。

控え室にいるときだった。井筒、ゴディリエールの両氏がジャック・ラカンを話題にしていたが、東洋にも生粋のラカンが存在すると、井筒さんが笑顔を浮かべていった。むろんそのラカンは羅漢のことであり、仏教ではブッダと最高位の修行に達した聖者のことをいうというような説明がつづいた。じっと耳を傾けていたゴディリエール氏が深くうなずいていた光景が、昨日のことのように蘇《よみがえ》る。

医師と患者のジレンマ

西洋の心と東洋の心のあいだに「橋」をかけようとする試みが、これまでにもいろいろおこなわれてきた。かつてフロイト派の精神分析家E・H・エリクソンは『ガンディーの真理』を書き、そのなかでフロイトの精神分析の方法がガンディー流の非暴力における内省の方法にきわめて類似しているといっている。人間の暴力的な欲望に非暴力的に近づこうとしている点で、その両者は親縁の関係にあるといったのである。フロイトとガンディーのあいだにかけようとした「こころの橋」である。

同じように欧米の精神分析医や研究者たちも、しばしば禅の公案と精神分析がよく似ているといっていることが思いだされる。統合失調症患者が精神科医にむかって問いつめるやり方が、老師の舌鋒《ぜっぽう》に追いつめられていく弟子たちの受難の場面に比較されてもきた。私はラカン派の精神分析についてはまったくの門外漢であるが、右のシンポジウムでゴディリエール氏のご夫人、ダボワンヌさんが出された事例がとてもわかりやすく、つよく印象にのこった。統合失調症患者が医師にむかって理不尽な二者択一の問いを発して即答を迫るという場面である。そこで、三つのパターンが紹介されていた。

患者一、――「私の病気はいまとても悪くなっていますが、このように悪くなるともう治っているのです。しかし治ると、とたんにもう悪くなっています。どうしてくれますか」。

患者二、――「私はもうこれ以上生きていたくないから、あなたのところに来たのです。どうか死なせてほしい。すぐ答えて下さい」。

患者三（強姦《ごうかん》された経験をもつ女性）、――「もしもあなたがこのこと（強姦されたこと）を非難すれば、私は自殺します。しかしもしもあなたがそれを認めれば、私はあなたを殺します。さあ、どう答えますか」。

とても即答することなどできない問いである。しかし瞬時に二者択一を迫っている問いである。そのような理不尽な患者の問いの前に立たされる医師の困難は、老師によって提出された公案、すなわち二者択一を迫るジレンマにみちた問いの前にたたずむ弟子の窮境に、たしかによく似ている。

たとえば『無門関《むもんかん》』にこんな問いがでてくる（三二・外道《げどう》問仏）。ブッダが異教徒（外道）に出会ったときのことだ。その異教徒がブッダに問いかける。

「言葉（有言）でもなく、沈黙（無言）でもないものは何か」

外道を患者、ブッダを医師と考えてみよう。医師（ブッダ）はどう答えるか。ブッダは「しばらく黙って坐《すわ》っていた」とあるだけである。その姿を見て、患者（外道）がハッと気づく。迷いの霧がはれた、というのである。

「犬にも仏性《ぶっしょう》があるか」、――いわゆる「狗子《くし》仏性」の公案である。行きずりの他者（僧）にそう問われた趙州《じょうしゅう》和尚（医師）は「無」と答えている。しかしその場面にはすでに「ない（無）」といっても、「ある（有）」といっても同じことだという声がどこからともなくきこえている。その「ある」と「ない」から離れよ、――そういう意味の「無」だということとなのだろう。しかしそんなリクツをこねているうちに「狗子仏性」の問いの勢いは消失してしまう。問いそのものが空中分解している。さて、どうするか。

言葉でないもの、沈黙でもないものは何か、という問いは、「悪くなると治る、治ると悪くなる」とダダをこねている患者の口吻《こうふん》に似ている。「犬にも可能性（仏性）があるのか」の問いは「死ぬためにあなたのところに来た」と問いかける甘えの告白に通じている。答える側は、そうだともいえない。そうでないともいえない。立ちつくし、立ちどまり、静かに黙っているほかはない。そのうちに葛藤《かっとう》がほどけるだろう。緊張が解けるかもしれない。そのあとは、「それでよし」というもよし、「まだまだ」というもよし……。

もう一つつけ加えれば、『臨済録《りんざいろく》』に「殺仏殺祖」の話がでてくる。「仏に逢《あ》えば仏を殺し、祖師に逢えば祖師を殺せ」ということだ。臨済の言葉であり、臨済の問いである。どう答えるか。仏や師を実際に殺せるわけがない。実際に、殺せといっているわけでもない。しかし明らかに「殺せ」といっている。それにたいする平俗な答えは、仏や師をのりこえて先にすすめ、ということだろう。しかしそんな悠長なことをいっていて、はたして仏や師をのりこえることができるのか。急げ、そして殺せ……。さきの患者の問い、――「私が自殺するか、さもなければあなたを殺す」といって迫る性急な問いと、それは何とよく似ていることか。

そのうち患者と医師の関係が逆転するときがくる。患者が主体性をとりもどし、医師が弱者の身にすりかわる。問う者が答える者に化ける。禅の公案でも目指されている場面である。そのとき、新しい展望が患者と医師の頭上にひらける。老師と弟子の頭上にひろがる。「有言－無言」も「狗子仏性」も「殺仏殺祖」も、その転回の瞬間をもつ点では何ら変るところがない。

ただ、そのような問いの前に立たされたとき、医師も弟子も立ちつくしながら沈黙をしいられている。答えを失ったまま、徒手空拳《としゅくうけん》の世界に投げだされている。時が熟するまで、そのままの状態で立ちつくしているほかはないのである。時が熟す、――その時はおそらく患者の側からも医師の側からも訪れてくるだろう。調停の時が熟すときである。老師と弟子のあいだに了解の時が満ちるときだ。問いと答えの葛藤が融ける時間《とき》が満ちるといってもいい。こうした心と心の開通も、一種の倫理的調停と呼んでもいい状況なのではないか。そこには東の心と西の心の開通という可能性も開かれている。

井筒訳『コーラン』にみるイスラーム教の本質

さきに、「ラカンは羅漢」という井筒さんの自由闊達《かったつ》な談論を紹介したが、私が井筒俊彦氏の名をはじめて知ったのは、昭和三二年（一九五七年）に岩波文庫から出版された『コーラン』の翻訳を読んだときだったと思う。とすると、あれからもう四七年が経っていることになる。

あえていえば、その訳文の、日常会話体にくだけた文体に私はびっくりし、ざっくばらんな預言者の語り口が、およそ比較を絶して新鮮に映ったのである。それはたとえば『聖書』翻訳のどんな文体にも似ていなかった。それのみではない。『阿含経《あごんきょう》』などの訳本に登場するどんなブッダの口吻とも通い合うところがなかった。

井筒訳の『コーラン』は、まずその破天荒な文体によって、預言者ムハンマドの、イエスともブッダとも異なる思想の本質を生き生きと再現しているようにみえたのである。それはほとんど離れ業というほかないような手練だったのではないだろうか。

井筒さんは、『コーラン』は「神憑《かみがか》りの言葉」によってつむぎだされたのだという。「言葉そのものが一種の陶酔」であるともいう。つまり『コーラン』は、神憑りに入った一人の霊的人間が、恍惚《こうこつ》の状態において口走った言葉の集大成、なのである。

預言者ムハンマドは、神アッラーの言葉を三人称で語っているのではない。かれは自分に憑《よ》りついた神の言葉を、たんに神の言葉としてではなく、自分自身と一体化した神の言葉として一人称で語っている。その陶酔の神憑りの言葉を、井筒さんはじつに平俗な日常会話の、くだけた文体で翻訳していたのである。

その井筒訳において採用された文体のなかに、ひょっとするとイスラーム教の本質が宿っているのではないか、と私は思ったものだ。そのいわば世俗化された文体のなかにこそ、預言者の宗教的性格が色濃く刻印されているのではないだろうか。井筒さんは原『コーラン』の文体を目して、それは「沙漠《さばく》の巫者《みこ》の発想形式」であり「お告げの文体」であるともいっている。その巫者の発想とお告げの文体が口語体で表現されているところに、私はつきせぬ興味をもったのである（以上は『コーラン』訳に付された「解説」による）。

いま「お告げの文体」、「巫者の発想」ということをいったが、それでさしあたり思いおこすのが大本教《おおもと》を開いた出口《でぐち》ナオや天理教を創《はじ》めた中山《なかやま》みきの「お筆先《ふでさき》」のことである。周知のようにそれらの「お筆先」はじつに平易な日常語で書かれている。民衆の耳に入りやすい平俗な表現で綴《つづ》られている。むろん一つひとつの言葉には多義的な含蓄があるが、言葉そのものは庶民的な語り口がそのまま活《い》かされているといってよい。その意味において井筒訳において採用されたムハンマッドの語りの文体は、出口ナオや中山みきのお筆先のそれに近いのである。

日常言語と霊的言語

大まかにいうと、宗教的言語は聖者的言語（韻文）と世俗的言語（散文）に分けることができるかもしれない。『聖書』や『阿含経《あごんきよう》』がはじめから聖者的言語で語られていたかどうかは疑問であるが、すくなくともそれが歴史的に発展していく過程でしだいに聖者的言語の地位をえていったことは否定できないだろう。そしてそのような伝統の形成に大きく寄与したのがたとえば聖職者であり神学者であった。

しかしイスラーム教の場合、おそらく事情は異なっていた。預言者ムハンマッドの宗教言語にこめられていた世俗的な意味を、後世の信徒や法学者たちがそのまま大切にして後世に伝えていった。イスラーム教世界には聖職者なるものはそもそも存在しなかったとはよくいわれることである。そういう宗教のあり方がその宗教言語の世俗的性格を今日まで温存させる誘因になったのではないだろうか。井筒訳の『コーラン』における文体は、たとえばそういう事柄をも私の内に喚起してやまないのである。

それにしても神憑りの言葉、巫者の発想が平俗な日常語で語られるというのは、これはこれで一種のパラドックスではないか。とりわけ語りかける神が一神教的な神である場合、そういうことにならないか。一神教的な神のお告げは何よりも定言命令的な威厳にみち、超自然的な威力を発散しているからだ。たとえ平俗な言葉で語られてはいても、その言葉をきく者の耳には、非日常的なメタファーにみたされた霊的言語としてきこえていたはずだからである。

またその神のお告げを直接身にうける巫者にしてみても、かれはすでに恍惚状態に入っている霊的人間である。恍惚忘我のなかで自意識を失った人間が自動機械のごとく言葉を吐きだすようになると、それはしだいに強いリズムにのり、異常な語りの調子を帯びるようになるだろう。その点で神憑りの言葉、巫者の語りというのは、いつでも日常言語の地平を離陸して超自然の霊的言語へと飛翔《ひしょう》していく契機をはらんでいる。「聖書」的言語がそのようにして生まれ、「仏典」的言語がそのようにして展開していったことはいうまでもない。こうして宗教的言語を独占しその聖性を管理する神学者や教学者が大量に生産されていったのである。

だが井筒さんによると、『コーラン』の産出者である預言者ムハンマッド自身は、自分が巫者とみなされることを極度に嫌っていたという。なぜなら神憑りして語る巫者の存在は、しばしば偶像崇拝と直結するものと考えられたからである。そこにはおそらく、神憑りして恍惚状態になった預言者が同時にそういう陶酔現象を根こそぎ否定しようとする、矛盾にみちた態度が反映されているのであろう。とすればイスラーム教はその発生の当初から、聖性と世俗性の両極にはげしく引き裂かれる運命を担っていたというほかはないのである。

井筒訳の『コーラン』の文体が、いつでもそのことを私に思い出させてくれる。考えてみればそのような井筒俊彦氏こそ、困難な条件のなかで文明間の倫理的調停者の役割を引きうけようとした、類《たぐい》まれな文化の翻訳者だったのではないだろうか。その文明間のはざまに立って犠牲に斃《たお》れたあの五十嵐一氏が、じつはその井筒さんの信頼する学問上の弟子であったことを想起するとき、運命の不思議を思わないわけにはいかないのである。

第八章　惨劇のシンボルから「平和」の象徴へ

原爆ドームと嘆きの壁

夏になると、「原爆忌」がめぐってくる。八月六日の「ヒロシマ」のことだ。例年のごとく「平和記念式典」がおこなわれ、「平和の鐘」が鳴らされる。時の首相が挨拶《あいさつ》し、各都道府県の遺族代表、被爆者や市民ら約五万人が参列する。原爆が投下された午前八時一五分には黙禱《もくとう》を捧《ささ》げ、広島市長が「平和宣言」を発表する……。

戦後半世紀のあいだ、くり返しおこなわれてきた「平和」の行事である。毎年、八月の季節を迎えると、甲子園における高校野球とともにくり返しおこなわれてきた国民的な「平和」の行事である。

近年私は、この毎年同じようにくり返される「原爆忌」を迎えるたびに思いだすことがある。「原爆忌」を迎えてあらためて脳裡《のうり》によみがえる「原爆ドーム」についての思案である。生々しい廃墟《はいきょ》としての「原爆ドーム」のイメージ、といいかえてもいい。

だがやがて、その生々しい廃墟としての「原爆ドーム」と並んで、それと似たもう一つの歴史的な廃墟が、いつのまにか私の眼前にちらつくようになった。あのエルサレムの旧市街のまんなかにわずかに残されている「嘆きの壁」である。たった一枚の、まさに廃墟としかいいあらわしようのない荒寥《こうりよう》とした壁の光景である。瓦礫《がれき》のなかに、かろうじてその痛々しい残骸《ざんがい》をさらしている満身創痍《まんしんそうい》の壁である。

私はたまたまその場所に、一九九五年の秋に行った。一月に阪神淡路大震災、三月にオウム真理教による地下鉄サリン事件が発生した年だった。そして一〇月の末、そのイスラエルの旅から帰国した直後に、ラビン首相暗殺の報に接した。

「嘆きの壁」のあるところは、さきにものべたが廃墟の現場である。その廃墟に、ユダヤ教徒たちが毎日のようにやってきて祈りを捧げている。神殿再興のための祈りである。メシア（救世主）の来臨を待望する祈りである。だがその廃墟の目と鼻の先にイスラーム教の聖堂＝黄金のドームが建てられている。そのなかにムハンマッドが昇天したと伝えられる岩が祀《まつ》られているからだ。このイスラームの黄金のドームがそこに存在しているかぎり、ソロモンの神殿を再興する夢は実現されることがないだろう。が、それにもかかわらずユダヤ教徒たちは毎日のようにそこにやってきて熱烈な祈りを捧げている。永遠（？）に満たされることのない祈りである。「嘆きの壁」と呼ばれてきたゆえんがまさにそこにある。祈りは、熱烈であればあるほど、絶望的にひびく。幻想の炎を噴きあげる。

しかし不思議なことに、この「嘆きの壁」は瓦礫のあとに残されたたった一枚の廃墟の壁であるがゆえに、かえってユダヤ民族三千年の歴史を生々しい姿でわれわれの前に告知しているではないか。廃墟というものがもつ強烈な喚起力である。一枚の壁に凝集されている民族の絶望と悲しみが発散する感染呪力《じゅりょく》である。

ひるがえってわれわれの「原爆ドーム」は、はたしてそのような喚起力をもつ廃墟になっているのであろうか。おそらく、否と答えるほかはないだろう。戦後半世紀の歴史しかもたない「原爆ドーム」を、三千年に及ぶ民族の悲しみと嘆きの堆積《たいせき》と比較しようというのが、そもそも無理な話ではないか。

『エルサレムの乞食』

「嘆きの壁」といえば、もう一つ忘れがたい記憶が私にはある。ルーマニア生まれのユダヤ人作家、エリー・ヴィーゼルの名である。かれは一九六八年に『エルサレムの乞食《こじき》』(岡谷公二訳、新潮社、一九七四年)という小説を書いている。

かれの母と妹はアウシュヴィッツの焼却炉で焼かれ、父は餓死した。その地獄から奇蹟的にこの世に戻ったヴィーゼルは、その体験を『夜』(一九五八年)のなかで描いた。かれ自身はブッヘンヴァルトの収容所で解放を迎え、フランスに亡命してソルボンヌで学んだ。その後、イスラエル、アメリカ、極東を放浪し、アメリカの市民権をとってニューヨークに住み、フランス語で作家活動をつづけるようになった。

かれが生まれたところは、ルーマニアの小都市シゲトだった。その町のユダヤ教のラビ

（指導者）たち、堂守《どうもり》や乞食たち、狂人や流浪の説教師たちが作品のなかにあらわれる。さきの『エルサレムの乞食』においてもそうであるが、それらの人びとの存在はあの旧約以来のユダヤ人たちの歴史の記憶そのものであった。この作品に登場する人物たちは、「私」が少年時代に知ったラビや乞食や狂人や放浪の説教師の面影をひきずっている。そして同時に、『旧約聖書』にでてくるあれこれの人物たちを思いださせる。その受難と苦悩の物語を思いおこさせる。

『エルサレムの乞食』はそうしたユダヤ民族の重苦しい運命を、「私」という窓を通して浮き彫りにした小説である。イスラエルがアラブ諸国に勝利した「六日戦争」（一九六七年）という時期が選ばれ、エルサレムの「嘆きの壁」の前にさまざまな死者たちや生き残った者たちがあらわれて歴史を語り、戦争を語り、そして愛を語る。

その無数の生者たちや死者たちの影のなかに、一人の乞食がほとんど輪郭の定かでない幻のような姿であらわれる。世界に遍在するようにさ迷い、病んだ腫瘍《しゅよう》のように人びとの肌にしみこみ、表情を喪《うしな》った顔をさらして通りすぎていく。かれはほとんどこの世のものとも思われない幻影なのだが、その影がエルサレムの「嘆きの壁」を通して歴史の彼方から語りかけ、われわれの眼前に姿をあらわす。

その幻影のような乞食は、はたしてこの世に生きているのだろうか。それとも歴史のなかをあてどもなくさ迷うたんなる霊的な存在なのだろうか。しかし作者はそのことを黙秘したまま、何ごとも語ろうとはしない。語ってはいないのだけれども、しかしそのかれは、あのゴルゴタの丘で不幸な死に方をしたはずの、遊行神《ゆぎょう》のような乞食のようにみえないこともない。というのもイエスは、昼間は乞食のように生き、夜になると地下の穴蔵で神に祈る人であったからだ。その祈りが、たとえ絶望と紙一重の祈りであったとしても……。

その「嘆きの壁」の周辺は、二〇〇一年の9・11のテロを機に、悲劇の様相をますます濃くしている。三千年の民族の嘆きと悲しみをすいこんできた廃墟は、いまなおわれわれの眼前でテロの応酬をくり返す生々しい現場になっている。地を這《は》うようなうめき声がそこから立ちのぼり、とだえることのない呪詛《じゅそ》の叫びが天にこだましている。

それにひきかえ、「原爆ドーム」の周辺にただよう「平和」の風の静かなさやぎはどうだろう。むろんこれまでに「ヒロシマ」の嘆きが語られてこなかったのではない。当時の悪魔の記憶が検証され語りつがれてこなかったわけでもない。たとえばそのような悪魔の記憶の一つとして、われわれは井伏鱒二《いぶせますじ》の『黒い雨』という作品をもっている。かれはたしかに、この作品で民族的な悲劇と絶望の調べを書き記している。癒《いや》されることのない悲哀の声なき声をすくいあげようとしている。それは民族の祈りに近いものだったといっていいだろう。その祈りを語りつぐ無数の人びとの群が「ヒロシマ」を取り巻き、その輪を幾重にもひろげてきたことも事実である。廃墟としての「原爆ドーム」の吸引力であり、遠心力であったといっていい。

だがそれにもかかわらず、その廃墟としての「原爆ドーム」の周辺は、今日、いってみれば「平和の公園」としてその廃墟性をかぎりなく希薄にしていっているようにみえないこともない。すくなくともエルサレムの「嘆きの壁」がおかれている運命とくらべるとき、その清澄な明るさがまぶしく映る。ユダヤ民族の受難と苦悩の物語をそこに投影することがほとんど空しいほどの安らぎがただよっているではないか。

廃墟としての「原爆ドーム」は被爆の惨劇や受難を映しだすシンボルであることを超えて、むしろ戦後日本の「平和」を象徴する「世界遺産」としての記念碑へとその性格を変えつつあるようにみえる。海の彼方の「嘆きの壁」は依然として民族の悲願を一身に体現する前線基地でありつづけているけれども、それにたいして「原爆ドーム」の方は年に一度だけめぐってくる「原爆忌」を演出するメモリアル・ドームとしての景観をつよめているのではないだろうか。

日本の平和が由来するもの

このような戦後日本における「平和」は、いったい何に由来しているのか。そのような「平和」を実現してきた「平和好き」ニッポンのエートスは、どのような歴史の記憶によってつむぎだされてきたのか。さきにのべたように、そこにこそあるいは日本「文明」の性格や個性を考える重要な鍵《かぎ》がかくされているのかもしれない。あえていえば、廃墟に立ちつづけてきた「平和」の意味である。そしてその問題を検討するために、たとえばこの日本列島に実現されたかつてのパクス・ヤポニカの伝統、すなわち平安時代の三五〇年と江戸時代の二五〇年を考えることが必要でもあり、有効でもあるのではないかといったのである。

ここに、参考になる話がある。

『文明の衝突』のサミュエル・ハンチントン氏が、一九九八年一二月に来日し、東京で「二十一世紀における日本の選択——世界政治の再編成」という講演をおこなった。世界の話題をさらった『文明の衝突』にもとづいて、日本の今後を占うメッセージとしてまとめられたものだった。この講演論文は二〇〇〇年になって鈴木主税《すずきちから》訳『文明の衝突と21世紀の日本』(集英社新書)の一部に加えられて出版されたが、その議論のなかに「孤立する国家、日本」「西欧化しない日本」「革命のない日本」というテーマがでてくる。そのキャッチコピーのような言葉そのものに、ハンチントン氏の「日本」イメージが端的に表明されていて大変興味ぶかいが、むろんこれはたんに氏個人だけの見方ではないであろう。今日の世界における「日本イメージ」を要約する最大公約数的な認識であるといってもいいのではないであろうか。

第一の「孤立する国家、日本」というのは、日本が文化と文明の観点からすると、他のいずれの国々ともその基盤を共有できない単独の国家を形成してきたからだという。他の主要な文明はすべて複数の国家群から成っているが、ひとり日本のみそうなってはいない。日本文明がほとんど日本という国と一致している。たとえば多くの日本人がアメリカに移住してアメリカ社会に同化しているが、日本を離れた移民はたいていの場合（ハワイを除いて）日本の文化的共同体の一員ではない。つまり日本には、他の国々には存在する「国外離散者《ディアスポラ》」が存在しない。ディアスポラとは、祖国を離れて移住生活を送ってはいるが、もとの共同体における感覚を保ちつづけ、祖国と文化的な接触を維持している人びとを指す。しかしそのようなことがみられない点で、日本の国家は孤立しているというのである。

第二の「西欧化しない日本」というのは、日本は「近代化」に成功したにもかかわらず、その基本的な価値観、生活様式、人間関係、行動規範においては「西欧化」することがなかった。一八七〇年代以降の日本の発展の中心的テーマが、まさに西欧化せずに近代化を成しとげるということだった。たとえばアメリカと日本は、議論の余地なく世界でもっとも近代的な国家をつくりあげた。アメリカはいまだに日本にとって最良の友であり、唯一の同盟国である。しかしながらこの二国の文化はまったく異なっている。その相違点とは、個人主義と集団主義、平等主義と階級制、自由と権威、契約と血族（縁）関係、罪と恥、権利と義務、普遍主義と排他主義、競争と協調、異質性と同質性……といった差異として数えあげられてきた。いささか常套《じょうとう》、月並みな二項対立で首をかしげたくなるところもあるが、しかし生活様式などの文化的価値観において「西欧化」しなかった日本「文明」の勘所だけは押さえられているといっていい。

第三に「革命のない日本」というキャッチコピーがあらわれる。裏側からいうと「平和(志向)の日本」ということになるのであろう。しかしここでハンチントン氏が念頭においているのが明治維新における「革命」である。日本の近代化がほとんど革命的な大激動を経験せずに成しとげられたということだ。そんなことはイギリス、アメリカでもフランスやロシアにおいても存在しなかった。中国においてもみられなかった。ドイツでさえナチズムという形で、一種の革命が発生したではないか。しかし日本においてはそのようなことがなかったというのである。要するに、明治維新は無血革命であったという認識だ。そしてはなはだ興味あることに、それは第二次世界大戦後のアメリカ軍による占領においてもくり返されることになった。明治維新とアメリカ軍による占領は、ともに社会を引き裂くような苦しみと流血をともなうことなく成しとげられたのだという。そのことによって日本は伝統的な文化の統一性を保持しながら、高度に近代的な社会を築いたのである(上掲書、四五―四九頁)。

以上が、ハンチントン氏による「日本」イメージの総括である。「孤立する国家」「西欧化しない国家」「革命のない国家」の三つの思考ベクトルによってすくいあげられた「日本文明」の感触である。そのハンチントン氏による認識というか感触が、不思議なことにさきにみた「ヒロシマ」における「原爆ドーム」の廃墟イメージにそのまま重なって私には映る。エルサレムにおける「嘆きの壁」の廃墟イメージとは決定的に異なる歴史的な記憶を、その三つのキャッチコピーがそれとなく暗示しているようにみえるのである。

それを一言にしていえば、孤立した国家の「平和」にみたされた廃墟イメージであり、西欧化しない国家の平和を祈念する光景である。革命のない国家つまり平和主義日本の、鎮魂、慰霊の響きがそこから立ちのぼる。

慰霊の文化装置

もっとも、そのような「平和」の廃墟においても、半世紀前には例外のような光景がみられないわけではなかった。「ヒロシマの嘆き」を生々しく記録した文章がないわけではなかった。さきにもふれた井伏鱒二の『黒い雨』である。八月六日のピカドンのあと、「にわか坊主」がさ迷いでてきて、死者のため棺桶《かんおけ》をつくり、死体の処理に走りまわる。死体を莚《むしろ》に移し、リヤカーにのせて川原に運ぶ。川原にはいくつもの穴ぼこが掘ってあり、しゃれこうべがのぞいている。どくろの眼窩《がんか》の奥で空の一角をみつめている遺体もあり、歯をくいしばって恨みがましくしているのもある。岩かげに行倒れになりかけている人間、仰向けに倒れ白目を剝《む》きだして口をあけ、パンツ一つの腹部をかすかにふくらませたり窪《くぼ》ませたりしているのがいる。

る。すでに頭と足だけが白骨になりかけている遺体にむかって、それをつぶやく。虫が出入りしはじめている屍《しかばね》にむかい、たどたどしくそれを読みあげていく。

「……我やさき、人やさき、けふともしらず、あすともしらず、おくれさきだつ人はもとのしづく、すゑの露よりもしげしといへり。されば、あしたには紅顔ありて、夕《ゆうべ》には白骨となれる身なり。すでに無常の風きたりぬれば、すなはち、ふたつのまなこたちまちにとぢ、ひとつのいきながくたえぬれば……」

かろうじて、さきにふれたエリー・ヴィーゼルの『エルサレムの乞食』に悲しくこだまする絶望の祈りに通い合う場面である。「嘆きの壁」の前をあてどもなくさ迷う一人の乞食の影のような輪郭を思わせる場面である。

しかしながら、ここでよくよく耳を傾けてきいてみよう。するとこの『黒い雨』に通奏低音のように流れていた「白骨文」の世界が、いつのまにか「たましずめ」という名の鎮魂の呪文のような声のなかに吸いこまれ、「我やさき、人やさき」の無常観が死者の霊を弔う慰霊の祭祀《さいし》のなかに回収されていく光景がみえてくるであろう。

廃墟としての「原爆ドーム」が、「革命のない日本」の平和の象徴の地位に祀りあげられていく光景である。あるいは、鎮魂、慰霊の新たな文化装置として、孤立した日本のシンボル、西欧化しない日本のシンボルとしてそれが固有の意味をもつにいたった姿である。

第九章　死者を許す文明と許さない文明

日中関係の溝

二〇〇二年は、日本と中国のあいだに国交が正式に開かれてから三〇周年にあたる。それを記念していろいろな行事がおこなわれた。私もそんな催しに招かれたり、参加したりする機会がわずかながらあった。

私が当時勤めていた国際日本文化研究センターには、たまたま吉林《きつりん》大学の日本研究所長・魯義《ルーイー》氏が滞在中で、そのお話をうかがって啓発されることがあった。ご専門が日本政治で、その立場から「中日関係と相互理解」という講演もしていただいたのである。

それでまず興味を惹《ひ》かれたのが、各種の世論調査から推定すると、両国間の相互信頼度はこのところ急激に低下しているということだった。たとえば「日本を信頼できない」中国人は、一九八八年の三四パーセントから九九年の六二パーセントへと大きく増加している。そしてそれとあたかも符節を合せるかのように、「中国に親しみを感じる」日本人は八〇年に七九パーセントもあったのに、九八年になると五〇パーセントを割ってしまったという。

その原因として魯氏が挙げたのが日本政治の専門家らしく、中国側にとっては歴史教科書問題、日米安保の再定義、首相の靖国《やすくに》神社参拝、などであった。これを日本側からみると天安門《てんあんもん》事件、中国の核実験、そして密入国などが、マイナス要因としてはたらいていたのではないかという。これに加えてさきごろの瀋陽《しんよう》の亡命者連行事件の影響も大きい。

が、そのなかでもとくに私がはっと思ったのは、魯氏がA級戦犯を祀《まつ》る靖国神社への首相の参拝の問題にふれて、日本人は死者を責めないけれども、中国人は死者であっても許さない、といっている点だった。それが今日における両国の険悪な関係、その相互信頼を阻む「溝」の一つになっているのではないかという指摘だった。

あえていってみれば、死者を許す文明と死者を許さない文明、ということになるのだろうか。もしもそういうことになれば、それは何も「靖国」の問題だけにとどまらないことになる。事柄の本質は「靖国」を超えて、五百年、千年の文明のテーマになるかもしれないと思ったのである。

私がその魯氏の発言にふれて思い出したのが伍子胥《ごししょ》（?—前四八五年）の話である。春秋時代末の人で、屍体《したい》に鞭《むち》打って生前の恨みをはらしたことで世に名高い政治家だ。司馬《しば》遷《せん》の『史記』（巻六六）にその生涯が生き生きと描かれているが、この怨念《おんねん》の人、伍子胥にたいする司馬遷の思い入れもまたただごとではない。歴史の証言者として宮刑《きゅうけい》の屈辱に耐えた司馬遷も、おのが身にうけた恥辱にあらがう怨念の人であった。人間の抜きさしならぬ深刻な運命をみすえた人間だった。

伍子胥が生きた時代は、孔子が魯《ろ》の国で政治改革に奔走していたときである。伍子胥が仕えたのは楚《そ》の国の平王《へいおう》であるが、たまたま政争にまきこまれ父と兄がその平王に殺されてしまう。命からがら呉の国に逃亡したかれは、父と兄の仇《かたき》を討つため楚を滅ぼす謀略に身を焼きつくす。その必死の努力のかいあって、楚の都を落とすことができたが、ときすでに遅く、当の平王は死んでいた。そこで伍子胥は平王の墓を暴《あば》き、屍体を掘り出して鞭打つこと三〇〇回だったという。

「死屍《しし》に鞭打つ」という言葉がそこから生れた。だが怨念の人、伍子胥は、その怨念の毒によって、反《かえ》って悲劇的な最期をとげることになる。なぜならかれは呉の王、夫差《ふさ》とのあいだに不和を生じ、讒言《ざんげん》によって王に自殺を命ぜられたからだ。そのときいいのこした言葉がふるっている。自分の眼をえぐって呉の都の東門にぶら下げよ。呉の滅亡の姿をみるためだ……。そういうとわれとわが首をはねて死んだ。これをきいた呉《ご》王は立腹し、伍子胥の屍体を奪い、馬の革でつくった袋に入れて揚子江《ようすこう》に浮かべたという。

呉王もまた死屍に鞭打ってその怨念をはらそうとしたのである。何とも凄《すご》い話ではないか。今日の「靖国」問題でいえば、A級戦犯たちはさしずめ伍子胥における平王、さらにいえば呉王の夫差にとっての伍子胥その人、ということになるかもしれない。屍体に鞭打たずにはおかない許しがたい死者、というわけである。

この春秋時代の「死屍に鞭打つ」行為は、中国の歴史においてはむろん一過性のものではなかった。さきの魯氏によると、中国ではたとえば「遺臭万年＝悪名を後世にのこす」というようなことをいう。その一つに南宋《なんそう》時代（一二世紀）の岳飛《がくひ》と秦檜《しんかい》をめぐる話がある。秦檜は南宋の高宗の寵《ちょう》をほしいままにした宰相、それにたいして岳飛は軍閥の一方の旗頭で、中央政府の統制に服さなかった。それをみた秦檜は軍閥の諸将をあやつり、岳飛を追いつめて獄死させた。しかしやがて岳飛にかけられた無実の罪がそそがれ、その魂は神として祀られることになる。逆に秦檜の方が姦臣《かんしん》の烙印《らくいん》を押され、売国奴の地位におとしめられたのである。ちなみに中国の杭州《こうしゅう》には岳王廟《びょう》なるものがあるが、そこは岳飛を救国の英雄として祀ったところだ。魯義氏によると、その岳飛の墓前には秦檜夫妻の縛られた鉄像が建てられている。それをみれば、中国人の「愛」と「憎」の伝統文化がどういうものであるかがわかるだろう、という。

恨の五百年

中国の歴史に姿をあらわす伍子胥や岳飛、秦檜の話を知らされて念頭に蘇《よみがえ》ってくるのが、もう一つ韓国における「恨《ハン》の五百年」という物語である。このテーマについては、これまでにもさまざまな文脈のもとに語られてきた。南北に分断された国家における離散《ディアスポラ》家族の悲哀、日本の植民地時代における強制連行・強制労働、独裁的政治権力と儒教的家父長制という二重の抑圧構造、そして最近のトピックでいえば民族の被抑圧感情を晴らしてきた韓国サッカーの歴史などなど、数えあげていけばそのテーマは十指にあまるであろう。

これらのさまざまな「恨」と「恨半島」にかかわる議論のなかでとくに胸にひびいたのが李御寧《イオリヨン》氏の『恨の文化論――韓国人の心の底にあるもの』（裴康煥訳、学生社、一九七八年）という書物だった。氏は一九八二年に『「縮み」志向の日本人』（学生社）を刊行してわが国において話題を呼んだが、その『恨の文化論』では、民話や歴史的なドラマを分析しつつ、日韓両国民の感性を比較している。

それによると、韓国文化の母胎となっているものがそもそも「恨の文化」である。日本語で「うらみ」は「怨」と「恨」にあてられ、ほぼ同じ意味に用いられているが、韓国ではその二つの言葉は区別されなければならない。すなわち「怨」というのは他人にたいして抱く感情であり、外部の何かについて抱く感情である。ところがこれにたいして「恨」はそうではない、それはむしろ自分の内部に沈澱《ちんでん》し鬱積《うっせき》していく情の固まりなのだという。

怨みは熱っぽい。復讐《ふくしゅう》によって消され、晴れる。だが、「恨」は冷たい。望みがかなえられなければ、解くことができない。怨みは憤怒《ふんぬ》であり、「恨」は悲しみである。だから、怨みは火のように炎々と燃えるが、「恨」は雪のように積もる。

（上掲書、二六八頁）

韓国語の「怨」と「恨」では、いってみれば感情の発酵状態が違うということだ。それを区別することで、韓国人の感性と日本人の感性の違いが明らかにされるというのである。おそらくそうであろうと私も思う。たとえば韓国の演歌をきいていて、どことなく日本の演歌と違うなと思うことがある。なかなか言葉にはしにくいところなのだが、どこか韓国演歌の方がクールで透きとおった感じがある。その感じの違いは、李さんによれば、恨は冷たい、恨は雪のように悲しく積もる、という表現になるのであろう。

もっとも、演歌的な発想や心のあり方ということでいえば、韓国と日本のあいだに明らかに共通のトーンも見出《みいだ》せる。たとえば森彰英《もりあきひで》氏の『演歌の海峡——朝鮮海峡をはさんだドキュメント演歌史』（少年社、一九八一年）によると、あの「カスマプゲ」をはじめとする韓国大衆歌謡のヒットメーカー・朴椿石《パクチュンソク》も、この「恨」の文化論の支持者だったという。

氏は一九八〇年の夏に日本に来て、美空《みそら》ひばりのために「風酒場」を作曲している。そして「恨五百年」という韓国民謡にふれ、「恨」はこの国の伝統的な民謡の源泉をなし、そこから流れてきて大衆歌謡の底流となったのではないかといっている。人生の悲哀や魂の慟哭《どうこく》をつむぎだす基調低音だといっているのである。

「恨五百年」といえば、八〇年代に来日して話題を呼んだ韓国人歌手・趙容弼《チヨウヨンピル》もこの歌をうたってきくものの魂をゆさぶった。かれは日本でも大ヒットした「釜山《プサン》港へ帰れ」にはじまり、代表的な韓国演歌の「木浦の涙《モッポエソルム》」「哀愁の小夜曲」、それに日本のヒット曲「昴《すばる》」「氷雨《ひさめ》」「舟唄」、伝統芸能のパンソリまで、韓国語、日本語、英語と織りまぜながら熱唱した。ほとんど日本語は話すことができないにもかかわらず、みごとに日本語の情感を伝えることに成功したのである。

この趙容弼の歌の魅力は何かということになるが、かれは「情、愛、恨にあふれた歌」を自分に課しているという。「恨五百年」のなかには、「恨みながらも五百年、今さらいってもしようがない」という歌詞が出てくるが、「恨」は韓国人の心の奥にある民族の怒りであるとともに悲しみをあらわしているのであろう。悲哀や怒りが長い歴史の発酵期間をへて、ふつふつと噴きあげてくる。「恨五百年」はそのような感情の発酵を端的に象徴している言葉なのかもしれない。

それにしても「恨の五百年」とは、激しい言葉ではないか。日本人の感性に突きささるような強い表現であると思わないわけにはいかない。「恨」がさきの李御寧氏のいうように「冷たく」、「雪のように」心のうちに積もりつづけているものであるならば、それはいつの日にか晴らされることがあるのだろうか。どのようにして鎮められることがあるのだろうか。

仏教による慰撫鎮魂のメカニズム

この疑問に答えようとしたのが、たとえば崔吉城《チエキルソン》氏の『恨の人類学』(真鍋祐子訳、平河出版社、一九九四年)という仕事ではなかったかと私は思う。氏は人類学の視点から韓国シャーマニズムの問題を研究してきた専門家であるが、その長年にわたる実態調査と研究蓄積にもとづいて、いくつかの興味ある仮説を提出している。

それらのなかで私が関心をもったのが、たとえばつぎのような指摘であった。——古くから韓国に入ってきた仏教は、人間の恨みや煩悩《ぼんのう》を昇華する解脱の境地へみちびく宗教として機能し、個人の救いを唱えつづけた。それは恨みや復讐心にかかわる問題を克服の方向へと昇華させる信仰だった。けれども人間というのは誰しもその心の片隅に、どうしても解きほぐすことのできない「恨」を抱えて生きている。その人間の奥深い哀しみを正面から扱ったのが韓国では巫俗《ふぞく》信仰、すなわちシャーマニズムだったという。このような観点から眺めると仏教はポジティブな宗教、それにたいして巫俗はネガティブな宗教、ともいえるのであるが、李朝時代に入ってからは、そういう伝統の上にさらに儒教と巫俗の対抗関係が重なるようになる。なぜなら李朝は仏教を排し、儒教を強力に押しすすめる政策をとったからである。

儒教の祭祀《さいし》は幸せに暮して死んだ祖先にたいする崇敬の心を基盤にしている。儒教の「孝」はその儀礼をあの世の祖先の世界にまで延長させたものだ。しかし不幸せに死んだ人間や鬼神たちにたいしては「礼を惜しむ」のである。そのため巫俗信仰はそのような正統的な儒教への反動として、この不幸なる霊魂の救済についてつよい関心を示すようになった。儒教と巫俗のあいだで宗教上の機能分化がおこなわれるようになったのだ（同書、一六一―一六二頁）。

ところでさきにのべたように、人間の「恨」を鎮魂慰撫《いぶ》する役割をはたしたのが李朝以前においては仏教であった。が、それ以後の時代になると仏教に代って巫俗信仰が鎮めの宗教の主役を演ずるようになった。「怪力乱神」を語らない儒教社会と、死者の恨の世界にふみこんで「怪力乱神」を語る巫俗社会という二重構造である。しかしながらその巫俗はあくまでも社会の日《ひ》蔭《かげ》に咲くネガティブな信仰だった。

そのような見取図のなかで、崔吉城さんは興味ある事例をわれわれの前にさしだしている。韓国の中部地方でひろくおこなわれている崔瑩《チエヒヨン》将軍にまつわる巫俗祭祀である。ここでいう崔将軍とは、高麗《こうらい》王朝（一〇―一四世紀）末期の武人政治家。だがかれは、その高麗王朝を滅ぼした李《り》成桂《せいけい》（李朝の太祖）に捕えられて殺された。李氏朝鮮の五百年が、こうしてはじまる。みられるとおりこの崔将軍は、時代の転換期や王朝の交替期における非運の将軍、怨みの心をのんで非《ひ》業《ごう》の死をとげた英雄、であった。

やがて民衆のあいだに、あらたな鎮魂の物語が語られるようになる。崔将軍に同情し、その怨みの魂を浄化して神として祀る巫俗の物語である。その民衆祭祀の特色について崔さんは豊富な材料をくりだして詳述しているのであるが、最後に、その崔将軍における死と鎮魂の物語が日本における菅原道真《すがわらのみちざね》の運命と酷似しているといっているところが面白い。道真もまた、政治の渦にまきこまれて非業の死をとげた文人英雄だったからだ。道真の怨《えん》魂《こん》は死後まがまがしい災厄をひきおこすと怖れられたが、やがて神として祀られ鎮められた。よく知られている天神信仰である。

だが本当のことをいえば、この両者における慰撫鎮魂の物語が似ているのはそこまでである。両者の共通性はかなり表面的なものではないだろうか。なぜなら崔吉城さんも強調しているように、李朝の五百年は仏教を排した儒教優位の社会ができあがった時代だったからであり、したがって怨魂浄化のメカニズムは表向き強くははたらくことができなかったからである。煩悩の昇華というか慰撫鎮魂の仕事を引きうけたのが、裏街道に生きる巫俗信仰の世界においてだったからだ。ネガティブな宗教としてのシャーマニズムだったといってもいい。李御寧さんが指摘するように、韓国文化における「恨」が冷たく、雪のように積もって晴れることがないというのもそのような社会背景があっての話だったからではないだろうか。

儒教を表看板に押し立てた「李朝五百年」の歴史が「恨の五百年」のエートスを生みだす母胎になったということになるのであろう。仏教による怨霊救済の陰陽《おんりよう》のメカニズムが息の根をとめられ、それに代って社会的に抑圧された巫俗信仰がネガティブな鎮魂救済の仕事を引きうけることで「恨」の文化が生みだされたのだ、といえないこともない。

　このように考えてくるとき、日本の政治家たちによる「靖国」参拝が、いくら日本側からする抗弁をくり返したとしても、中国側、韓国側からのきびしい非難と攻撃に途絶えることなくさらされつづけてきたことの真の背景がみえてくるのではないだろうか。「A級戦犯」の死屍に鞭打ち、その「なきがら」に恨の涙を流しつづけてやまないエートス、といってもいいだろう。わが国におけるような仏教による祟《たた》りと鎮魂・浄化のメカニズムが、そこでは十分に機能することがないか、あるいはそれがまったく作動していないというほかはない。

　あえていえば、死者を許す文明と死者を許さない文明の緊張と対立の構図が、そうした形で今日まで根づよく尾を引いているのである。

第一〇章　大乗仏教と明治無血革命——トインビーの視線

トインビーのみた日本

死者を浄化する文明、それを拒絶する文明、——そういう問題の立て方もあるだろうということを前章でいった。死者を許す文明と死者を許さない文明、といってもいい。そのような対比はあまりに恣意《しい》的だとの批判もあるだろうが、その背景を探っていくと、仏教とか儒教といった宗教思想が介在しているらしいことに気づく。それ自体がまた単純な問題ではないのだが、ともかくそういう論点のあることを退けることもできない。たんなる図式化の議論は避けなければならないにしても、それを問題解決の糸口にするぐらいのことはできるかもしれない。

死者の浄化ということでさしあたり私が思いおこすのが、歴史家のアーノルド・トインビー（一八八九―一九七五年）のことだ。かれは晩年、「日本文明」の問題にふれて仏教の重要性に言及し、とりわけ大乗仏教を高く評価していたからである。ここでの文脈でいえば、トインビー自身がいっているわけではないが、死者浄化の思想母胎としての仏教ということが、かれの観点とのかかわりで私のさしあたっての関心の対象である。あるいはもうひとつ踏みこんでいえば、死者のルサンチマン（怨恨《えんこん》感情）を鎮めるイデオロギー装置としての仏教のはたしてきた役割、といったことがらである。この場合の「死者」は、いうまでもなく生きている者のかりそめの化身としての死者のことだ。

トインビーがはじめて来日したのは戦前にさかのぼる。昭和四年（一九二九年）の秋に京都で開かれた第三回太平洋問題調査会国際会議に出席するためであった。というのも、かれがその調査部長をつとめていた王立国際問題研究所が、太平洋問題調査会のイギリス評議会の中心であったためであり、かれもイギリス代表の一人として来日したのだった。そしてこのとき、日本で最初に訪れたのが高野山《こうやさん》だったという。インドの宗教に注目していたトインビーが、遠くインド仏教の影響をうけた日本の大乗仏教の聖地にのぼったのである。

戦後もかれは、一九五六年と一九六七年の二度にわたって来日している。とくに京都では原随園《はらずいえん》、西谷啓治《にしたにけいじ》、深瀬基寛《ふかせもとひろ》、貝塚茂樹《かいづかしげき》、桑原武夫《くわばらたけお》ら京大教授と活発な対論をしている。そのときの情景を桑原武夫氏がつぎのように書いているのが印象的だ。

一九五六年、京都で学者たちとの会合がもたれたとき、トインビーが当時目新しかったテープレコーダーを廻《まわ》しつつ、長時間疲れを見せず意見交換をしたのは壮観であったが、そのさい彼がもっとも熱心に質問をくりかえしたのは大乗仏教についてであった。日本の近代化についても関心を示したが、戦後の大衆社会的状況ならびに大衆文化についてはほとんど興味をおこさなかった。大衆は創造力をもたぬとする彼の説がかりに正しいとしても、文明の将来を考えるからには、好むと好まざるとにかかわらず、大衆文化の問題は避けて通ることはできぬはずだが、と私は少しいぶかしく思った。これまたイギリス精神のあらわれかも知れない。

（A・トインビー『図説歴史の研究』（訳者―桑原武夫・樋口謹一・橋本峰雄・多田道太郎、学習研究社、一九七六年）の「訳者あとがき」、六三五頁）

いかにも桑原武夫氏らしい観察ではないか。トインビーの関心の急所をおさえ、その歴史認識にかんするイギリス的偏向を皮肉っている。

無血革命だった明治維新

もう一つつけ加えておきたいのが、トインビーと貝塚茂樹氏のあいだで交わされた対談である。そのときたまたま「明治維新」の問題がとりあげられ、それがほとんど「無血革命」に近いものであったことが議論の対象になっている。明治革命はなぜ、フランス革命やロシア革命のような流血の惨事をみないですんだのか、という問題である。

そのことにたいする二人の謎解きの仕方が面白かった。トインビーは仏教の影響によるのではないかといい、貝塚氏は日本には儒教の伝統があり、その力が陰に陽にはたらいていたのではないかと反駁《はんばく》していた。両者の主張はそのまま平行線をたどって結着をみなかったといって、貝塚氏はその会見記をしめくくっていたのである。

「維新」という政治変革の無血性について仏教と儒教の問題がそこにもちだされているのは、おそらく仏教思想を彩る「不殺生（アヒンサー）」という考えと、儒教思想の骨格をなす「易姓《えきせい》革命」という考えがそれぞれの論者の頭のなかにあったからかもしれない。「不殺生」が非暴力の無血性と結びつくことはいうまでもない。そして「易姓革命」は天命によって有徳の君主が王位につくという、中国で古くから説かれてきた政治思想である。その背後には争闘を避ける禅譲の精神も流れている。貝塚茂樹氏は直接そのことにふれていたわけではなかったけれども、維新の「無血性」の意味が問われている以上、それらのことが議論の前提になっていたのではないだろうか。

いま、トインビーが明治維新の無血性の意味にこだわっていたということをいったが、じつは『文明の衝突』を書いたハンチントンがその「日本文明」論のなかで指摘しているのが、さきにものべたように「革命のない日本」ということだった。つまり明治維新と第二次世界大戦後におけるアメリカ軍による占領は、ともに「流血をともなう革命」ではなかったという。トインビーとハンチントンは、約半世紀という時間をへだてて、明治維新の無血性にただならぬ関心を抱いて「日本文明」の特色について考えようとしていたということになるだろう。そしてこのような問いにたいしては、わが国においていまだ十分には答えられていないというのが実状ではないか。

もっとも明治維新がまったく無血の「革命」であったかというと、かならずしもそうではない。というのも、官軍の西郷隆盛《さいごうたかもり》と幕軍の勝海舟《かつかいしゅう》の話し合いによって江戸城が「無血開城」したという歴史の一齣《ひとこま》はあるにしても、戊辰《ぼしん》戦争から西南戦争にかけてじつに多くの人命が犠牲になっているからだ。たとえば高野和人《たかのかずと》編著の『西南戦争戦袍《せんぽう》日記写真集』（青潮社、一九八九年）によると、西南戦争だけで政府軍の戦死・戦傷者は一万八七四六名、それにたいして薩《さつ》軍の戦死・戦傷者は約一万五〇〇〇名だったという。かならずしも「無血」ではなかったことがこのわずかな資料からもわかるが、しかしそれにしてもそれはさきにもいった通りフランス革命やロシア革命の場合の比ではなかった。質・量ともに、かぎりなく「無血革命」に近いものだったことは争われない。

朱子学と正義のイデオロギー

なぜ、そのようなことが可能となったのか。さきのトインビーと貝塚茂樹氏の対論はそれに答えるものの一つだったといえるが、その問いをあるとき私は司馬遼太郎《しばりょうたろう》さんにぶつけてみたことがある。一九九五年六月、ＮＨＫのテレビ対談で「宗教と日本人」というテーマで話し合ったときだった。

それは朱子学の影響によるのではないか、というのが司馬さんの解答だった。これは中国宋代に興った宋学のことであるが、それは江戸時代の日本に入って朱子学として定着した。もっともこの宋学というのは理屈だけが先行する「空論」だった。しかしそれが「尊王攘夷《じょうい》」というたいへんに明快なスローガンと結びついて、異常な力を発揮したのだと司馬さんはいう。そのスローガンがシュプレヒコールのように唱えられて明治維新の幕が切っておとされた。そしてこのときの最後の将軍、徳川慶喜《よしのぶ》の出身が、さきの朱子学の卸問屋のような水戸家であった。

司馬さんの考えは、直接そこから出てきたものだった。水戸藩では知られているように、徳川光圀《みつくに》が早くから『大日本史』の編纂《へんさん》に着手していた。それが、朱子学を正義の体系《イデオロギー》とする日本歴史の解釈だった。朱子学的名分論である。その議論の頂点に天皇論が位置していた。どの天皇が正か閏《じゅん》か、すなわち正統か傍系か、善か悪か、という単純明快な議論である。その結果、傍系の北朝天皇をかついだ足利尊氏《あしかがたかうじ》は悪人、南朝の後醍醐《ごだいご》天皇に殉じた楠木正成《くすのきまさしげ》は善人（＝正統の君臣）、ということが決まる。

いわゆる「王道」を尊び「覇道」を斥《しりぞ》けるという尊王斥覇の価値観である。これが水戸学を染めあげていたタテ糸で、その水戸家出身の一五代将軍、徳川慶喜はこうしたイデオロギーにつよく影響されていた。要するに彼は、足利尊氏にだけはなりたくなかったのだ。それで自分勝手に歌舞伎のトンボを切って水戸へ逃げ帰り、絶対恭順の生活に入ってしまったのである……。

それが「無血革命」の最大の原因ではないか、というのが司馬さんの考えだった。私はなるほどと思ってきいていた。もっともこのとき司馬さんは、これは「宗教」の問題ではないかもしれないがといいつつ、しかし同時に、それもまた「宗教」の世界にかかわる問題かもしれないと、言い淀《よど》んでいた。そのときの司馬さんの表情が今、とても印象にのこっている。水戸の朱子学を正義の体系（イデオロギー）と考えるのか、それとも一種の宗教的心情ととらえるのか、その間を揺れ動いているようにもみえたのである。

明治革命の無血性について、ここではしなくも、それをトインビー流に仏教のイデオロギーに結びつけて考えるのか、それとも司馬遼太郎式に水戸学にもとづく正義のイデオロギーに関連づけるのか、という見取図が浮上してくる。だが、これはむろん単にあれかこれかといった二者択一の問題ではないだろう。むしろ、短期的には正義イデオロギーの衝撃力を勘定に入れるにしても、長期的には仏教イデオロギーに比重をかけて考える見方があってもいい。いやこの場合は、そのようなパースペクティブこそがことのほか重要ではないかと私は思う。トインビーが高く評価する大乗仏教の観点を視野に入れるということだ。あるいは死者浄化・死霊鎮魂の思想装置としての仏教の観点、といってもいい。それはまた、「革命」に殉じた人々の流血を慰撫《いぶ》し、かれらの怨念を静かに回収するイデオロギーのもつ浸透力といったものだ。そのような歴史の底部を流れる地下水のごとき救済力を抜きにして、朱子学の正義イデオロギーだけで明治革命の無血性を説明するのはやはり無理なのではないだろうか。

島国根性の解毒法

さてそこで、アーノルド・トインビーとは何者か。むろん、しばしば二〇世紀最大の文明史家といわれてきた。かれの大著は『歴史の研究』（全一二巻）であるが、晩年になるにつれてかれの文明論はそれまでの西欧中心史観にたいする批判の上に立って展開されるようになる。その『歴史の研究』では、日本文明は中国文明の「衛星《サテライト》」として位置づけられていた。それが晩年になって変化しはじめる。第一次大戦まで約二三〇年つづいた西欧の世界支配体制が崩壊していくのをみて、しだいにアジア文明に関心をむけるようになっていく。

トインビーはもともと、文明のコアをなすものが宗教であると考えていた。アジアの文明には多様な宗教が渦巻いて発展しているが、そのなかでももっとも高く評価していたのがさきにもいったように大乗仏教だったのである。その大乗仏教のなかに、行きづまった西欧一神教的文明の限界をこえる契機を読みとっていたのであろう。かれの戦後二度にわたる来日も、そのことを自分の眼でたしかめてみるための旅であったにちがいない。明治革命の無血性がとくにかれの関心の的になったのも、そのような思いからきたものだったのではないだろうか。

そのトインビーがさきにもふれたようにわが国にやってきたとき、多くの識者と話し合い、講演をしているのであるが、その成果の一つが一九五七年に岩波書店から『歴史の教訓』（松本重治編訳）として出版されている。そしてそこに「世界史における日本」という文章が収められているのが目を惹《ひ》く。NHKから放送されたものだった。

その文章のなかでトインビーは日本をイギリスと比較して、こんなことをいっている。

――日本の歴史において明らかに際立った特色の一つは、日本の「島国性」である。そしてイギリスもまたヨーロッパ大陸の沖に離れている島国であって、イギリス人も日本人と同じように「島国根性」をもっている。しかしそれにもかかわらずイギリスの地理的な孤立は日本の孤立ほど極端ではなかった。つまり日本の島国性はイギリスのそれをはるかにこえる性格のものだった。

しかし第二に、イギリスはそのような「島国性」をもっていたにもかかわらず、有史以来、何回となく大陸からの侵略を受け征服された。ローマ人やノルマン人によって侵略された経験をいくどももつ。その結果イギリスは、芸術や文明の恩沢をも同時に導入することができたが、そのこと以上にはるかに価値のある心理的効果も手にすることができた。すなわち、征服されたという経験は、イギリス人にたいして、自分たちは超人でもなければ、神によって選ばれた国民でもない、人類のほんの一部分である点では、ほかの国と何ら変りのないものだという教訓を与えてくれたからである……。

征服されたという経験が、イギリス人の島国性にたいする、効能のある解毒剤になったといっているのである。ところが、イギリス国民が一〇六六年にノルマン人による占領という画時代的な経験をしたのと同じような占領経験を、日本国民は一九四五年以前に一度もしたことがなかったのではないか。

いわれてみればその通りである。そのようなトインビーの言葉をいまあらためて反芻《はんすう》してみて、われわれはいささか「グローバリゼーション」という言葉に脅《おび》えすぎているのではないかと思わないわけにはいかない。

明治の開国が黒船によるレイプの時代だったといったような自己意識も、そこに由来する。第二次世界大戦後のアメリカによる日本の占領が、アメリカの大義によって日本の「心」が略奪された経験だったという声も、いまなおあとを絶たない。そして今日みられるように、アングロサクソン勢力の世界市場主義による日本の経済占領、といった問題がくり返し議論されている。「グローバリゼーション」（黒船）の大襲来である。戦後の軍事占領にひきつづいて、わずか半世紀のうちにこんどは経済占領の憂き目をみているというわけである。

神経が苛立《いらだ》つのも無理はない。ナショナリズムの牙が剝《む》き出しになるのもやむをえないだろう。嫌米感情とともに自閉的な伝統回帰の合唱がきこえてくるとしても、いたし方のないことかもしれない。そんな、やや抑鬱《よくうつ》ぎみの「国民感情」のなかで暗い気持に沈んでいるとき、ふと胸中に微風を送りこんでくれるのが、さきのトインビーの言葉ではないだろうか。「島国根性」を解毒するための方法である。侵略的グローバリゼーションによって逆に解放された自閉的な島国根性のことである。自分たちはニーチェのいうような「超人」でもなければ、カルヴァンのいうような「神によって選ばれた国民」でもない……。なるほど、と思わないわけにはいかない。鋭い洞察といっていいだろう。けれどもそれは、はたして平均的なイギリス人の見解であるといえるのだろうか。私にはこのようなトインビーの言明が、イギリス知識人に一般的に受け入れられる見解であるとはどうしても思えないのである。それはアジアの大乗仏教を高く評価するトインビーにしてはじめて可能となった歴史認識ではないか、とひそかに想像しているからだ。そしてこのように考えるとき、かれのいう明治革命における無血性の問題があらためて念頭に浮かび上ってくる。日本列島の「鎖国」状態のなかで、大乗仏教の洗礼をうけてきた「島国根性」というものの問題性が立ちあらわれてくるような気がするのである。

第一一章　死者を許す文明の誕生

死者の祟り

明治「無血」革命のなかに大乗仏教の影をみようとしたのがトインビーだった。仏教の洗礼をうけた「島国」が、アングロサクソンの「島国」とは異なった思想的風味をかもしだした。明治の政治決断が独自の方向性を示したのもそのためではないか。トインビーの思考の針はそのように動いていったように、私は思う。

これは、あまりにも大ざっぱすぎる見取図であるかもしれない。それだからだろう。これまでこのような問題が議論されることは、まずほとんどなかった。いつも実証主義の立場から、トインビー流の大風呂敷《おおぶろしき》、と軽くいなされてきたのである。だがしかし、その議論の舞台に、「死者を許す文明」と「死者を許さない文明」という視点を導入するとどうだろう。死者を許す文明という言明の背後に、かりに死者のルサンチマン（怨恨感情）を浄化する思想装置、といったようなモチーフを設定してみると、いったいどんな光景がみえてくるだろうか。あえていってみれば、この日本列島という「島国」に発生したルサンチマン浄化の歴史的展開、といったような光景についてである。

ここで死者のルサンチマンというのは、もちろん死者の「祟《たた》り」ということだ。死者の祟りといえば、いかにも異界の事柄に属する特殊領域の話のようにもきこえるが、ここでいうのはそうではない。この島国の歴史を彩る社会・政治史と災害・疫病史を通覧しさえすれば、その流れのなかでいつでもこの死者の祟りへの恐怖が第一ヴァイオリンの音色を響かせていたことがわかる。災害・疫病史と社会・政治史、——この二つの異業種のヒストリーをかたく結びつけていたのが、ほかならぬこの祟りのメカニズムであった。祟りの予兆、祟りの診断、祟りの治療といった一連の社会的なプロセスが、まことに洗練された形ででき上がっていったのである。

ちなみにいうと、祟りはもともとタタリであった、といったのが折口信夫《おりくちしのぶ》である。タタリははじめ、カミがこの地上にあらわれることを意味した。たとえばそれは樹木や岩や石に痕跡《こんせき》をのこして、素早く世界の背後に退く。一瞬のうちに片鱗《へんりん》をのこして姿を消すということだ。空を裂く雷の光、急激に襲ってくる驟雨《しゅうう》、なども同類の現象とされた。それがカミ発現の予兆なのであった。

やがて、このタタリが祟りへと姿をかえていく。タタリの古典的な現象に異変がおこる。悪意と呪いの気配が濃厚にただようようになったからだ。「タタル」に「祟る」という目に見えない意志がかぎわけられるようになったといっていい。そのように主張したのが、さきの折口信夫である。それだけではない。「ノル」(宣る)が「ノロウ」(呪う)へと変化していったのも、この「タタリ」の変容過程と重なる、といっている。

だが、そのタタリから祟りへの変化が、いつ、どのようにして発生したのかについては、折口はかならずしも明確に答えてはいない。なぜそうなったのかということについても、明らかにしてはいないのである。ここは慎重にならなければならないところであるが、私はその変容のプロセスには大陸から入ってきた仏教の風が吹きつけていたのではないかと思う。いってみれば、舶来仏教のニューモード、すなわち密教とともにもたらされた加持祈禱《きとう》の衝撃力である。その「外圧」をうけて、古代神道的なタタリが、ニューモードとしての祟り現象の衣をまとうようになったのではないか。

祟りと鎮魂

さきにもふれたが、カミの示現としての「タタリ」は、もともとはカミの霊が石（磐《いわ》座《くら》）や樹木（神籬《ひもろぎ》）に降臨することだった。それがやがて、特定の人間に神霊が憑依《ひょうい》する、ということになる。そこから、託宣や予言などの行為が発生した。

記紀神話にみられるように、アメノウズメノミコト、ヤマトトトビモモソヒメノミコト、そして神功《じんぐう》皇后などが、突然神がかりして狂躁《きょうそう》乱舞し、神霊の意志を伝えたのである。このような現象はよくシャーマニズムといわれるが、今日、下北半島のイタコや沖縄のユタなどに伝えられているホトケオロシやカミオロシなどの巫俗《ふぞく》も、この「タタリ」現象に属するといっていいだろう。

ところがこのカミの霊がヒトの死霊なども味方にして、いつのまにか災禍や危害を加えるシンボルと化すようになった。「祟り」意識の発生である。カミの怒りや死者の怨みが浄化されることなく空中を浮遊し、邪霊、鬼霊の衣をまとうようになる。とくに平安時代になって恐れられるようになる「御霊《ごりょう》」や「物《もの》の怪《け》」がそれだ。御霊とは、政治的に非業《ひごう》の死をとげた人びとの怨霊をいう。それが疫病や地震・火災などをひきおこす原因とされた。

たとえば、桓武《かんむ》天皇との権力闘争に敗れて憤死した弟の早良《さわら》親王。かれの怨霊は最大級の御霊として恐れられ、貞観《じょうがん》五年（八六三年）、その他の有力な政治怨霊たちとともに京都の神泉苑《しんせんえん》に祀《まつ》られた。神霊の怒りや死霊の怨みを鎮める「御霊会」という魂《たま》しずめの儀が、こうしてはじまる。

それと並行するように、物の怪の現象が頻出するようになった。とりわけ承和《じょうわ》年間（八三四—八四八年）に集中的にそれがあらわれてくるのが印象的だ。『源氏物語』のような文学作品、『栄華物語』のような歴史物語のなかにもそれが色濃く反映している。これらの場合、物の怪たちの正体がいずれも怨みをのむ特定の人間の生霊であったり死霊であったりするところが肝心である。それが病気や難産、人の死や災異をひきおこす病原体と意識されていたのである。宮廷社会という一種の病理空間がもたらした異次元世界、——そういってもいいのではないだろうか。

この病理空間にいつでも登場してくるのが密教僧たちであり、かれらによる加持祈禱のパフォーマンスであった。かれらは口に真言《しんごん》や陀羅尼《だらに》を唱え、手に印《いん》を結んで物の怪退散、怨霊排除の儀礼に汗を流したのである。その大がかりな舞台装置を、紫式部は『源氏物語』のなかで生き生きと描いている。

このように御霊と物の怪は古代社会における祟り現象の双璧《そうへき》であった。そしてその二つの流れがあたかも一つにより合わされたような形でクライマックスを迎えるのが、菅原道真《すがわらのみちざね》の事件だったと思う。ときは醍醐天皇の時代。右大臣にまでのぼりつめた道真は政敵藤原時平《ときひら》の中傷にあって九州の太宰府《だざいふ》に流され、その地で死ぬ。やがて、京都で怪異な事件が発生した。清涼殿への落雷、時平一族の不幸、そして醍醐天皇の死。その一連の社会的、個人的な異変がいずれも道真の怨霊によるものだとする噂が立つ。おそらく身を隠す政敵が放った流言蜚語《ひご》だ。しかしそれが社会の根幹をゆるがし、政治の中枢にくさびを打ちこむ。政治史と災害史がするどく交錯し、火花を散らす場面といっていいだろう。

すかさず、社会的な防衛体制がしかれる。政治的な対抗儀礼がくりだされる。道真の怨霊を鎮め、これをカミとして祀りあげるメカニズムが発動する。北野《きたの》の地に天神として祭祀《さいし》する企《たくら》みだ。

平安時代を通じての最大の祟り霊が、こうして北野天神として祀られ、いつのまにか学芸の神へと変身をとげていく。最大の祟り霊が反転して強力な守護神に変じ、またたくまに天神信仰の大衆化がはじまる。その転換を可能にしたのが密教に発する加持祈禱の威力だったことに注意しなければならない。

日本に土着した大乗仏教のもっともベーシックな儀礼システムである。もっともこのことは、これまであまり指摘されることがなかった。しかし加持祈禱は死者を浄化する上できわめて重要な酵母の役割をはたしてきたのであって、日本文明の個性を探りあてるためにも看過することができない祈りの行為であったと思う。

祟りと鎮魂の相関がこうして鋭く意識されるようになったのだ。すでにふれたように、そこに閉鎖的な宮廷生活における精神病理的な現象という面がないではなかった。しかし仏教信仰が庶民のあいだに浸透していくうちに、大きな変化が生じた。祟りと鎮魂のメカニズムが、社会の異変や個人の病態を診断し治療するための一般的で重要な処方の役割をはたすようになったからだ。人知をこえる災害や怨念の渦と化す政治の流れを一挙に解消する方法、と考えられるようになったからである。

とりわけ権力や政治の交替期に、そのことがつよく意識されたといっていい。そのようなとき、政治的に非業の死をとげる人間が大量に発生するからでもあった。それが間髪を容れず災害の発生源とみなされるようになった。面白いというか、不思議なことにというべきか、このような記憶の伝承がじつは現在のわれわれの社会にも地下水脈のように流れ入っているのである。九章でもふれたことだが、政治的なレベルにおける「靖国《やすくに》」問題などはまさにそれにあたるだろう。

祟りとルサンチマン

靖国神社への参拝は、おもてむき祖国のために殉じた戦士たちをカミとして祀り、その痛苦にみちた生涯を慰藉する行為とされてきた。しかしこの「靖国」祭祀の来歴をひとたび歴史の地下水脈にさしもどして見直すとき、かれら祖国の殉難者たちを祀る側の素面が別の姿でみえてくるはずだ。戦争の犠牲者を靖国神社に祀り、その霊を鎮めることで国家の政治的罪悪性を免除し、祟りの発現を未然に防ごうとする意図のことだ。あの密教的な加持祈禱に発する死者浄化のメカニズムが、そこにしだいにせり上がってくることがわかるだろう。

もう一つ、これにつけ加えておかなければならないことがある。わが国の民衆宗教に大きなシェアを占める新宗教運動についてである。その多くが、不幸や病気の原因を先祖の霊の祟りであると説明し、その祟りの消除のため先祖供養をすすめてきたからだ。先祖の供養を怠るとき、それは怖ろしい祟りをなす。供養という言葉のなかに、密教的な加持祈禱の理念がマイルドな形ではあるけれども浸出しているといっていいだろう。

そこから透けてみえてくるもの、それはいったい何か。人間の執念や怨念が凝りかたまって呪詛《じゅそ》霊《れい》になる、と考える文化風土のことである。その作用に感染することで、この世のありとあらゆる異常現象が発生するというわけだ。それで思いおこされるのが、唐突にきこえるかもしれないがニーチェのいう「ルサンチマン」の考え方である。さきの「呪詛霊」の作用と「ルサンチマン」のそれが、どこか共鳴音をひびかせているようにみえるということだ。だがしかし、ニーチェの「怨恨《えんこん》感情」の行方をたどっていくと、わが平安時代の貴族たちが意図したのとは明らかに異なった世界を志向しているということがただちにわかる。呪詛霊の結集点が、両者のあいだではまるで違うといっていい。

というのもニーチェの当初のアイデアは、もともと原始キリスト教の成立とフランス革命の発生をこのルサンチマンの作用によって説明しようとするものだったからである。原始キリスト教の「平等主義」とフランス革命における社会の「水平化現象」が、いったいどうして実現可能となったのか、その心理的動機をこのルサンチマンによって説明しようとしたのである。すなわち逆境にある者、虐げられた者たちの反抗の倫理、不自由な持たざる弱者たちによる強者への復讐《ふくしゅう》の感情がそれである、と考えたのである。

これは、日本列島における祟りの発現の仕方とくらべて、まことに好対照をなす考え方ではないか。なぜならこの国では、人びとの怨恨感情《ルサンチマン》はつねに共同体内部における社会病理的現象として意識されていたからである。

そのためニーチェのいうように、弱者の反抗と復讐の反対感情が社会変革の導火線になることがなかった。それどころか、日本における伝統的な祟りの心意は、その病原体としての祟りをあらかじめ封殺し鎮静化することをめざしていたからだ。ルサンチマンの集積が社会変革を招くやもしれぬ芽を、あらかじめつみとってしまう鎮魂の装置をはりめぐらしていた。「革命」へと誘う心理的動機を呪術・宗教的に素早く回収する政治装置をいつも用意していたということだ。そしてその政治装置に魂を吹きこんだのが、さきにふれたように死者浄化のイデオロギーとしての大乗仏教だったのであり、密教的な加持祈禱のシステムであった。

鎮魂の平和主義

祟りと鎮魂のメカニズムは、ひょっとすると社会の根元的な変化や変革への動機の芽をつみとってしまう「反革命的」な酵母菌の役割をはたしてきたのかもしれない。『源氏物語』や『栄華物語』にみられる「物の怪」パターンは、主として天皇や貴族個人における異変を察知し、その病根を除去する診断技術として意識されていた。ルサンチマン（物の怪）の発現を個人的なレベルで鎮圧するものだった。これにたいして御霊会や天神信仰にみられる「怨霊－御霊」パターンでは、社会的な規模における異変をさきまわりして鎮静化するネットワークとして発達をみたふしがある。そしてそのいずれの場合においても呪医としての加持祈禱僧が重大な役割を演じていたのである。

私はいま、このような鎮魂のメカニズムを日本社会における反革命的な酵母菌だったと称したが、これは裏側からみれば一種の平和思想としての怨霊操作とみることもできるだろう。鎮魂の平和主義といいかえてもいい。そしてもしもそうであるならば、これまでたびたび言及してきた「明治無血革命」という歴史認識も、このような文脈のなかで見直すことが可能となるはずだ。というのもその政治変革が、じつは反革命的な鎮魂メカニズムの流れのなかで演じられた政治ドラマであったということになるからである。要するに、さきのニーチェのいうような方法と視線だけでは、この日本列島において展開された「政治革命」の真の構造はいつまでたってもとらえられないだろうということである。

ここでとくに留意しなければならないことは、怨霊の祟りにたいする根本が、じつは「ヒト」にたいする怖れの感情にあったということではないだろうか。現実の「ヒト」の怨恨感情にたいする恐怖の感覚である。「ヒト」の生霊と死霊の発現に身の毛がよだつ思いをする感覚であるが、それが切迫した鎮魂の行為へと人びとを走らせる。鎮魂の祈りへと駆り立てる。「ヒト」の怨恨感情を鎮めるための精緻《せいち》な儀礼の形成へと、人びとの関心をむかわせてきたのである。

怨霊信仰は本来、「ヒト」信仰に発していたというほかはない。「ヒト」の心意にひそむ愛憎の激しさに怖れおののく、繊細にして鋭敏な神経といってもいい。そのような意味において、この日本列島に形成された祟りと鎮魂の現象は、「カミ」信仰に由来するというよりはむしろほとんど「ヒト」信仰に発するというべきである。その「ヒト」への怖れの感覚が、ほとんど同時に「死んだヒト」への怖れ、とりわけ非業の死をとげた「ヒト」にたいする恐怖へとしだいに増幅されていったのだ。「ヒト」を「カミ」にするという衝動が、そこから生じたのである。「ヒト」を「カミ」にせずにはおられない心情が加速されていった。そこに仏教の狡知《こうち》な魔手がのびていったのである。

加持祈禱の密教のイメージが酵母菌として増殖していった。その結果どうなったのか。いつのまにか「ヒト」が問答無用のまま「ホトケ」に祀りあげられることになったのである。生きている「ヒト」だけではない。「死んでしまったヒト」までが、そのままの姿で「ホトケ」の地位に祀りあげられていく。「死者ボトケ」という、インドの仏教徒が考えも及ばないような観念がまたたくうちにひろまっていったのだ。「死者」すなわち「ホトケ」という大衆道徳である。いや、通俗仏教というべきかもしれない。それが、本家本元のインドの仏教とは何の関係もない、この日本列島においてのみ発展した「ヒト」信仰の発露であった。

わが国の「カミ」信仰はその「ホトケ」信仰と並んで、その本籍地をこの日本列島の「ヒト」信仰においていたということだ。祟りというのも鎮魂というのも、そのような「ヒト」信仰の網の目のなかで産声をあげたのだといっていい。

こうして「ヒト」をほめあげ、「死者」を祀りあげる「平和」思想が、しだいに練りあげられていった。「ヒト」の罪を許し、「死者」のケガレを浄化する反革命的な「平和」主義がしだいにその美的な洗練の度を加えていった。死者を祀りあげる文明、すなわち死者を許す文明が、このようにして誕生することになったのである。

第一二章　看過されてきた「平和」の意味

歴史観の終焉

問題は、わが国における「パクス・ヤポニカ」がどのようなものであったのか、ということだった。そしてこの日本列島における「パクス・ヤポニカ」の伝統が、これからの世紀にどういう意味をもちうるか、ということだった。そもそものような問いを発して、この『「文明」を考える』をはじめたのである。それがいつのまにか迂路《うろ》に迷いこみ、曲折を重ねた。

日本列島人は、本当に「平和」好きだったのか。その平和好きは本物だったのか。「死者を浄化する文明」とか「明治無血革命」とかいったキータームをたぐり寄せようとしたのも、そのことを確かめてみようと思ったからだった。「祟《たた》りと鎮魂」というテーマを掲げて、日本列島に発芽したルサンチマンの行く末に光をあてようとしたのもそのためである。

が、ここらでもう一度、議論の整理をしてみる必要があるかもしれない。「パクス・ヤポニカ」の本体に近づくための議論の道筋、である。

もはや誰の目にも明らかになっていることだが、冷戦時代のあと、「民族」にまつわる戦乱、「宗教」の名の下にひきおこされる紛争がきわ立つようになった。それとともに民族的「正義」が声高に主張され、宗教的「憎悪」が剝《む》きだしの顔をあらわすようになった。その趨勢《すうせい》が二〇世紀から二一世紀にむけてますます加速されていることを、今ではもう誰も疑わない。パレスチナ紛争からアメリカ同時多発テロにいたるまでの、歴史の不気味な波動である。

われわれにはこれまで、歴史の発展ということにたいする常識的な見方があった。「近代」の獲得が宗教伝統や民族意識を浄化し希薄なものにする、という歴史観である。宗教的契機や民族的観点はしだいに過去の不用な堆積物《たいせきぶつ》になり、世界の近代化をへてやがて歴史の後景にしりぞけられていくという楽観的な歴史観である。マルクス主義や社会主義の歴史観がそうだったし、とくに第二次世界大戦後に唱えられはじめた近代化論の多くがそういう立場をとっていた。近代化が人間に幸福をもたらし、近代的な制度や装置が人類の輝く未来をきりひらくという思想である。

ところがどっこい、そうは問屋が卸さなくなった。「宗教」と「民族」が歴史の後景に追いやられるどころか、このグローバル世界の表面に躍り出てきて牙を剝き、自己を主張しはじめたからである。近代の実現を待望する楽観的な歴史観が足元を揺さぶられるようになったのである。それはどこか、歴史の終焉《しゅうえん》ならぬ歴史観の終焉、を思わせる動きではないだろうか。

歴史の進歩という観念にたいする民族と宗教の逆襲、と映らないではない。もしもそうであるとすると、その無気味な逆襲の波動をどのようにして食いとめたらよいのか。むろんそのためには、いろいろな手立てを講じなければならないだろう。けれどもそのなかでももっとも緊急の課題は、やはりまずもって人類の歴史を「文明」という枠組みのなかでとらえ直し、その展開の諸相を点検してみることではないか。なぜなら文明のダイナミックな興亡の歴史は、いつでも民族と宗教のはたした役割を大文字で浮彫りにしてきたからである。

むろん、その文明には大ざっぱにいって二つの顔がある。一つは、近代の普遍的な思想と価値観を生みだした顔だ。そしてもう一つが、民族と宗教に立脚する固有の思想と価値観を主張してやまない顔である。あえて誤解をおそれずにいえば、グローバリズムの顔とナショナリズムの顔といってもいい。そしてもしもそうであるとすると今こそ、眼前に立ちはだかる国際「テロ」の歴史的背景を探ってその病巣を剔抉《てっけつ》するためにも、このような文明論的視点に立ちもどって今後の歴史の帰趨を見定めることが必要ではないかと思うのである。

日本＝非仏教文明論

ここで、この問題をもうすこし前にすすめるために、ふたたびハンチントン氏の『文明の衝突』をふり返ってみることにしよう。氏の提言のなかで、私がとくに面白いと思う論点が二つある。氏のいう「革命のない日本」論についてはハ章でふれたが、それとの関連でいってもこれはなかなか興味ある論点ではないかと考えられるからである。

一つは、氏が七つの文明に言及し、それがしだいに対立の度を深めていくであろうという見取図についてであるが、その七文明のうちの一つが「日本文明」であるとしている点である。七文明のうちこの「日本文明」だけが一国＝一文明の形態を保っている、そこが特異であるという。そうであるなら、その特異な一国＝一文明の「日本文明」とはいった い何物かということになるが、その内容にかんする問題が同書ではほとんど論じられていない。その点では世界の七文明のなかになぜ日本文明を参加させたのか、その理由がわからないことになる。同書の最大の欠陥ではないであろうか。しかしひるがえって考えてみると、氏は日本の歴史と文化の総体をともかくも有力な文明の一つに数え上げなければならないとは考えたのである。世界にたいしてそれだけ大きな影響力を今日の日本がもっていることを認めたのである。

ところが、それではなぜそうなったのかということについて、氏はおそらくその展望をもてなかったのではないか。それで「日本文明」を世界の大文明のなかに位置づけながら、しかしその中身については空白のまま残すことになったのだろう。要するにハンチントン氏にとって「日本文明」は謎の文明であったということになる。

次に私が面白いと思う第二の論点は、日本文明は仏教文明ではない、といい切っているところだった。氏は日本文明の内容についてはほとんど何もいってはいないけれども、しかしすくなくとも仏教文明ではないということだけは確実だといっている。いわば消去法的な日本文明の定義だ。その理由が、なるほどと思わせる。日本の文明と対比して、たとえば東南アジアの諸国は仏教文明を形成してきたという。スリランカ、ミャンマー、タイなどの国々である。これらの国々は間違いなく小乗仏教文明圏に属するといっているのである。そしてこの点が、日本文明における大乗仏教の役割を重視したトインビーの考え方と異なっているといっていいだろう。「革命のない日本」「明治無血革命」という日本文明論において両者は共通の認識をもっていたが、ハンチントン氏は日本文明をはっきりと仏教文明には属さないといっている。その点でさきのトインビーの意見とは論調を異にするものといわなければならない。

もっともここでいう東南アジアの地域は、ハンチントン氏のいう七大文明に並ぶカテゴリーの一つとして掲げられているのではない。しいて推測すれば、小文明圏といったほどの位置づけのようにみえる。が、ともかくもこれら東南アジアの国々は仏教文明といってもはずかしくないほどの文明のパターンをつくりあげてきた。なぜならこれらの地域においては仏教の思想とそのライフスタイルが、政治、経済の体制から日常生活の全般にわたって深く浸透しているからである。それとくらべるとき、日本の社会や政治のあり方が仏教の思想やそのライフスタイルに大きく影響され左右されてきたとはとてもいえない。そのうえ何よりも日本の文明は、東南アジアの諸国とは異なってその世俗性がきわ立っている。こうしてハンチントン氏は、日本文明は仏教文明ではないといっているのである。なるほどと思わないわけにはいかない。とすると氏は、日本文明について何事も語ってはいないようにみえて、しかしじつは何事かを語っているというようにもみえてくる。中心的な内容の問題は相変らずあいまいなままに残されているが、しかし日本文明の存在感だけはそこではっきりと言明されているわけである。不思議な気分に誘われる堂々めぐりではないか。

二度の長期平和の意味

さきに私は、日本の文明には死者を許すエートス、死者を浄化するメカニズムがはたらいているのではないかということを論じた。そして中国や韓国の場合と比較しながら、その死者浄化のイデオロギーは仏教に発するのであろうとまでいったのである。この日本列島に発展した祟りと鎮魂の社会システムも、その歴史過程を抜きにして考えることができないだろうということだった。これら一連の事柄は、さきのハンチントン氏のいう日本＝

非仏教文明論とどのような関係に立つのであろうか。そういう疑問が自然に浮上してくるのである。それに答えるためには、やはりさきに提起した「パクス・ヤポニカ」の出発点に立ちもどって議論をすすめていくほかはないのではないか。

その出発点とは、くり返していえばこの日本列島の歴史のなかで、長期にわたる「平和」の時代が二度あったということである。その第一が、これまでの時代区分の枠組みでいえば平安時代のほぼ三五〇年である。桓武《かんむ》天皇が京都に遷都してから保元《ほうげん》・平治《へいじ》の乱にいたるまでの時期だ。ついで第二が、江戸時代のほぼ二五〇年である。徳川家康による江戸開幕から明治維新までの時期である。

平安時代の三五〇年と江戸時代の二五〇年の「平和」「平安」が、なぜ可能となったのか。その疑問に答えることがとりもなおさず日本の歴史における、「平和」の意味を考えることにそのままつながるのではないか。ひいては明治維新がなぜ、ほとんど無血革命に近い形で成功をおさめたのかを解明することに役立つのではないか。そういうことを、くり返しこれまでものべてきたのである。

もう一つ念頭においてよいことは、世界のどの地域どの時代においても、そのような長期にわたる平和の時代が二度もつづいたという話をきかないということである。ヨーロッパにおいても、中国やインドにおいても、三五〇年や二五〇年ものあいだ、平和の時代がつづいたことはおそらく一度もなかった。なぜ、この日本列島においてだけ、そんな奇蹟《きせき》能となったのか。

これまでのわが国の歴史研究を見渡してみて、この問題に正面から答えようとしたものは、管見の及ぶかぎり一つもなかったように思う。思想史や仏教史のたぐいをみても、そのような視点から平安時代や江戸時代を分析しようとした試みはほとんどみられなかった。こんな重大な問題が、いったいどうして見過ごされてきたのだろうか。

思うにこの国では、変革や革命を議論することこそ歴史を考える場合の王道だったからではないだろうか。転換期や動乱期に胸をときめかす傾向がいつか習い性となってしまったからではないだろうか。

要するに、歴史という名の思考の遊戯盤上では、「戦争」好き「革命」好きだったのである。裏からいえば、そのために「平和」嫌いになったといえるだろう。論より証拠、日本の「歴史」にかんする明治以降の研究書や啓蒙《けいもう》書のなかでは、革命や戦乱、変革や社会動乱にかんするものが圧倒的に多いことに気づかされる。それにくらべるとき、「歴史」にあらわれる平和や調停、妥協や共存といったテーマについて集中的に論じた研究書や啓蒙書の数は寥々《りょうりょう》たるものだ。いや、ほとんど皆無、といってもいいのではないだろうか。

私自身の中学、高校時代の記憶でいっても、平安時代よりは変革期の鎌倉時代、もしくは動乱時代の応仁《おうにん》の乱期が魅力ある転換の時代として大文字で語られ、またそのように教えられていた。同じように江戸時代よりはむしろ圧倒的に、明治維新以後の「近代」の意味に大量の光があてられていた。平安時代は女々《めめ》しい貴族政治の時代、江戸時代は後ろ向きの暗い封建体制の時代、といったステロタイプの議論が大手をふってまかり通っていたのである。

とくに第二次世界大戦後になって、そのような見方が主流となるようになった。「平和」憲法の制定をへて、占領下にもかかわらず「平和」の時代に恵まれていくなかにあって、われわれは、むろん私自身をも含めて明治の革命を論じ、鎌倉時代の革新的な精神を論じて倦《う》むところがなかったのである。おそらくそのためであろう。平安時代の比重がしだいに軽くなり、江戸時代の存在理由がいつのまにか歴史の後景にしりぞけられていった。ましていわんや、平安時代の三五〇年、そして江戸時代の二五〇年がもっていたかもしれない「平和」の意味について考えようとする人間が、ほとんどいなくなってしまったのである。

いつのまにか世の中には、机上の「革命」論者、青写真だけの「戦争」論者がはびこるようになったといっていいだろう。

平和と戦乱のリズム

これまで私は、平安時代の三五〇年、江戸時代の二五〇年に意識的にスポットをあてるようにして論じてきたけれども、じつをいうとこの二つの「平和」の時代のあいだには、源平の合戦から江戸開幕にいたるほぼ四五〇年に及ぶ動乱の時代が横たわっている。南北朝の争乱をへて応仁の乱、そして織豊政権の成立をめぐる戦国時代である。そしてそのような観点から歴史の流れを展望するとき、この日本列島の社会が平安時代の三五〇年、中世期動乱の四五〇年、そして江戸時代の二五〇年、という大きなうねりのなかで形成されてきたという見取図が浮上してくるはずである。「平和」－「戦乱」－「平和」という歴史のリズムである。歴史の流れをかりに大いなる生命体の運動としてとらえるならば、それが戦乱と平和の交替の現象として地下水のような脈動をつづけてきたということがわかる。

しかしながらわれわれは、歴史にたいするこのような見方をかならずしもしてはこなかったのではないだろうか。机上の「革命」論、青写真だけの「戦争」論に淫《いん》して、歴史のダイナミックな拍動に意識をむけることを怠ってきたのではないか。

もっとも、例外がなかったわけではない。唐突なようではあるが、たとえば石原莞爾《いしはらかんじ》の『世界最終戦論』である。ナポレオン戦争や普仏戦争、そして日露戦争などの分析を通して、あえていえば、人類史の全体像を持久戦と決定戦の交替の歴史と見立てた独創あふれる軍事的歴史観のことだ。その議論が、第二次世界大戦の発生を正確に予告するものであったことはよく知られている。そしてかりに、石原のいう「持久戦」を引きのばされた平和状態に、またその「決定戦」を凝縮された戦乱状態に対比するならば、かれが歴史の流れを戦争と平和の交替のリズムで理解しようとしていたことがわかるだろう。

もっともそうであるからといって、このような石原の歴史観がただちにわが国の歴史の流れを説得的に解き明かすモデルになるとは、私はかならずしも思わない。なぜならかれのいう「世界最終戦論」にみられる「交替」の論理だけで、平安時代の三五〇年、戦乱期の四五〇年、そして江戸時代の二五〇年というもう一つの交替のリズムを説明するわけにはいかないからである。それはヨーロッパの軍事史やその歴史の流れを解釈するためには有効のようにみえても、日本列島史の歴史の解釈には当てはまりそうにはみえないからである。

しかしながらそれはともかくとして、人類史の律動的な変化のダイナミズムを持久戦と決定戦の交替によって説明しようとしたかれの観点には、わが国の二度にわたる長期の「平和」状態の意味を解明する上で、なお逸することのできない興味ある歴史認識がみとめられるのではないだろうか。

第一三章　国家と宗教の相性

くり返していおう。平安時代の三五〇年、江戸時代の二五〇年の「平和」が問題だった。なぜそんな長期間にわたって平和の時代がつづいたのか。すくなくとも平安時代の貴族政権と江戸時代の武家政権は、その期間、断絶することなくつづき、社会は安定していたのである。

むろん、そこにはいろいろな理由が考えられるであろう。分析する視点にも、さまざまあるだろう。しかし細部にわたる枝葉を切りはらっていえば、要するに政治と宗教の関係が均衡を保っていたからであった、と私は思う。国家と宗教のシステムがうまくかみ合い、両者のあいだに深刻な敵対関係を生みださなかったからではないか、と考える。宗教の側が政治の仕組みにたいしてあくことなき異議申し立てをしなかったということだ。そして国家もまた宗教の力を徹底的に殺《そ》ぐまでに、これをコントロールする企図をもつことがなかった。それが結果として政治の安定をもたらし、社会の秩序を保つことに役立ったのではないか。

平安時代の「平和」

まず、平安時代における「平和」の問題から考えてみることにしよう。

平安時代を見渡して驚かされるのは、第一一章でも詳述したことであるが、怨霊、物《もの》の怪《け》といったたぐいの言説が満天の星くずのように夜空を彩っていたということだ。それらの予兆は野心、反逆、惑乱の種子とされ、天変地異と疫病の先触れとみなされた。社会や人心の動向を占う仮構された幻想ヴィールスであったといっていい。それらの病原体は天皇家や貴族たちの館《やかた》を襲い、都鄙《とひ》の人びとのあいだや中央・地方の広大な空間を飛び交い、民衆を恐怖と不安に陥れた。王朝時代の公的な記録や私的な日記類、『源氏物語』や『栄華物語』、絵巻や民間説話などをみれば、そのことは一目瞭然《りょうぜん》である。

政治と社会にかかわる不穏な動きは、しばしばこれらの怨霊や物の怪の祟《たた》りによるとされたのである。この祟りイデオロギーが、病原体（怨霊、物の怪）の特定と、そこから発生する病理現象（祟り）の診断から成り立っていたことに注意しなければならない。こうして、その物の怪の勢力を鎮め、怨霊の立ち騒ぎを祀《まつ》りあげる装置が開発されることになる。たとえば各地における御霊社や鎮めの社の建立であり、その典型が菅原道真《すがわらのみちざね》の怨霊を祀りあげる北野天神の創始であった。いわゆる祟りと鎮魂のメカニズムがこのようにして成立することになったのである。第一一章で、「死者を浄化する文明」の特質にふれて想起したのもそのような事柄にふれる問題であった。

ここで注目すべきは、祟りをなす諸霊威を祀り鎮める役をはたしたのが密教僧たちだったということである。かれらは加持祈禱《きとう》の儀礼によって怨霊鎮魂の仕事を洗練させ、あえていえば神仏の協同体制にもとづく祟り排除の軌道をしいていったのだ。

この祀りあげの鎮魂システムが、国家にたいする反逆を芽のうちに摘みとってしまうという巧妙な政治的仕掛けとなっていく。アノミー（混沌《こんとん》状態）に陥った社会秩序に、瞬間的な衝撃を与えて機能回復をはかるバランス装置の発見だったといっていい。憎悪と暴力衝動の不断の蓄積を早い段階で阻止し、内乱の社会化（＝革命）をあらかじめ国家の内部に回収してしまおうとする、政治と宗教の複合運動であった。

その複合運動によってかつぎあげられた神輿《みこし》が天皇だった。この神輿は太陽の輝きを背後にいただく宗教的シンボルだったが、その権威の働きを政治的に演出してみせたのが王朝政権であり、その儀礼の体系だった。すでにその段階で、現代日本における「象徴」天皇制の原型が出来上がっていた。国家と宗教の相性の良さを空気のような膜で押し包む、高気密のオブラート装置であったといっていい。

たとえば、平安時代における宮中の儀礼をのぞいてみよう。その代表的なものに、「前七日《しちにち》の節会《せちえ》」と「後七日《しちにち》の御修法《みしほ》」というのがあった。前七日の節会とは、天皇が元旦におこなう四方拝から、七日の白馬《あおうま》を見る儀式までの七日間の節会をいう。四方拝は伊勢の内宮、外宮をはじめ天神地祇《てんじんちぎ》に拝礼することであり、白馬節会《あおうまのせちえ》は邪気を払うため青馬（白馬）を引いてきて天皇がこれを見る儀礼であった。

この正月初めの七日間におこなわれる前七日の節会は神官だけが参加する神事であって、仏教僧は参加しなかった。そこからは仏教儀礼的な要素がいっさい排除されていたのである。

ところがこれにたいし、後七日の御修法では、逆に神道的儀礼が排除されて、仏教僧だけが参加しておこなうものだった。内裏の中心部分に建てられた真言院《しんごん》で、天皇のための加持祈禱が密教僧たちによっておこなわれたのである。このシステムを開発したのが空海《くうかい》であったが、そのため神道儀礼と仏教儀礼が正月の最初の一週間（前七日）とつぎの一週間（後七日）で、別々に執行されるようになったのである。神仏棲《す》み分けの柔構造といっていいだろう。これが明治近代における「神仏分離」の体制とは似て非なるものであったことに注意しなければならない。それというのも、天皇をシンボル的頂点に配して、神事と仏事が棲み分け、、、の体制をとることになったからである。そしてそれが、平安時代の「平和」を実現する上で目に見えない重要な役割をはたすようになる。なぜならこのような「柔構造」はこの時代を通して、やがてさまざまな分野に浸透することになったからだ。

江戸時代の国家と宗教

それでは、江戸時代はどうだったのだろうか。江戸時代の二五〇年の「平和」の問題である。平安時代の三五〇年が安定していたように、江戸時代も二五〇年にわたって安定した時期がつづいた。

その重要な理由として、私はさきに国家と宗教の相性が良かったということを挙げたのである。社会の秩序を維持する上で日本宗教の平和共存の棲み分けの伝統が大いに役立ったのではないかと考えたのである。その点では平安時代の場合も江戸時代の場合も変わりがないだろうといったのだ。それどころか江戸時代には、そのシステムが平安時代のとき以上にうまく機能していたのではないだろうか。

一般に、この時代の宗教・社会関係をあらわすキーワードとして知られているのが家であり、死者儀礼であり、墓（地）であった。その三者が結びついて檀家《だんか》制度が生まれ、葬式仏教が形づくられた。封建的で後れた「江戸」時代のシンボルマークである。二五〇年の歳月の流れを平和な社会とみなすかわりに、暗黒の闇に塗りこめる陰気な道具立てとしてとりあげられてきた三点セットである。

だがそのような常套《じようとう》的な歴史認識によって曇らされ、まったく無視されてしまった重大な事柄がある。この時代になってはじめて、仏教と神道が「国民」の各層に浸透していったという逸すべからざる事実がそれだ。社会の秩序がそのネットワークによって保たれ、「国家」的結合の心理的な基盤づくりがそれによって進行していったという重要な視点である。

平安時代において神道は、さきにもふれたようにややもすれば祟り現象の発生源であったが、江戸時代になると地域社会を統合する信仰へと発展していった。鎮守の森を中心とするカミ信仰がひろがっていく。それはむろん、地域の共同体レベルにとどまるものではなかった。皇室における伊勢信仰、徳川将軍家における日光東照宮の場合をみればわかるだろう。皇室や将軍家も、庶民の場合と同じように氏神や祖先の祀りに精力を費やしたのである。この時代は、いわれているように士農工商の身分社会だった。タテの階層化がつらぬかれていたが、しかし氏神や祖先神への信仰によって心の安定をえようとした点は、どの階層にも共通していた。

換言すれば、階層による信仰内容の分化という現象が、それほど進行していなかったということである。そのことによる一種の連携・連帯の関係が全体として社会秩序の形成に役立っていたことは、とくに留意されるべきではないだろうか。しばしば上層エリートの高等（カリスマ）宗教、下層庶民の下等（民俗）宗教、といったことがいわれるけれども、このような単純な図式ほど、ことの本質を見失わせる見方はないだろう。

仏教の方はどうだったのか。一般に、死者は仏式によって葬られ供養をうけるようになった。この死者追悼の方式が身分や地域の差をこえてほぼ全国的におこなわれるようになったのが、この江戸時代だった。家々と菩提寺《ぼだいじ》が寺檀関係を結んだということが大きい。皇室と京都の泉涌寺《せんにゅうじ》、将軍家と江戸の増上寺《ぞうじょうじ》の関係がそれにあたるだろう。それが大名、武士、そして一般庶民にまで及んだのである。死者を葬る墓（地）がその菩提寺に属していた点も、身分の上下に関係なく共通していた。タテの階層社会の各層に、ヨコの寺檀関係が普遍的にゆきわたっていたということだ。それが、いわば「国民宗教」的な基盤づくりの一翼を担っていたのである。

失われた神仏共存のシステム

また、この階層社会では独特の職分意識が人びとの心に植えこまれていった。武士には武士の職分、農民には農民、町人には町人の職分というものがあった。職分とは自覚と誇りにもとづく職業意識といってよい。それは、大名も天皇の場合も例外ではなかった。そういう点では、この職分意識も階層をこえて当時の人びとにほぼ平等に抱かれていたものであった。

それはちょうど、神道の氏神信仰や仏教の死者儀礼が階層をこえて共通の死生観を培っていた社会状況に対応するだろう。それが、さきにものべた「国民宗教」的な信仰基盤を形づくっていたのである。われわれはここにも、国家と宗教の相性がよかった特徴を見出《みいだ》すことができる。社会の秩序形成と階層をこえた信仰のあり方が親和的な関係を取り結んでいたことがわかる。

要するに、国民意識の統合の度合いがきわめて高かったといってもいいのではないだろうか。否、それがあまりにも高かったからかもしれない。そのため、過度の集団主義へと傾斜を深めていく「国民性」のようなものが出来上がった。のちに一億総懺悔《ざんげ》、一億総白痴化などと揶揄《やゆ》されるような素地がそのような歴史的プロセスのなかでつくられるようになったのかもしれない。

　以上が、日本の社会をつらぬいて生きつづけてきた「神仏共存」の姿であった。日本の歴史の深層に流れつづけてきた「神仏棲み分け」の地下水脈であった。その柔軟な構造的特質は、これまでの「神仏習合」といった手垢《てあか》によごれたイメージや観念によってはもはやとらえることができないであろう。そういう見方にもとづいて、ここではその宗教・政治的な柔構造を「神仏共存」「神仏棲み分け」のシステムとして考え直してみようと思ったのである。平安時代の三五〇年、江戸時代の二五〇年の「平和」の意味、すなわち「パクス・ヤポニカ」の来歴を、それを手掛りにして浮き彫りにしようとしたのだといってもいい。その試みはここではまだ素描の段階にとどまっているが、その個別の論題に入っていく前に、それにさき立ってさしあたって指摘しておきたいことがある。

　それは一言でいえば、かつての「平安」のパクス・ヤポニカの時代以降、千年の時間を経て維持されつづけてきた「神仏共存」のシステムを、明治の近代国家が一刀両断のもとに断ち割り、その息の根をとめようとしたということだ。「神仏分離」と「政教分離」という、上からの二つの政治改革である。千年の伝統をもつ社会の仕組みがそれによって打ち砕かれ、否定されることになった。国家の深層部に秩序の地下水を注入しつづけた精神の原郷に、荒々しい杭が打たれたのである。その衝撃の明治維新期から今日までの一四〇余年、近代日本の歩みはその上からの改革の軌道を進んで、今日なおますます加速の度を増しているといっていいだろう。

その風景がいったいどのようなものであるのか、さしあたりここらで一瞥《いちべつ》しておくのも無駄ではあるまい。一四〇年の日本の近代が演出した「宗教改革」の一風景である。あとにつづく議論につなげるためにも留意しておきたいところだ。

近代日本の宗教改革

まず、神道世界におけるひとこま。——日本の神は昭和二〇年（一九四五年）の敗戦のとき、あやうく死の危機に直面した。占領軍が財閥の解体とともに、「国家神道」の廃止をきめたからである。そのとき折口信夫《おりくちしのぶ》は、日本の神々は敗れたといったが、本当のことをいえばこのとき日本の神々はいったんは死んだのではなかったのか。すくなくとも国家神道の神々は、文字通り死んだのであったと思う。

その国家神道の解体によって、天皇を神とする思想が否定されたことはいうまでもない。その結果、周知のように天皇の「人間宣言」が発布された。ついで、国家神道の拠点となった伊勢神宮が宗教本来の姿に復帰させられることになった。それまで「非宗教」とされていた伊勢神宮の祭祀に宗教的機能をとりもどす時期がやってきた。戦後の政教分離がそのことを要請していたのである。天皇が「人間宣言」をしたように、伊勢神宮も政治の世界から離脱して「宗教宣言」をする時代が到来したのである。そしてこれはいうまでもなく伊勢神宮がもとの伝統的な神道の世界に復帰することを意味した。

だがはたしてそれは今日、そういう姿になっているであろうか。ここでは詳述することはできないが、いわゆる「靖国神社」問題が示しているように、日本の「神道」はいまだに政治との癒着の関係から自由にはなっていないのが実状である。それをみればわかることだが、われわれはあいかわらず伝統的な「神仏共存」の時代からははるかに遠い地点までさ迷い歩いてきたというほかはない。

つぎに、創価《そうか》学会の仏教。さきごろ創価学会は、いわば檀那《だんな》寺だった日蓮《にちれん》正宗から分離独立した。日本仏教の寺檀関係では、そもそも寺は聖の領域、檀家は俗世間、という具合に分担がきまっていた。ところが創価学会はその「寺」と「檀家」のあいだの神聖同盟をご破算にして再出発をはかろうとしたといっていいだろう。「聖」なる領域のものを切り捨てて、在家教団の看板をさらに高く掲げたのである。

この新たな在家主義に立つ創価学会は、布教活動はもちろん先祖供養や葬儀にいたるまで自分たちの手で執行するようになった。聖職者のいない「友人葬」である。そのうえ礼拝本尊の下付という仕事まで手がけるようになった。一種の葬儀革命である。

しかしよくよく考えてみると、このような仏教の在家運動は今にはじまったことではない。すでに聖徳太子の仏教がそうであったし、鎌倉時代の親鸞《しんらん》や一遍《いっぺん》の仏教運動も在家主義に立つものだった。そのうえ、中世には「毛坊主」と称する人びとがいた。山間辺地では寺院や坊主が存在しないところから、村の仲間同士が交代でニワカ坊主になって葬儀をおこなっていたのである。すなわち、毛髪をつけた坊主、という意味だ。

その在家仏教主義を背景にした政党＝公明党が、いまや政権与党の一角を占めている。さて、この創価学会＝公明党の連合戦線が今後わが国の政治に新風を送りつづけるのか、それともかつての本願寺教団に発生したような、いっそう過激な宗教「革命」を志向するようになるのか。その現状もまた、かつての「神仏共存」のシステムとはかなり異風の光景を生みだしているのである。そこにもまた明治以後の近代一四〇年の歴史が折り重なっている。

ここにあげた神道界と仏教界のそれぞれのひとこまが、はたしてどれほどわれわれの時代の動きを予測しているのか、それはよくはわからない。けれどもそこにはらまれている、一種の抑圧された時代の緊張感のようなものは、私には、乱世における宗教運動の蠢動《しゅんどう》のようにもみえるのである。

第一四章　学問世界の「神仏分離」体制

辻善之助の本地垂迹研究

明治の「神仏分離」——それは、長い歴史の星霜をくぐり抜け生きつづけてきた「神仏共存」のシステムを打ち砕く、上からの改革だった。以来、「神」の領域と「仏」の領域は半ば強制的にへだてられ、すくなくともその両者が公的な場で出会う機会がほとんど失われてしまった。

はじめのうちそのような「分離」の嵐は「宗教」の現場で吹き荒れていたが、やがて時をへて「学問」の府においても近代的なアカデミーの名のもとに追究されるようになっていく。国家の政策としての「神仏分離」がいつのまにか学問における「神仏分離」の体制を生み落とす。そしてまことに不幸なことに、この学問の世界における「神仏分離」の方法もしくは体制は、戦後の歴史学をはじめとして、今日なおわが国のアカデミズムの領域において克服されてはいないのである。

そのプロセスを、ここでは辻善之助《つじぜんのすけ》と津田左右吉《つだそうきち》の仕事を通して明らかにしてみることにしよう。

文明開化が緒につく時代の動きのなかで、いち早く国家の政策としての「神仏分離」「廃仏毀釈《きしやく》」にたいして鋭敏な反応を示したのが辻善之助であった。「伝統」破壊の挙に出ようとしている性急な国家の政策に、誰よりも早く懐疑の眼をむけたのである。

辻善之助——兵庫県の出身。東京帝大国史科卒。明治四四年、帝大助教授、大正一二年、同教授。この間に史料編纂官《へんさんかん》をつとめ、昭和四年、史料編纂所の初代所長となる。その研究成果は『日本仏教史』一〇巻（昭和一九—三〇年）、『日本文化史』七巻・別録四巻（昭和二三—二八年）にまとめられた。昭和二七年、文化勲章を受章。

右の略歴からもわかるように、日本の歴史にかんする広範な「史料」をもっとも多く手元において読み、克明に調査することのできる位置にいた人物である。したがってまた「日本仏教」と「日本文化」の歴史的展開についてもっとも包括的かつ系統的に論ずることのできた学者であった。ちなみに、柳田国男《やなぎたくにお》や和辻哲郎《わつじてつろう》と故郷を同じくするというところも興味をそそる。柳田国男は辻善之助より二歳の年長、和辻哲郎は一二歳の後輩にあたる。

いま私は、明治の「神仏分離」と「廃仏毀釈」の政策にたいして学問の世界で最初に反撃を加えたのが辻善之助であるといった。そのことを鮮やかに示す論文が、明治四〇年（一九〇七年）に発表された「本地垂迹説《ほんじすいじやく》の起源について」である。これは『史学雑誌』に連載され、六回に及んだ。ここでいう「本地垂迹」とは、神仏共存の関係を仏は原型（＝

本地)、神がその変型(=垂迹)、ととらえる神仏統合の理論をいう。

そのことをいうために、辻善之助はまず「神仏習合」の現象と「本地垂迹説」の提唱とを歴史的に区別するところからはじめている。

すなわち第一に、「神仏習合の現象」は、奈良朝以前(天武《てんむ》・持統《じとう》天皇のころ)から徐々にあらわれ、奈良時代に入ってしだいに顕著になった。この時期において「本地垂迹説」は、ただその萌芽《ほうが》を示すだけで、まだ積極的に唱えられてはいない。第二に「本地垂迹思想」が平安中期、おそらく延喜《えんぎ》(九〇一―九二三年)の前後からおこった。したがって、のちに最澄《さいちょう》や空海《くうかい》の発想にもとづくとされた山王一実神道《さんのういちじつしんとう》や両部習合神道は、後世に発達することになった思想をかれらに仮託したものであり、最澄や空海の時代においても本地垂迹説は形成されてはいない。そして第三に、平安中期におこった本地垂迹説は、平安末期をへて鎌倉時代に入り、しだいにその教理的組織を大成した。

ここでいう「神仏習合」とは、神と仏にかんする単純な交渉の現象を指す。これにたいして「本地垂迹説」とは、特定の神を特定の仏・菩薩《ぼさつ》に結びつけ、前者は後者の垂迹(変型、化現《けげん》)であるのにたいし、後者は前者の本地(原型、本体)であるとして、単純な神仏関係に理論的反省を加えたものであった。そしてこの発展過程の時間幅は、天武・持統代(七世紀後半)から延喜の前後(一〇世紀初頭)までの二〇〇年あまりに相当するとしたのである。

神仏統合の試み

この一連の論文は、やがて昭和一九年になって『日本仏教史』第一巻の上世篇《へん》に増補編入され、いつしか学界のゆるがぬ定説となっていった。以後わが国において多くの神仏交渉にかんする研究がなされてきたが、そのいずれもが辻善之助のこの仕事を前提にしていたことは、とくに注目しなければならない。

さらに重要なことは、「本地垂迹説の起源について」が発表された二〇年後の大正一五年（一九二六年）になって、『明治維新神仏分離史料』上巻が刊行されたということだ。これには辻善之助が、師の村上専精《むらかみせんじょう》、僚友の鷲尾順敬《わしおじゅんきょう》とともに編集にあたっていた。その巻頭の「例言」によると、「維新」当時の神仏分離と廃仏毀釈についての史料はすでに明治四四年から大正五年にかけて雑誌『仏教史学』に掲載され、そのすべてがこんどの『史料』集に収められた、とある。

とすると、その『神仏分離史料』上、中、下、三巻の仕事が、辻善之助の「本地垂迹」研究ときびすを接するような形でおこなわれていたということがわかるだろう。しかもこの二つの仕事が、じつをいうと、神仏が共存していた時代の復元、神仏分離以前の社会の思想的復元、という使命を帯びたものだったことが明らかになる。さらにいえば辻善之助における学問の出発（本地垂迹研究）は、近代日本がその政治的自立のために支払った試行錯誤（神仏分離、廃仏毀釈）にたいする内在的批判、そしてその錯誤によって抑圧された感情の代償行為、という性格をもっていたのである。

その内在的批判、抑圧された感情の代償行為を知る上では、つぎの村上専精の見解が参考になるだろう。『神仏分離史料』上巻の「序辞」のなかにのべられているものだ。

日本の仏教はわが国に伝えられて以来、廃仏毀釈の難にあうことなく、「宗教統一（神・儒・仏）の美風」を培ってきたところに特色があった。インドや中国でおこった「廃仏」をまぬがれたのは「皇統一系」という国体上の美風と「宗教統一」という信仰上の美風が存在したからである。こうして仏教は三教の「盟主」としての地位を確立してきたが、この宗教統一の美風も徳川時代にいたってようやく「破綻《はたん》」を示すにいたる。儒家や国学者たちによるはげしい運動があったからだ。そしてこの徳川期における「破綻」の傾向は、明治にいたってついに「破裂」の状況を迎えた。それがすなわち神仏分離、廃仏毀釈の運動である……。

いささか時代がかった古風な表現が目につかないではない。だが、『神仏分離史料』を編纂した当時のかれらの心情をそこから推しはかることはできるだろう。ともかく村上専精はここで、「神仏分離」事件をすこしでも詳しく調査して、その結果を後世にのこすことが現代人としての責務であるといい、こんどの遠大な計画に着手したのもそのためであると書いている。その覚悟のほどが、むろん共同研究者であった辻善之助にも共有されていたことはいうまでもない。

さきにもふれたが、辻善之助は昭和一九年（一九四四年）になって『日本仏教史』第一巻を刊行するが、その「例言」のなかでつぎのようにいっている。「他力念仏の信心に深く浸つてゐた亡父の感化が、自ら予をして国史に於《お》ける仏教事項に興味を有せしめたのであらう」と。とするならば、明治初年における神仏分離、廃仏毀釈の「惨劇」こそは、かれをしてもう一つのありうべき「日本仏教史」を構想させる機縁になったといえるのではないであろうか。

辻善之助は「他力念仏の信心」に深く感化されていたにもかかわらず、「神仏分離」の政策に抵抗しようとした。仏教徒であるにもかかわらず、わが国における神仏共存の重要性を指摘しようとした。そしてこのかれの神仏統合についての考えは、さきにもふれたようにその後、歴史学界の「定説」になっていった。ところがこのような「定説」にたいして、やがて強力な反対者があらわれる。

津田左右吉の反論

津田左右吉の登場であった。津田史学の反論である。ちなみに津田左右吉は辻善之助より四歳の年長であった。柳田国男より二歳の年長であり、三人はほぼ同世代に属している。もう一つこれにつけ加えれば、辻善之助も津田左右吉も「実証史学」という堡塁《ほうるい》にたてこもったという点でも似ていた。徹底した史料批判の手法も共通している。だが辻は、東大の史料編纂所を棲《す》み家として「官」の歴史学を代表していた。これにたいし津田は岐阜県の生まれで、東京専門学校（のちの早稲田大学）の卒業。満鉄調査部などの研究員として中国東北部（旧満州）、朝鮮の歴史、地理を研究し、大正七年に早稲田大学教授となった。大正二年（一九一三年）に『神代史の新しい研究』を公刊、つづいて『文学に現はれたる我が国民思想の研究』（大正五―一〇年）を発表している。しかし昭和一五年（一九四〇年）、かれの古代史研究が神国史観を奉ずる右翼によって攻撃され、学界から追放された。だが戦後になって津田の歴史学は蘇生《そせい》し、「国家神道」解体のあとをうけて権威を回復した。昭和二四年、文化勲章受章。辻善之助に三年先んずる受章であった。

津田左右吉の歴史学が復活、蘇生したことで、こんどは辻善之助の仕事にかげりがみえはじめた。「民」（＝「我が国民思想」）の歴史学が、「官」（＝国家的な史料の編纂）の歴史学にたいして自己を主張しはじめる。そういう戦後「民主主義」の時代が到来したのである。津田史学の理論的な仮説がその波にのり、舞台の前面にせりだしていく。そしてその仮説にひそむ思考のベクトルが戦後歴史学の一つの指針になっていく。津田左右吉は辻善之助にたいして、いったいどのような仮説を抱えて立ちむかおうとしたのか。ここでいう仮説とは、むろん神仏関係をめぐっての議論のことだ。

くり返していえば、神と仏は日本の思想的土壌のうえに「調和」の実を結んだのだ、といったのが辻善之助である。それがかれの学問的発想の出発点であった。ところがこれにたいし、津田左右吉は、その同じ思想的土壌のうえで、外来の「仏」と土着の「神」がいわば人工的に結びつけられたのだと主張した。神と仏の関係はけっして美しい「調和」の実を結んだのではない。そこには徹頭徹尾、人工的な移植という作為の手が加えられたのだという。辻と津田の二人の関係がたんなる緊張や対立の域を越えて、ほとんど対決の関係に変化していることがここからわかるであろう。

辻は先述したように、明治初期における神仏分離の政策にたいして懐疑する気持を抱いていた。同じように津田もまた記紀神話の成立の背景に政治的な意図をかぎとっていた。だがしかし、文化や宗教の接触という問題にたいする視点のおき方ということになると、その両者のあいだに大きなへだたりができ上がっていたのである。

第一に津田左右吉は、「神道」という用語（用明《ようめい》紀・孝徳《こうとく》紀）が「仏法」という概念の成立にともない、それに対抗する考え方から作りだされたものだ、としている。

第二に、『日本書紀』などに言及されている仏教初伝の記事は、何ら史実を反映するものではない。それは蘇我《そが》氏を支持する「仏家」と、それに対立する仏敵としての物部《もののべ》氏との争いに宗教的意義を付与した作り物にすぎない、と断じた。

第三に辻善之助は、奈良時代になって日本の神が輪廻《りんね》に苦しむ衆生《しゅじょう》の一つとして解脱《げだつ》を願うようになったといっているが、しかしそれは津田左右吉の側の見方によれば、たんに

「仏家」の期待をあらわしたものであるにすぎない。とても当時の一般の日本人の信仰と考えるわけにはいかない。このことは平安期になって形成された本地垂迹説についてもいえるのであって、そのような考え方をとっていたのは天台仏教の影響下にあった知識人たちだけである。そもそも本地垂迹説そのものが「シナ伝来」のものではないか、という。

第四に、神が人の形態を有し人格を有するという考え方は、これまた知識人の思想で、一般の民間信仰とは離れたものである。こういう日本仏家の説は神の解脱という考え方とともにインドに由来するであろう。

第五に、上代日本人の神信仰に祖先崇拝などは存在しなかった。シナ式の「宗廟《そうびょう》」という観念も慣習も存しなかった。だから、もともと神ではなく人であった応神《おうじん》天皇を神社に祀《まつ》って「神」としたのは仏家が関与したからなのであって、それもまたシナ思想に由来する。

このような議論の展開から明らかになるのは、中国やインドの文化や思想と日本のそれとを津田左右吉がはじめから原理的に区別しようとしていたということである。その結果、日本における神と仏の交渉は、本来調和しないものが同居というパターンを強制されたときに生ずる接触のあり方を示しているのだ、という。こうして最後に、外来宗教としての仏教は、実際の信仰としては衆生を救うという本来の機能を失って、現世利益の方面に傾斜していった……。

まさに神の領域と仏の領域を区別し分離する手法といっていいだろう。辻善之助が神の領域と仏の領域の共存、統合の関係を強調したのとは真っ向から対立する手法である。そしてその対立の意味を津田左右吉ははじめから方法的に自覚していたと私は思う。いってみれば学問における「神仏分離」の路線である。歴史学における「神仏分離」路線の追究という自覚的姿勢である。その津田の姿勢がどのような背景に由来していたのか、ここではにわかには判断することができない。けれどもすくなくともそれが辻善之助の歴史学における「神仏統合」の路線にたいする意識的なアンチテーゼとして発想されていたことだけは、まず間違いのないところではないだろうか。

定説となった神仏分離理論

辻と津田は、神仏関係という日本思想史上の重大問題をめぐって対極に立っていたのである。ともに客観的な実証史学の立場を標榜《ひょうぼう》しながらも、その思考ベクトルがまったく逆の方向をむいていたといっていい。そしてまことに意外なことに、この辻善之助の「神仏統合」の理論が学界においてすでに「定説」の地位を約束されていたにもかかわらず、明治以降における学問の趨勢《すうせい》は、あたかもそのような辻の「定説」を無視するかのような形で動いていったということだ。なぜなら日本宗教史上の最大のテーマであったはずの仏教と神道の研究が、その後、一方の仏教学ないし印度学、そして他方の神道学ないし国学という学問上の二大カテゴリーへと分断されることになったからである。二大カテゴリーのそれぞれの研究領域と学問方法を、ただ排他的に純粋培養させる方向にむかったからである。ふたたびいえば、明治の神仏分離政策に対応するところの、学問世界における神仏分離体制の整備、確立がそのようにしてでき上がっていったのだ。

そしてこの方面で代表的な仕事をしたのがほかならぬ津田左右吉だった。それはあるいは、かならずしも津田自身の意図することではなかったかもしれない。明治国家の意志をかれがそれほど自覚的に受肉していたとは思われないからである。しかしながらそれでもなお今日の眼から眺めれば、津田は辻の説を真っ向から批判することによって、神仏交渉にかんする「分離」理論を完成させる道を開いたといわなければならないのである。

こうしていつのまにか、辻善之助の「定説」から津田左右吉の「定説」へと、戦後歴史学の動向が変化していくことになる。すなわち学問世界における神仏分離理論が支配的になっていった。そしてこうした考え方は、奇しくも柳田国男や折口信夫《おりくちしのぶ》のような民俗学者の立場とも基本的に共通していた。なぜなら柳田らによって創始された日本民俗学の伝統は、日本人の固有信仰と外来宗教としての仏教信仰とをあらかじめ区別し峻別《しゅんべつ》することをもって、その方法的前提としていたからである。

あえていえば、「パクス・ヤポニカ＝神仏統合」研究の芽をつみとりかねない「神仏分離」理論が、こうして戦後歴史学の主流を形成することになったのである。

第一五章　「鎌倉時代＝宗教改革」論の幻想

もう一つの幻想

明治の「神仏分離」の政策が、やがて学問世界の「神仏分離」体制を生みだしたということを前章で論じた。その先陣を切ったのが津田左右吉《つだそうきち》であった。先陣を切っただけではない。かれの登場によって、またその津田史学の影響力によって、そのような「神仏分離」の学問体制が当り前のこととして戦後歴史学界の主流を形成することになった。長い歴史的時間の経過のなかで神仏の共存、共棲《きょうせい》の関係をつくりあげてきた社会のイメージが、それによって否認され、無視され、その構造的な特質を追究する手立てまでがしだいに失われてしまったということだ。歴史認識にかんする、一種の自己否認のプロセスであったといっていいだろう。そしてそのプロセスの皮肉な成り行きを、辻善之助《つじぜんのすけ》と津田左右吉の仕事を通して、その両者の説を比較しながら検討したのであった。

さて、そのような歴史認識にかんする自己否認の姿勢ということでいえば、われわれはもう一つ、重大な「定説」となっている錯誤にみちた理論を抱えこんできた。今や誰も疑うことをしない不動の理論と思いこんでいる「常識」のことである。

「鎌倉時代＝宗教改革」論という、ほとんど幻想に近いといってもいいような理論である。「鎌倉仏教＝宗教改革」論という定説化してしまっている仮説のことだ。それはさきにふれた学問体制における「神仏分離」の理論とともに、とりわけ戦後におけるわれわれの歴史認識を曇らせる上ではかりしれない影響力をふるった、もう一つの幻想された仮説であった。なぜならその理論もまた、日本人の宗教を正面から見る眼球を曇らせてしまったからである。われわれ自身の心の内景を偏向なく凝視する目を奪い去ってしまったからである。

もう一つつけ加えていえば、鎌倉時代を宗教改革の時代とする常識は、もう一つの錯覚へとわれわれを導いた。日本の「近代」は鎌倉時代の宗教改革を一つの出発点としてはじまったとする錯覚のことである。こうして親鸞《しんらん》、道元《どうげん》、日蓮《にちれん》の考えが、「近代」思想を準備する「個」の立場に拠《よ》る宗教運動であったという見方が、そこから生じた。親鸞の念仏、道元の坐禅、日蓮の題目が、主体的な個人によって担われた信仰のあかしであったとする定説ができあがったのである。

しかし私はやがて、この常識はおかしいのではないかと思うようになった。鎌倉時代を「宗教改革」の時代とする定説には、どこか決定的なごまかしがあるのではないかと思うようになった。なぜならこの定説は、近代日本における日本人のきわめて世俗的な思想状況を、何一つ説明してはいないからである。

法然や親鸞、道元や日蓮の思想の本質が、今日の日本においては少数の知的エリートをのぞいて、ほとんど何の影響ものこしてはいないということだ。なるほどその後、親鸞を開祖とする本願寺教団は社会的な大勢力を形成し、同じように曹洞宗教団や日蓮宗教団も広範な民衆のあいだに教線をひろげていった。しかしそれは、けっして開祖たちの思想そのものを起動力にして発展していったものではない。かれらの信仰の灯《ひ》を唯一の導きとして拡大していったわけでもない。

大教団としての発展が可能となったのは、ひとえに先祖供養を中心とする土着の民衆宗教がそれを支えたからである。墓信仰と遺骨信仰が死者儀礼と結びついて、寺と僧のあり方を方向づけてきたからである。近世において異常な発展をみせる「葬式仏教」の形成が、仏教の大衆化と社会化を可能にしたのである。そしてここで見落としてはならないのが、その背後にあの神仏共存の伝統がすこしも途絶えることなく息づいていたということだ。

親鸞、道元、日蓮の思想が先導的な役割をはたして、宗教の大衆化、そして社会化や近代化をもたらしたのではない。かれらの生き方の根本的指針は、むしろさきにのべた先祖供養と死者儀礼の大波にのみこまれ、埋没していったのである。その大波の勢いは、むろん今日においてもいささかも衰えてはいない。葬式仏教の流れは近世をつらぬいてそのまま明治の近代に及び、戦後六〇年の日本列島の岸辺を洗いつづけているといっても過言ではないのである。

はたしてそうであるならば、「鎌倉時代＝宗教改革」説はすでに破綻《はたん》しているのではないだろうか。というのも、この近代日本の宗教状況、現代日本の世俗化現象を、それは何一つ説明できてはいないからだ。

原勝郎の宗教改革論

日本の鎌倉時代を解釈するのに「宗教改革」概念をもちこんだのは、いうまでもなくヨーロッパの歴史をモデルにする考え方である。その先鞭《せんべん》をつけた歴史家が原勝郎《はらかつろう》であった。原勝郎は明治四年（一八七一年）、南部藩藩士の長男として盛岡に生まれた。辻善之助より六歳の年長である。東京帝大を出て、のち一高、京都帝大の教授になった。日露の開戦に出征しているが、除隊になってから学位論文を修正して『日本中世史』を刊行している。それ以後は西洋近代史研究に転じ、明治三九年から欧米に留学。帰国直後の同四二年から狩野亨吉《かのうこうきち》に招かれ、内藤湖南《ないとうこなん》らとともに創立直後の京都帝大文科大学の教授に就任している。代表作が、三条西実隆《さんじょうにしさねたか》の生活文化を中心に応仁《おうにん》の乱後の世相を描いた『東山時代に於《お》ける一縉紳《しんしん》の生活』である。

かれが『日本中世史』を書いたのが明治三九年であるが、その五年後の明治四四年になって「東西の宗教改革」という論文を書いている。これははじめ『芸文』に発表され、のちに『日本中世史の研究』（昭和四年）に収録された。そこに展開されている原勝郎の論点は明快である。

まず、鎌倉時代の一三世紀はヨーロッパにおける一六世紀の宗教改革に対応するのだという。ルターとカルヴァンの時代である。それがかれの出発点だ。

第一に、時代背景の類似性。都市の繁栄、平民階級の台頭、国語改革などの国民精神の発達である。第二に、この両時代に勃興した新宗教にみられる性格の共通性。たとえば信仰の重視、宿命説（カルヴァン教と浄土真宗）、反儀式主義、復古的傾向、妻帯論、政治・社会問題への強い関心、などだ。とりわけ善行努力の生き方にたいして、悪人救済の側面を強調している点に注目している（ルター教と浄土教）。それはしばしば「悪事奨励」への逸脱をもたらすことになった。

むろん両者のあいだには相違もみとめられる。

第一に、西の宗教改革にはルネサンス（文芸復興）の影響があったが、東にはそれに対応するようなものはない。第二に、西においてはカトリックの側からの逆襲の動き（反宗教改革）が発生したが、東の日本においてそれは見出《みいだ》しがたい。第三に、ヨーロッパで宗教改革は封建制度の衰退期におこなわれたが、日本では封建制度の勃興《ぼっこう》期ときびすを接していた。前者では国際関係の圧力と宗教戦争の発生をみたが、後者においてはそのようなものはまったくみとめられない。

このようにして原勝郎は、日本の歴史のなかにはじめて「中世」の概念を導入するとともに「宗教改革」の発想を採り入れた。「宗教改革」イメージを下敷きにして、日本の「中世」が創出されたといっていいだろう。以後、鎌倉時代を宗教改革の時代とする定説ができあがっていく。鎌倉仏教が宗教改革を担う転換期の仏教であったとする常識である。

その定説の骨格は、ほぼ原勝郎が描き出した見取図に沿って形づくられていった。むろん細部において誤りがなかったわけではない。けれどもかれの仮説は今日までそれほど大きな修正もうけずに流通してきた。とりわけ原勝郎の創唱による「宗教改革」論は敗戦後のわが歴史学界に大きく息を吹き返した。家永三郎《いえながさぶろう》、石母田正《いしもだしょう》、服部之総《はっとりしそう》、井上光貞《いのうえみつさだ》など、異口同音に鎌倉新仏教の革新性を論ずるようになったからだ。

むろんそのなかには、鎌倉新仏教の運動がはたしてヨーロッパの「宗教改革」に匹敵しうる内容をもつものであるのかどうか、疑いをさしはさむ見解がないではなかった。しかし鎌倉新仏教の革新性をみとめ、そこに「近代」の萌芽《ほうが》を見出そうとする点で、かれらの議論は共通していたといっていい。

黒田俊雄の権門体制論

そこに、したたかな挑戦者があらわれた。黒田俊雄《くろだとしお》である。半世紀以上も前に原勝郎によって唱えられた「鎌倉仏教＝宗教改革」論を、かれの新説は完膚なきまでに打ち砕こうとしていた。その一撃によってそれまでの歴史学界の常識が、あっというまに崩れ去ったかのようにみえた。かれは原勝郎流儀の宗教改革論に反対しただけではない。戦後の歴史学界に流行する中世国家論、鎌倉仏教史観に、正面から異議を唱えたのである。

黒田俊雄は昭和元年（一九二六年）に富山県に生まれた。同二三年に京都大学史学科を卒業、同五〇年に大阪大学教授になった。同五六年から学術会議会員を三期つとめてもいる。主著に『日本中世封建制論』『日本中世の国家と宗教』などがある。

黒田の考えは、昭和五〇年に刊行された右の『日本中世の国家と宗教』のなかに展開されている。のち平成二年になって『日本中世の社会と宗教』を発表して、さらに自説を敷《ふ》衍《えん》しているが、弁明と補強の部分をのぞけば前著と異なるところはない。

『日本中世の国家と宗教』の骨子は、おおよそ以下にのべるようなものだ。それは原勝郎流の「宗教改革」論とは似ても似つかぬ、味つけも色彩もまるで違った、異風の中世イメージであった。

この時代、国家の政治を左右していたのは天皇家、藤原氏、有力寺社、そして武士の棟《とう》梁《りょう》などの権門勢家が結託する連合勢力で、それを氏は「権門体制」と称する。この権門勢力の頂点に祀《まつ》りあげられていたのが国王（天皇もしくは上皇）であった。この国王には、強力な王権は奪われているかわりに「独特の宗教的性格」が付与されていた。

その「体制」を根本のところで支えたのが二種類のイデオロギーであった。第一が「神国思想」である。この中世期の「神国」とは、宗教が政治に優越する国家のことだ。古代の律令国家において、宗教が政治に奉仕したのと根本的に対立する。一事が万事、宗教の全盛時代だったといってよい。慈円《じえん》の『愚管抄』、北畠親房《きたばたけちかふさ》の『神皇正統記』がその代表的なイデオロギーであった。「神国」を擁護《ようご》する守護神が数かぎりもなく増殖し、現世的呪術が網の目をひろげていく。天皇までが「神器」の正統性にもとづいて「神国の最高司祭者」となった。

もう一つが「顕密主義」というイデオロギー。「顕密」とは、天台宗などの顕教《けんぎょう》と真言宗の密教のことだ。論理主義的な顕教と心理主義的な密教の提携の関係を指す。ロゴス教と秘密教の習合体制といっていいが、後者の「密」が支配的であり本質規定的であるといっている点がポイントである。

「神国思想」には神の意志がはたらき、「顕密主義」には非合理的な呪術と儀礼が主導的な役割をはたす。「王法（国家）」と「仏法（宗教）」の相互依存の関係も「密教」を土台とする反理性的な包摂の関係としてとらえられていた。この「顕密主義」はさきの「神国思想」と手を結んで「権門体制」を基礎づけ、つねに反動的、守旧的なイデオロギーの立場をつらぬいていたというのである。

したがってこのような「権門体制」が、反体制運動としての異端的な宗教運動を排除しようとしたのも当然であった。獅子《しし》身中の虫としての仏教革新運動を攻撃し、弾圧し、その息の根をとめようとしたのである。

以上記してきたところからも、黒田の描く中世像がさきの原勝郎の描くそれといかに異なっているかがわかるだろう。原の「宗教改革」論と黒田の「権門体制」論は、あたかも水と油のような対立の関係を浮かびあがらせているようにみえるからだ。

黒田仮説の問題点

この黒田の仮説はここ二〇年ほどのあいだ、歴史学界に急速に浸透していった。今日わが国の中世史家で、原勝郎の説に与《くみ》する者はほとんどいないといっていい。それだけではない。戦後の史学界に新鮮な息吹を与えた服部之総、家永三郎、井上光貞らの鎌倉仏教論を顧みるものすら、ほとんどいなくなっているのではないか。

それほどに黒田の議論は学界の注目を集めたのである。鎌倉新仏教における「革新」の流れは、かならずしも強力なものではなかった。それにくらべるとき、反動的な権門体制こそがこの時代の権力構造を支える重要な体制であった……。

鎌倉新仏教イコール宗教改革運動という着想には、たしかに他人の物差しを借りて自分の背丈をはかるという、気楽で倒錯した態度がみられないではない。モデルをみつけてコピーをつくるというさもしい根性である。むろんそれは、なにも明治の学問だけの話ではなかった。が、ともかくも黒田俊雄は、原勝郎以後半世紀をこえてほぼ定説化されてきたこのような学説に痛棒を浴びせたのである。

なるほど、と私も思う。黒田の議論は、豊富な史料にもとづいて着実に積みあげられたものだった。説得力に富み、気迫も十分であった。たしかに、かれのくりだす論理をたどって「中世」を見直してみるとき、これまでの「鎌倉仏教＝宗教改革」論がいかになまくらなユートピア史観であったかということがわかる。一三世紀の「新仏教」運動のなかに、確たる理由もなく海の彼方《かなた》のルター的人格を幻想し、またカルヴァン的人間像をそこにもちこもうとした架空の言説でしかなかったということが明確になる。歴史学界が寄らば大樹のかげとばかりに、この圧倒的な説得力をもつ黒田説になびいていったのも理由のないことではない。

しかし、その歴史学界から一歩しりぞいて、われわれ自身の胸のうちを叩《たた》いてみよう。するとその内部に相変らず、「鎌倉仏教＝宗教改革」論が生きつづけていることに気づかされるだろう。専門家たちの学説はいざ知らず、知的「世論」のあいだでは、むしろ宗教改革の理論こそがいまだに強力な磁場を形成しているのではあるまいか。ことは何も知的な「世論」にかぎらない。高校や大学の一般「教養」の部門にまでその理論の影が大きく覆っている。

その落差が、いささか問題を難しくしているように私にはみえる。歴史学界における黒田理論の新たな定説化と、それにもかかわらずそれに対抗するような形における宗教改革論の持続性、——その落差がことがらを複雑にしているようにみえるのである。この溝ははたして埋められることがあるのだろうか。

しかしここで、もう一度胸に手をあてて考えてみよう。そこにほんとうに、落差や溝が横たわっているのだろうかと。もしかすると、われわれ自身がそこに落差や溝があると思いこみ、錯覚しているだけではないのだろうか。

黒田俊雄の議論をよく読めばわかることだが、そのかれの論理の背後からも、じつは当の「鎌倉仏教＝宗教改革」論の旋律がきこえてくるからである。かれのいう「権門体制」をくつがえす宗教改革の先駆的なひびきが、基調低音のようにわれわれの耳にもきこえてくるからである。黒田俊雄がかならずしも原勝郎の「宗教改革」論を正面から否定してはいないことがわかるからだ。原勝郎の、他人の物差しを借りて自分の背丈をはかるというような気楽な着想からも、かならずしも黒田は自由になってはいない。そのようにみえるからだ。

その点ではじつは黒田俊雄も、原勝郎とともに「鎌倉時代＝宗教改革」論というほとんど幻想といってもいいような理論に足をすくわれてしまっているといってもいいのである。なぜ、そうなのか、という問題については、次章であらためて考えてみることにしよう。

第一六章　平和—戦争—平和の律動

宗教改革論と権門体制論にみる共通点

問題は、鎌倉時代の「新仏教」をどうとらえるかというところにあった。鎌倉仏教はこれまでの定説通り、はたして西欧流儀の「宗教改革」の名にふさわしい宗教の運動だったのか。それが前章で持ち出した論点であった。

くり返していえば、わが国においてはじめて「鎌倉仏教＝宗教改革」論をいいはじめたのが明治四〇年代の原勝郎《はらかつろう》である。昭和四年にまとめられた『日本中世史の研究』のなかに、そのテーマにかんする論文が収められている。

その原の議論の筋書にたいして真っ向から反論したのが黒田俊雄《くろだとしお》であった。かれの見解は昭和五〇年に世に出た『日本中世の国家と宗教』に詳述されている。それは原勝郎流の「鎌倉仏教＝宗教改革」論を否定して、あらたに「鎌倉仏教＝権門体制」論なる見解を主張するものだった。鎌倉時代の仏教の本質は、天皇家、藤原氏、有力寺社、そして武士の棟梁《とうりょう》などの権門勢家が連合する、反動的な「権門体制」に包みこまれるものだったとしたからだ。しかもこの権門体制を思想的に支えていたのが「顕密主義」と「神国思想」の二つのイデオロギーであったという。

　みられる通り、原と黒田の主張は水と油の関係にみえる。黒田の理論は原のそれの完全否定の上に成り立っているようにみえる。だが、はたしてそうか。黒田の「権門体制」論は、原流の「宗教改革」論をはたして完膚なきまでに否定しきったものであろうか。

　それが、前章で提出した疑問であった。じつは黒田説をよく吟味してみるとわかるのであるが、かれの「権門体制」論は原勝郎の「宗教改革」論の論旨とかならずしも背馳《はいち》するものではないことがみえてくるのである。なぜなら、かれのいう反動的な権門体制下においても、細々としてではあれ革新的な新仏教運動の流れがあったことを、くり返しかれが指摘しているからだ。それはけっして時代の主潮をなすものではなかったけれども、しかしその反時代的な異端運動への期待が、ときに基調低音のように途絶えることなく語られているからである。

　もっとも、氏のいうこの異端＝改革運動のなかには、法然《ほうねん》や親鸞《しんらん》のような流れとともに俊芿《しゅんじょう》や叡尊《えいぞん》のような旧仏教の戒律復興運動なども含まれている。が、それにもかかわらず氏が大文字で強調しているのが、たとえば「一向専修《いっこうせんじゅ》」として知られる親鸞的な革新思想であり、その思想に内在する「人類的・普遍的性格」である。

　その普遍的性格なるものは、まさに反動的な旧仏教の呪術的性格の対極にあるものだ。黒田説は、この呪術的性格を克服するものとしてその「普遍的性格」を論じているのである。むろんこの時代の王道に居坐《いすわ》っているのは、黒田のいう「権門体制」である。それはまず動かないところだ。しかしながらその王道の地下水脈に「異端＝改革」の運動が噴出し、わずかに地上に流出し、その勢力をひろげようとしている。その流れが、やがて日本の近代を準備する。前近代的な呪術を克服する論理が、近代宗教における普遍的性格を実現していくであろう、——そういう熱い期待が、黒田説にはあらかじめこめられているのである。

そして大事なことは、右の一点に注目するとき、黒田の「権門体制」論はそのまま原勝郎の「宗教改革」論と重なり合ってしまうということだ。外形的な背丈も内面的な論理も寸分違わず重なり合う。「宗教改革」論と「権門体制」論のあいだに想定されていたはずの落差が、そこで一挙に埋められてしまうのである。そこに存在するとされた溝がたんなる錯覚でしかなかったことが判然とするにちがいない。

原の宗教改革論も黒田の権門体制論も、ともに「近代」を射程に入れ「前近代の克服」という目標を設定して、そこに議論の照準をしぼっているからである。ヨーロッパ的「近代」の自画像をわが身に重ね合わせ、それを前提にして立てられた仮説だからである。原が鎌倉新仏教の担い手たちをルターやカルヴァンに見立てたように、黒田学説もまた同じまなざしを鎌倉時代の「異端＝改革」運動に注いでいる。日本における近代の萌芽をその動きのなかに求めようとしている。権門体制下に、まさに獅子《しし》身中の虫として呱々《ここ》の声をあげようとしている宗教改革の可能性を、なんとか探りあてようとしているのである。

原勝郎流の宗教改革論も、それを批判したかにみえる黒田俊雄の権門体制論も、結局は同じ穴のムジナだったということにならないか。なぜなら黒田の権門体制論もまた、これまでのべてきた理由にもとづいて宗教改革論の一変種にすぎないからである。修正されたもう一つの宗教改革論という性格をもっているからだ。その意味において黒田説は、原勝郎にはじまる歴史学界の常識を真に打ち破ってはいない。鎌倉仏教イコール宗教改革運動という「定説」を、根底から揺るがす学説とはとうていいがたいのである。

失敗した宗教改革

さて、この「定説」の最大の弱点は、さきにもふれたようにそれが近代日本人の宗教意識をほとんど説明しえていないというところにある。さらにいえば、現代日本の宗教、社会状況をそれはまったく説明することができてはいないということだ。

第一にまず、親鸞や道元《どうげん》や日蓮《にちれん》が担った革新運動は、ヨーロッパ近代史においてルターやカルヴァンがはたしたような社会的潜勢力をついにもちえなかったということをあげなければならない。いわれるようにプロテスタンティズムが、西欧近代の政治や経済の発展ときびしく対抗しつつ、市民社会を形成する動因となったことを想起しよう。それにくらべるとき、鎌倉新仏教の担い手たちによって創唱された宗教的理念は、わが国の社会において真に受容されることがなかった。鎌倉新仏教の精神は大衆化の軌道にのることに失敗し、「宗教改革」の原理はこうして流産するほかなかったのである。

第二に、この宗教改革の流産に手をかした儀礼システムが、江戸幕藩体制下に整備された「葬式仏教」であった。先祖供養と遺骨崇拝にもとづく「家」中心の仏教である。墓をもつ菩提寺《ぼだいじ》と墓の祀《まつ》りをおこなう檀家《だんか》との連携から、このシステムは成り立っていた。鎌倉仏教の担い手たちが想像もしなかった宗教体制ができあがってしまったといっていいだろう。

ちなみに家の宗教としての仏教という観点からいうと、天皇家の菩提寺は京都の泉涌寺《せんにゅうじ》とされていた。歴代の天皇の廟《びょう》がそこにつくられ、仏教式の供養をうけていたのである。徳川将軍家においては、それが江戸増上寺《ぞうじょうじ》におかれていたことはいうまでもない。大名も武士もそして農・工・商の各階層もそれぞれ菩提寺をもち、先祖供養と墓を中心とする仏事・法要をおこなった。

このような葬式仏教は、いつしか神道の氏神信仰と調和・共存の関係をとり結ぶようになっていた。神仏連携のシステムである。その場合、さきにものべたことだが、天皇家にとっての氏神が伊勢神宮であったことはいうまでもない。それはある意味で、神信仰を通して日本共同体の中心的役割を担ったともいえるであろう。同様に徳川将軍家においてそのような役割をはたしたのが日光東照宮であった。東照宮は徳川家の「氏神」である家康を祀る聖地である。氏神信仰という名における先祖崇拝であったといっていいだろう。武士も農民も町人もそれぞれに氏神としての鎮守の森を守り、産土《うぶすな》の神への信心や祭りを通して、共同体的な連帯感情を育てていった。神仏の棲《す》み分けと統合の関係が制度的に確立され、この神仏習合のシステムが一種の「国民宗教」として機能し、社会秩序の形成に貢献したのである。

こうして第三に、右にのべた葬式仏教が共同体的な氏神信仰と手をたずさえ、明治の変革期をへてそのまま現代の日本人のあいだに、ほとんど社会慣習化した形で生きつづけている。それが「宗教」であるのかどうかを問う以前に、葬式仏教は死者供養の観念とともに社会生活の全面を覆ってしまっている。明治以降の文明開化が、この葬式仏教と手を組んだのである。ヨーロッパ近代の「文明開化」がプロテスタント教と提携したのにたいし、日本近代の文明開化は葬式仏教と歩調を合わせることになったといっていい。そしてこのキリスト教抜きの「文明開化」が、やがて日本人に無神論的自意識を植えつけるようになった。このほとんど社会慣習化した葬式仏教がキリスト教抜きの無神論的自意識と結びつき、日本の社会を世俗化するうえで大きな力をふるうようになったのである。

このように見てくるとき、さきの近代的な「宗教改革」論が、現代日本の宗教情勢を何一つ説明しえていないということがますます明らかになるだろう。明治以降、一直線につき進んできたプロテスタント教抜きの文明開化と、その文明開化にみられる徹底した世俗化の現象を、それは論理的に説明することに失敗しているのである。

別の物差しが必要なのだ。かつての歴史観の常識にとらわれない、別個の自由な視点を導入するほかはないのである。そのためにはまず、一三世紀の「鎌倉仏教」という枠組みから眼を転じなければならないと私は考える。一三世紀に固着したままの視線を、もっと広い空間にむけて解き放たなければならない。

織田信長の「宗教改革」

その広い空間にむかって解き放たれるべき視点に、二つある。第一の視点というのが、「世俗化」という問題である。さきの鎌倉仏教を特徴づけるものが親鸞や道元や日蓮たちの思想であったとすれば、その流れを断ち切ることにつながった「世俗化」の問題である。そこに、いうまでもなく織田《おだ》信長《のぶなが》が登場する。

端的にいって私は、日本人の精神の根幹に巨大な地殻変動をもたらしたのが一六世紀であり、その新時代を切り拓《ひら》いたのが織田信長であったと思う。重要なのは坊主たちの一三世紀ではない。戦国武将たちの一六世紀である。信長のやった事業は多岐にわたるが、ここでさきの問題にふれてとくに強調したいのは、かれによって敢行された比叡山《ひえいざん》の焼き討ちと石山合戦《いしやまがっせん》である。信長はこの二つの宗教戦争をたたかい抜くことで、日本人の心に消えることのない甚大な影響の爪あとを刻みつけたのだと思う。

比叡山はすでに「権門体制」の一角を占めて「山門」と称し、一一世紀にはじまる院政時代以来、多数の僧兵を擁して勢威を張っていた。伝統仏教の権威の中心をなしていたといっていい。元亀《げんき》二年（一五七一年）、信長はこの比叡山を焼き討ちにして堂塔伽藍《がらん》を灰燼《かいじん》に帰せしめ、おびただしい数の僧を殺傷した。このときの衝撃で天台宗比叡山の伝統的権威は地に墜《お》ち、以後昔日の姿に回復されることはなかった。

もう一つが「石山合戦」。明応《めいおう》五年（一四九六年）、本願寺の第八世蓮如《れんにょ》によって大坂に建てられたのが石山本願寺、またの名を石山御坊という。この本願寺はやがて戦国大名と互角にたたかう一大勢力に発展し、「天下布武」の統一権力をめざす織田信長と正面から対決するにいたった。信長は、元亀元年以降この石山本願寺に拠《よ》る一向一揆《いっこういっき》勢と血みどろの抗争をつづけていた。が、ついにこれを降《くだ》したのが天正《てんしょう》八年（一五八〇年）、坊城の主であった第一一世の顕如《けんにょ》が退去して、合戦はようやく終息した。

信長はそれまで、各地に蜂起する一向一揆の鎮圧に手を焼いていたが、これを機に、一揆のエネルギーを完膚なきまでに叩《たた》きのめすことに成功した。それ以後、このようなはげしい民衆の宗教運動がわが国の歴史に登場することはない。

信長は、右の二つの宗教戦争をくぐり抜けることで、日本人の精神を結果としてある方向にひっぱっていく牽引車《けんいんしゃ》の役割をはたしたのではないだろうか。世俗化、という方向へである。「中世」という時代に高揚した超越的な精神をかぎりなく地上の倫理に近づける方向、といってもよい。換言すれば、一三世紀にその清新な萌芽《ほうが》を示した「新仏教」の細々とした流れが、このとき断ち切られることになったのである。

そしてその転機が、まさに近代の開幕を告げるのろしでもあった。日本の近代が信長の登場とともにはじまったということだ。鎌倉新仏教に体現される「宗教改革」の衝撃波によって、わが国の近代が準備されたのではない。そうではなくて、このような宗教改革的な「異端＝改革」の噴出を根こそぎ爆砕することによって、信長の「近代」が開始されたのだといっていい。日本社会の世俗化、日本人の精神における脱聖化のプロセスが、そこを起点にはじまるのであり、そしてそのプロセスの最終地点に現代のわれわれが立っている。われわれの社会がその延長線上にその無神論的な裸形をあらわにしているのである。

もしも「宗教改革」という考え方を、宗教にたいする根本的な変革の態度というように解するならば、織田信長こそ日本における「宗教改革」の唯一の担い手であったといわなければならないであろう。

第二の神仏信仰の時代

今日の平均的な日本人の精神を方向づけているのは、けっして法然や親鸞、道元や日蓮の思想なのではない。そのような意味における「宗教改革者」をほかに求めるとすれば、それはただ一人織田信長をおいてほかには見出《みいだ》すことができないのではないか、と私は思う。

信長は、ポジティブな意味においてもネガティブな意味においても、日本における宗教改革者の名を冠するにもっともふさわしい人物なのである。そのことを心にとどめるとき、信長のあとにつづく秀吉や家康がやったことは信長の路線をそのまま継承することであったということがみえてくる。秀吉も家康もまた一向一揆とたたかい、その民衆宗教のエネルギーを殺《そ》ぐことに全力をつくした。それだけではない。かれらはその政策とほぼ並行するように、それぞれのやり方でキリシタン弾圧の体制を強めていったのである。

こうして、戦国動乱の時代が終る。源平合戦の時代から南北朝、応仁の乱をへて織豊政権が成立するまでの四五〇年に及ぶ「戦争」の時代が終結を迎える。鎌倉「新仏教」が種をまき、それによって燃えひろがったはずの下剋上《げこくじょう》の地殻変動の時代が終息するのに、それだけの時間がかかったということだ。

気がついてみれば、親鸞や道元や日蓮の思想的心棒が根こそぎ引き抜かれ風化していた。宗教的世俗化の地ならしが完了し、一望千里、信長のしいた「天下布武」の新天地がそのすそ野をひろげていたのである。

家康の開幕事業が、そのあとにやってきた。江戸時代二五〇年の「平和」が、四五〇年の「戦争」の時代をくぐり抜けてふたたび訪れたということになるだろう。「新仏教」という名の革新の思想が一掃され、熱狂する大衆的な宗教運動の息の根がとめられた荒地の上に、ふたたび打ち立てられたのが、先祖崇拝と氏神信仰を両輪とする神仏共存の宗教、政治体制であった。平安時代の記憶をふたたび生き返らせる第二の神仏信仰の時代がやってきたのである。伝統的な「神仏習合」思想を完成させることになる「葬儀宗教」の成立といってよい。社会を静かに安定させる安全弁のようなシステムである。政治や経済への異議申し立てを一切回避する、反個性的でマイルドな宗教意識が、そこから生みだされた。たとえば宗教嫌いの墓好き、信仰嫌いの遺骨好き、といった生活態度がそれにあたるだろう。家と宗教が調和の黙契をとり交わす神仏共存の強固な体制を、深層の部分で支える意識である。

こうして平安遷都から幕末期までおよそ千年の歴史の起伏を展望するとき、そこに第一期平和（平安時代）の三五〇年、ついで戦乱激動・中間期の四五〇年、そして第二期平和（江戸時代）の二五〇年、という交替のリズムが脈打っていたことがみえてはこないだろうか。平和－戦争－平和の歴史的律動の音がきこえてはこないだろうか。

第一七章　慈円の複眼的思考——花田清輝の着眼点

花田清輝の抵抗の論理

「イラク戦争」が一段落し、「復興」の掛け声が高くなった。世界の視線がその一点にそそがれ、日本国内の世論が異口同音にその声に同調しはじめた。

その「復興」「復興」の呼び声がしだいに高くなっていくなかで、自然に私の頭に浮かんできたのが、『復興期の精神』という書物の名前である。それを書いた花田清輝《はなだきよてる》という人間の思想である。されば、その「復興期の精神」を欠いて「復興」も「回復」もないだろう、——そんな声がどこからともなくきこえてきた。

花田清輝の名前がそんな形で眼前に立ちあらわれてきたのが、予感はあったものの不思議な気分だった。ただ、そんな思いであらためてかれの作品に接したとき、その思想の斬新《ざんしん》さに胸を打たれた。「イラク戦争」の展開、終息のプロセスのなかで、花田清輝の議論がしだいにつよい光を帯びて浮上してきたのである。

むろんかれの議論の根底には、「戦争と平和」についての鋭い洞察が横たわっていたのである。花田清輝は戦前戦後を通じて、何よりも抵抗の論理をねばり強く探りつづけた思想家であった。

その抵抗の論理というのは、いっさいの暴力装置を奪われた者たちの謀反《むほん》の論理、といってもいいものだった。この謀反の論理の筋道を、目くらましをかけるような多彩なレトリックを駆使して明らかにしようとしたのである。そのような抵抗と謀反の論理についての思索が華々しくはじけたのが、すでに戦前に書かれていた特異なルネサンス人論である。それが戦後になって、さきの『復興期の精神』として刊行されたのである。かれの思想的着想はその後も持続し、やがて『鳥獣戯話』（昭和三七年）、『爆裂弾記』（昭和三八年）、『小説平家』（昭和四二年）、『室町小説集』（昭和四八年）などの作品が書き継がれていった。

花田の謀反論は、とにかくこのように年季が入っている。戦前戦後をつらぬく筋金入りの抵抗論といっていい。それをかれは、まことに意外なことにというか、非暴力抵抗の原理として提示しようとしていたのである。「謀反」についての方法的論理化といってもいいような仕事だった。

その筆頭のケーススタディとしてかれがとりあげた人物が、慈円《じえん》という坊主であった。昭和三六年（一九六一年）のことである。ちょうど右に記した『鳥獣戯話』を書く前年にあたる。

舞台はこの年の『文学』七月号の誌上、——花田清輝はそこに「歴史と文学」という文章を寄せ、さきの慈円を俎上《そじょう》にのせている。ときあたかも、日本列島をゆるがした安保闘争が終息にむかう時期にあたっていた。世間には脱力の気分がただよい、時代は暴力か非暴力かの思想的課題をわれわれの喉元《のどもと》につきつけていた。

その時代の趨勢《すうせい》をいち早くかぎつけたのが、花田清輝だった。かれは右の文章のなかで慈円と「怨霊《おんりょう》」の関係について言及し、非暴力の問題に説き及んでいる。

慈円が、しきりに怨霊をふりまわしているようなところに拘泥するひとは、容易にわたしの説に賛成しないにちがいない。いかにもそれは、いちおう、リアリストらしくない態度のようにみえる。だが、暴力にたいして、あくまで非暴力をもって対抗しようとおもうリアリストは、必然に怨霊といったようなものをふりまわして、相い手の肉体ではなく、精神をおびやかそうとするものではなかろうか。そして、その怨霊をまねきよせるのも、退散させるのも、すべて加持祈禱《きとう》の力だとすれば、そのほうの専門家であるかれは、身に寸鉄もおびないで、武家たちの——いや、武家たちばかりではなく、武家化した公家たちの心胆を寒からしめることができるわけである。

（『花田清輝著作集』Ⅳ、未来社、一九六四年、三八〇頁）

「怨霊」は相手の肉体を倒すためのものではない。相手の精神にとどめを刺す無形の武器である、といっている。とすればそこでいう「加持祈禱」なるものも、相手（敵）の精神にねらいを定め、息を止めて矢を発射するときの裂帛《れっぱく》の気合いのようなものであろう。こうして慈円においては、加持祈禱と怨霊が非暴力的な調伏《ちょうぶく》を可能にする不可避の構成要素になっていた、と花田は主張しているのである。

密教僧・慈円

ところで、慈円とはいったい何者か。かれは摂関家の出で、関白にのぼりつめた九条兼《くじょうかね》実《ざね》の弟にあたる。その兄、兼実の推挙によって、天台座主《てんだいざす》に四回も任ぜられている。親幕派の代表だった兄と同様、かれもまた武家に好意を寄せていた。後鳥羽《ごとば》院にも重んじられ、『新古今集』には西行《さいぎょう》につぐ九一首の歌が選ばれている。

だが、その後鳥羽院の討幕計画には反対した。そのため『愚管抄』を書いて、王と臣のあるべき姿を「道理」の観念で論じている。その慈円の考えを無視して後鳥羽院は討幕に立ちあがり、承久《じょうきゅう》の乱が勃発《ぼっぱつ》。敗れた院は、周知のように隠岐《おき》に配流となった。

もう一つ、忘れてはならないことがある。慈円が、天台宗比《ひ》叡山《えいざん》に伝わる密教秘法の忠実な継承者だったということだ。加持祈禱によって天皇の護持僧《ごじそう》（看病僧）になり、国家の鎮護と怨敵《おんてき》の調伏に超能力をふるっている。その密教呪術の妖《あや》しい雰囲気は、たとえばかれの『慈鎮和尚夢想記』にもうかがうことができる。慈鎮《じちん》和尚とは慈円の諡《おくりな》である。

ちなみに慈円は、討幕計画に傾く院を諫止《かんし》しながら、裏では当の関東（幕府）を調伏する秘法の座に出仕していた。非暴力による討幕計画である。暴力革命を回避しつつ、世の中の転覆をはかろうとする企てといっていい。かと思うと、姦臣《かんしん》逆賊の武将や軍兵の亡魂にはたらきかけ、その成仏をうながす祈禱にも参じている。身に武器をおびず、一人の軍兵も使うことなく、暴力集団の心胆をふるえあがらせる密教の術に習熟していたのである。怨霊駆除、悪霊操作の高級テクノクラート、だったといっていい。

天台宗比叡山の存在理由は、そのような体系的な密教技術の装置を欠いてはそもそもありえなかった。ときはまさに、信長の一六世紀をはるかにさかのぼること三〇〇年の「昔日」の話である。とすれば慈円は、『愚管抄』の道理と「加持祈禱」の非道理の両刀遣いだったということになるのではないだろうか。呪い殺しの術と慰撫《いぶ》鎮魂の法を心得ていたという点では、奈良時代の道鏡《どうきょう》、平安初頭の空海《くうかい》の衣鉢《いはつ》をつぐ。そのうえかれは、歌詠みの坊主だった。言霊《ことだま》の威力に誰よりも信をおく歌人だったのだ。さきの花田清輝が、慈円をとりあげてその独自の非暴力論を展開しようとした背景として留意しておくべき点である。

慈円の複眼的思考

ところで、それでは花田のいう「非暴力」の問題とはいったい何か。かれが慈円の思想と行動のなかにみた「非暴力」の問題とは何かということだ。そこに独自の怨霊—謀反論が展開されていたことについては、さきにふれた。

その花田清輝がさきほどのエッセイ「歴史と文学」を発表したのは昭和三六年の七月だったが、じつはその半年前の『中央公論』二月号に、「公家的なものと武家的なもの」を寄稿している。この論文でとりあげられているのが、『神皇正統記』を書いた北畠親房《きたばたけちかふさ》と『読史余論』を書いた新井白石《あらいはくせき》である。

議論の要所は、公家的（非暴力的）な権威でもって武家的（暴力的）な権力を抑制し操縦する戦略が、その二人にはあったといっている点である。むろんこの場合、親房は公家であり、白石は武家であった。が、そのような出身それ自体に何ほどの意味があろう。むしろかれらは政治家として、公家であるとともに武家であったのだ、という。

その公家－武家論が、同じころ書かれた「『平家物語』の思想」のなかにも出てくる。そこでも慈円が登場するのであるが、その慈円がまた北畠親房や新井白石などと同型の思考をもつ人間だったという。公家か武家かという基準でいえば慈円はいうまでもなく寺家（僧侶）であった。が、花田によれば、その行動様式は以下のごときものだったのだ。

僧侶《そうりょ》、公家、武家と、それぞれ、異なった境遇にあったとはいえ、かれらは、いずれも日本の歴史に即して、公家的なものと武家的なものとの闘争をアウフヘーベンしようとして頭をひねっていたようにみえる。そして、そのなかで、もっとも非暴力主義にてっし、一筆平天下の志をいだいていたのは慈円ではなかったかとわたしはおもう。

（同上、三七九頁）

慈円において、怨霊という名の超論理が相手の心胆を寒からしめる眼に見えない武器になっている。その武器を国家を安定させる政略に役立てようとするとき、かれのいう「一筆平天下」という名の非暴力主義が作動する。つまり怨霊という名の超論理がもう一つの「一筆平天下」という名の非暴力主義の論理と背中合せになっているのである。その花田清輝の洞察が新鮮である。そしてこの超論理と論理の二つの思考軸を支えていた方法が「公家的なもの」もしくは「公家的なものと武家的なものをアウフヘーベンするもの」だった。その点がとりわけ看過しがたい。

ここで公家と武家の闘争をアウフヘーベンするといっているのは、公家のたんなる軟弱、武家の短兵急な攻撃性を、おそらく同時に超えるということだ。そのことの内実についてかれは話をついで、つぎのようにいう。

かれ（慈円）は、武家的なものの否定者であるとはいえ、案外、現実の武家のあいだには、かれに好意をいだいているような人物がいたかもしれない。つまり、一言にしていえば、つねにかれは、味方を敵の眼でみると共に、敵を味方の眼でみることを忘れなかったのである。

（同上）

いわば、公家的な立場で武家的なものを見透す複眼的思考といっていいものをもっていたということだ。とりわけ「味方を敵の眼でみると共に、敵を味方の眼でみることを忘れなかった」複眼的思考に、花田が着眼した点はみのがせない。その慈円的な着眼が、同時にほとんど花田清輝の視線と重なってみえるところが面白い。慈円は後世、その「非暴力」思想の水路を通して思わぬ場所でこれ以上ない理解者をえたのではないだろうか。

「公家的なもの」による非暴力主義

慈円という人物は、たんなる坊主の怨恨《ルサンチマン》という地平にとどまらず、人間の怨恨の本質を熟知している練達の加持祈禱僧だったということに注意しなければならない。そもそもかれは、武家の暴力にたいし、呪いの装置をくりだして抵抗する坊主たちの統領であったのだ。身に寸鉄を帯びずして武家の暴力を脅かす「抵抗・謀反」の論理、あるいは超論理を駆使するリーダーだったということである。

そのことについて私が思い出すのが、昭和四一年六月の『文藝春秋《ぶんげいしゅんじゅう》』にのった亀井勝一《かめいかついち》郎《ろう》の文章である。題して「織田信長暗殺の黒幕」といぅ。

ぼくがもし小説を書くなら、信長は坊主の怨恨によつて殺されたことにしますね。信長ほど坊主を殺した人はないのです。たとへば比叡山の焼き討ちだが、それから本能寺の変までは十一年たつてゐる。比叡山の焼き討ちのとき琵琶湖の北岸へ逃げのびた坊主のなかには、信長をいつの日か殺さうと思つたやつがゐたに違ひない。そして目をつけたのが光秀だといふことにします。

（『亀井勝一郎全集』第十四巻、講談社、一九七二年、一九七頁）

坊主による「怨恨」説である。明智光秀《あけちみつひで》がその道具に使われたのだという、一見ミステリー仕立ての推理のようにもみえるが、しかしこの推理には、歴史の深い知識と記憶がたたみこまれている。

亀井勝一郎によれば、比叡山や高野山《こうやさん》の勢力というのはじつに絶大なもので、信長の時代までおよそ八〇〇年の伝統を誇る。まず大地主であり、僧兵という軍事力をもち、バックに皇室の権威があった。組織としてこれ以上の怪物はほかにはみあたらない。

その比叡山を、信長は元亀《げんき》二年（一五七一年）に急襲し、堂塔をすべて焼き払い、坊主三〇〇〇人を殺している。天正《てんしょう》九年（一五八一年）には、高野山が命令に背いたということで、高野聖《こうやひじり》を片っぱしから捕えて一〇〇〇人あまりも殺戮《さつりく》している。だから、信長の特徴を一つだけあげよといわれれば、「日本史上最大の僧侶虐殺者」と即答することができる、——そうかれは言い切っている。

　そんなわけで、ぼくは信長暗殺の黒幕として、比叡山と高野聖の生き残りの連合戦線をあげたいのです。とくに比叡山の組織網は京都を中心に畿内《きない》全体に及んでゐたはずです。坊主とか茶人や連歌師などを通して、光秀と信長の双方の側近に接近して情報をさぐり、間接的にでも光秀を動かして本能寺へと導いたのではないか。坊主の怨恨ほどおそろしいものはないし、復讐《ふくしゅう》のつもりで、信長暗殺のためあらゆる手をつくしたとぼくなら書きたいですね。

（同上、一九八頁）

右の一段は、信長を「日本史上最大の僧侶虐殺者」とみなせば、当然導きだされる推理であるだろう。作者はかならずしも、一「小説家」の夢想を語っているわけではないのである。

　この亀井勝一郎の見方が、さきの花田清輝の洞察に通じていることは誰の目にも明らかだろう。比叡山と高野聖の生き残りたちの内部に怨恨と復讐の動機を探る亀井の視点と、慈円の複眼的思考のうちに抵抗と謀反の戦略をかぎとろうとしている花田の視線は、そのまま表裏をなすように重なり合っている。身に寸鉄を帯びずして敵の殲滅《せんめつ》をねらう超論理の刃を隠しもっている点も見のがせない。敵を味方の眼でみるとともに、味方を敵の眼でみることを忘れない視点である。花田清輝はそれを非暴力的方法による抵抗、謀反といい、その根底に「公家的なもの」、あるいは「公家的なものと武家的なものをアウフヘーベンするもの」を仮定したのであった。

この「公家的なもの」の威力が制度的に確立されていくのが「平安時代」だったのではないだろうか。「公家的なもの」の発生と成熟、その外部的展開と内部的浸透のプロセスが、すなわち三五〇年ものあいだつづいたこの時代のエートス、または鋳型をつくりあげたのではないかと思う。いってみればパクス・ヤポニカの思想を鍛えあげた鋳型のことである。そしてこの鋳型が打ち壊され機能不全に陥ったとき、おそらく平安の時代は戦乱の時代へとなだれていったのである。一四章でとりあげた、学問世界における「神仏分離」路線によってはついに見通すことのできなかったものの一つがその「公家的なもの」の本質だったと思う。同じようにさきに論じた「鎌倉時代=宗教改革」論も、花田清輝のいう「公家的なものと武家的なものをアウフヘーベンする」ものの問題群をほとんどとらえそこなっているのである。

第一八章　象徴天皇制と日本型王権の特質

王宮と玉座

ロンドンのバッキンガム宮殿の前まで、お上りさんよろしく出かけたことがある。華麗な門が見え、自動仕掛けのおもちゃのような衛兵が行ったり来たりしていた。その宮殿は〝外敵〟にたいして、ほとんど無防備のようにみえた。あまりにも無防備であるため、攻め落とそうと思う者などいないのではないだろうか。

いつのことだったか、エリザベス女王の寝室にドロボーが忍びこんだ、というニュースを読んだことがある。だからバッキンガム宮殿は城砦《じょうさい》という代物ではなく、むしろ「貴族の邸宅」といったほうがよい。そもそも王宮ですらなかった。なぜならこの宮殿は一七〇五年にバッキンガム公シェフィールド邸として建設され、それがのちにイギリス王室の所有となったものだからである。そしていつしか、ヴィクトリア女王以下、歴代国王の常住の宮殿となった。

バッキンガム宮殿がいわばオモチャの宮殿であるとすれば、王位継承のときに用いられるイギリス王家の玉座もまたそのいかめしい表情とはうらはらに、さりげない扱いをうけて今日に及んでいる。その玉座はいまもロンドンのウェストミンスター寺院に安置され、誰でも手に触れてみることができるところに展観されている。かつて私もそこを訪れ、宝石をちりばめたその玉座に手で触れてみた。

イギリスでは王宮も玉座も、いわば庶民の手のとどくところに肩ひじはらずに融《と》けこんでいる。それにくらべるとき、日本の皇居は知られるとおり近寄りがたい要害堅固な城として、はるか彼方《かなた》にそびえ立っているという感じである。堀に囲まれ、城壁をめぐらし、樹木が繁り、森に覆われている。その戦略拠点としての迫力は、バッキンガム宮殿の比ではない。そのためであろう、天皇の居室にドロボーが侵入したなどという話は、冗談にもきいたことがないのである。

同じことは玉座についてもいえるかもしれない。昭和天皇が亡くなり、平成二年（一九九〇年）になって新天皇の即位式がおこなわれた。そのとき用いられた玉座すなわち高御座《たかみくら》は、もともと京都御所の紫宸殿《ししんでん》に収蔵されていて、われわれは見ることも触れることもできなかった。それがこのとき莫大《ばくだい》な費用をかけて、京都からヘリコプターで東京の皇居まで運ばれたのである。

巨大な城塞《じょうさい》である皇居は、かつての江戸城である。一五世紀に太田道灌《おおたどうかん》が築き、北条氏の手をへて、最後に徳川家康が入城してその規模を拡大した。完成したのが孫の三代将軍家光のときというが、以後、この城の主人公が権威と権力の象徴として諸国大名の上に君臨してきた。

皇居・クレムリン・紫禁城

このような江戸城のもつ歴史の重さに匹敵する建造物を他に求めるとすれば、それはさしずめ西のクレムリン城と東の紫禁城《しきんじょう》であろうか。

モスクワのクレムリンが今日みられるような形になったのは、一五世紀末から一六世紀にかけてのことで、江戸城の築城とほぼ同じ時期だ。その内部には、ロシア教会の総本山にあたるウスペンスキー聖堂、ロマノフ王朝歴代の皇帝の柩《ひつぎ》を納めるアルハンゲリスキー聖堂、そして外国使節を接見し祝宴を催すグラノビータヤ宮殿などが建てられている。私もソ連邦が崩壊する直前の一九九〇年七月にそこを訪れ、壮大な規模の全容をみてびっくりしたことを覚えている。

クレムリン城は、中世においては都市の中心にそびえる難攻不落の堅城だった。そして十月革命以後はソビエト政権が占拠して、社会主義革命のシンボルとなった。もっとも当時、ソビエト政府の多くの機関はクレムリンの外部に移された。しかしその後もなお、ソ連邦最高会議幹部会とソ連邦閣僚会議だけは、ここを活動の場としていた。私が行ったときには、第二八回ソ連共産党大会がそこで開かれていたのである。

このようにみてくるとき、クレムリンはすくなく見積もっても一五世紀から今日にいたるまで、揺らぐことのない権威の中心として存在しつづけてきたといえるだろう。さまざまな権力の交替にもかかわらず、つねに権威の象徴の地位にとどまりつづけてきたのである。

東の紫禁城の場合はどうか。それは一五世紀の初期に明の永楽帝《えいらくてい》が南京から都を遷《うつ》してつくったのが基になっている。その後、戦乱で破壊されたが、つぎの清の時代に同じ規模のものに復興され、今日にいたった。クレムリン城や江戸城とほぼ同じ時期に築かれ、同様の歴史の風雪に耐えて、今日までその威容を保ってきたのである。

この紫禁城の正門にあたる天安門から北にむかって午門、太和門をくぐると、太和殿、中和殿、保和殿が南北に並んでいる。かつてそこでは、即位式をはじめとして国家の重要な儀式がおこなわれた。映画「ラストエンペラー」でおなじみの立派な玉座もしつらえられている。両翼には美しい殿舎が建てられ、北側の奥に皇帝一家の私的な住居空間がひろがっていた。だが、革命以後は国有の文化財として接収され、故宮博物館へと模様替えをして一般に公開されてきた。

博物館となった紫禁城は、城塞としての威容をすでにかなぐり捨てているようにみえる。しかしながら、その紫禁城の正門としてそびえる天安門は、今日なお中華人民共和国の命運を占う重要な政治空間でありつづけているのである。

今後、日本の皇居がバッキンガム宮殿のようなさりげない公邸化の道をたどるのか、紫禁城のような博物館化の可能性を模索するのか、あるいは第三の道を求めるのか、それは分からない。が、ともかくもこのことは、おそらく現在の「象徴天皇制」それ自体の今後の運命と分かちがたく結びついている問題であるにちがいない。

さて、ここで本題にもどって考えてみることにしよう。いま私は「象徴天皇制」ということをいったけれども、その伝統的な基盤はどこにあったのだろうか、ということだ。とりわけ、天皇の権威の源泉をどのように考えたらよいのだろうか。これは天皇制における政治と宗教の関係、という問題に行きつくはずである。それはもしかすると、平安時代三五〇年、江戸時代二五〇年の問題を考えるうえでも重要な意味をもつ論題かもしれない。そしてもう一つつけ加えれば、それは前章でものべた「公家的なもの」と「武家的なもの」、もしくはその統合といったテーマにも関係してくるかもしれない。そのへんのところを念頭において以下の議論につなげてみたい。

天皇権威と政治権力の二重構造

天皇制もしくは象徴天皇制における政治と宗教の関係については、これまでにもいろいろな論者による議論がつみ重ねられてきた。それらのなかで、とりわけ天皇の権威が政治の権力からいつも相対的に自立していたという点が重要ではないだろうか。天皇権威と政治権力の二重並立制、といってもよい。その二重構造のバランスが日本の政治を安定させ

明することも不可能ではないだろう。そうであるとするならば、いうところの「天皇制」の持続性もまたそのような観点から説るのに役立ったのではないか、という見方がそこから導き出されることになった。もしも

明することも不可能ではないだろう。

まず、平安時代の摂関政治がそうだった。政治の実権を握ったのは藤原氏出身の摂政や関白だったが、権威の中心はしばしば藤原氏の血縁上の孫にあたる天皇にあった。天皇は政治に直接手を出さなかったが、一種の聖なる中心として律令国家の官僚機構の上に超然としていた。その最盛期をもたらしたのが藤原道長である。このシステムはむろん摂関期を受け継ぐ、つぎの白河《しらかわ》・鳥羽《とば》・後白河《ごしらかわ》の三代にわたる院政時代においても変ることがなかった。

摂関期からつぎの院政期への推移は、摂関家（藤原氏）から太上天皇《だいじょうてんのう》へという権力主体の交替を意味するものであった。この場合「太上天皇」とは譲位した上皇または法皇のことをいい、そのあとを継いだ「天皇」は多くはその太上天皇の子であり、少数ながら孫・曾孫《ひまご》もいた。こうしてこの政権の交替は「皇子」との距離を操作する主体の交替であったといっていい。「外祖父」としての摂関家の手から、多くは「父」としての上皇への権力の移動をそれは意味した。皇子とのあいだの距離がさらに濃密な形で短縮されたのである。そのかぎりにおいて「上皇」の権威には専制君主《デスポット》の影がいっそうつよく揺曳《ようえい》するようになる。これらの上皇たち——とりわけさきの白河・鳥羽・後白河——は院庁において国政を

おこない、その実権は朝廷と摂関家をしのぐにいたったのである。
しかしながら、このように摂関体制から院政体制へと権力主体がいくら移行しても、その権力構造の頂点に立つ天皇の権威には何らの変更も生じなかった。否、客観的にみて摂関期から院政期にかけて天皇の地位はますますその安定度を加えていったといっていいだろう。そしてこの天皇の地位の安定度がじつをいえばこの時代につくりだされた「平和」の状態を説明する重要な指標となるものではないだろうか。思えば、これまで何度も指摘してきたように「平安時代」は、その名の示すとおりまれにみる平和な時代であった。その平和の持続性という点でいえば、それに匹敵する時代は「江戸時代」あるのみなのである。

ついでにいえば、この天皇権威と政治権力の二重並立のシステムは、鎌倉時代の幕府と朝廷の関係においてそのまま持続されることになった。たしかにこの時代、京都に拠点をおく朝廷は政治権力としてはしだいに有名無実化の過程をたどった。鎌倉を中心とする武家の勢力が源氏から北条氏の手をへてヘゲモニーを確立したからである。しかしそれにもかかわらず京都は天皇権威を象徴する中心であることをやめなかった。鎌倉の幕府が全国支配の発信基地として浮上してきたにもかかわらず、この権威と権力を両翼とする二重の支配システムは、そのまま江戸時代にまで受け継がれていった。それだけではない。ここではこれ以上ふれている余裕はないが、この権威と権力の使い分けによる支配の〝柔構造〟は、維新革命をへたのちの明治国家にも温存され、第二次世界大戦後の「象徴天皇制」下においても形をかえて継承されているのである。

このような支配のシステムは、短く見積もっても千年の歳月を超えて生きつづけてきたのではないだろうか。もちろんその間には、この支配の柔構造が内乱や社会変動のため脅かされ、風前の灯《ともしび》の状態に追いこまれたことがないではなかった。武家の側から天皇位の簒奪《さんだつ》という行動がおこされたこともある。しかしそのような試みは、不思議なことに一度も成功することがなかったのである。

日本型王権の特質

私は、このような天皇権威の永続性を保障したものとして、「血の継承」と「霊威の継承」という二つの要因が大きな役割を果たしたのではないかと思っている。生理的な血統の観念と宗教的な霊性の観念が、そこに陰に陽に作用していたからであると思う。血の原理と魂の原理といってもいい。

『古事記』と『日本書紀』においては、天照大神《あまてらすおおみかみ》にはじまる「天上の王権」が、神武《じんむ》天皇にはじまる「地上の王権」へとなめらかに受け継がれていくプロセスが神話的に語られている。そのプロセスは、系譜的に眺めれば血縁の流れを模した形で記されている。だがむろん、それはそのまま生理的な血統を意味しているわけではない。神武天皇という地上の王に、天照大神という天上の王の権威を付与する物語として語られているからである。しかしながら、この記紀神話は、観念的には「血の継承」と「霊威の継承」というダブル・イメージにもとづいて構想されていたのである。

それにたいして、現実の王権の場合はどうだったのだろうか。それがつぎの問題である。

わが国では、多少の例外はあるけれども、大局的にみれば王位継承を正統化する儀式として、血統の観念にもとづく「即位式」と天皇霊の観念にもとづく「大嘗祭《だいじょうさい》」の、いわば二重の即位儀礼が今日までおこなわれてきた。多少の例外といったのは、天皇位がかならずしも直系の血統にもとづかない形で継承された例があるからであり、同様に戦乱の時代に大嘗祭が中断したまま王権の継受がおこなわれたことがあったからだ。しかし日本における王権の継承は、基本的には即位式と大嘗祭という二重のシステムを通しておこなわれてきたところに、他の諸国にはみられない特色があった。

もうひとつつけ加えると、「即位式」とは、新しい天皇が誕生したとき、それを内外に知らせるためのものである。それにたいして「大嘗祭」は、死んだ天皇の霊（魂）を新しく誕生した天皇の身体に転移させるための秘められた儀礼であった。「即位式」が公的な国家儀式であるのにたいして、「大嘗祭」は天皇家における私的な宮廷儀礼という性格をもっていたのである。

この大嘗祭にかんして今日、「天皇霊」の継承などということを、そのとおりに信じている人はおそらくいないであろう。しかし、大嘗祭という儀式そのものは、千年の歴史を超えて今日まで命脈を保ってきた。王権の継承を正統化するフィクショナルな観念装置として生きつづけてきた。そこに天皇制の支配の装置としての独自の特色があったといえるのである。

昭和六四年（一九八九年）一月七日に、昭和天皇が崩御された。その直後におこなわれたのが「剣璽《けんじ》等承継の儀」であった。これは三種の神器（鏡、剣、曲玉《まがたま》）を新しい天皇が継承する儀式である。まさに先帝の死の直後におこなわれる即位の儀式そのものである。この剣璽の継承は、文字どおり天皇の権威の移譲を意味するものだが、それにつづいて天皇の「大喪」（葬儀）から「山陵への埋葬」（土葬）がおこなわれた。これはいわば、亡くなった天皇の身体における霊魂（天皇霊）と肉体の分離を実現するための儀礼にあたる。そしてそのあとに「大嘗祭」がくる。この時点ではじめて、霊肉分離の儀礼手続きをへたあとの先帝の霊（魂）が、新しく誕生した天皇の身体に転移されるのである。

以上の三つの儀礼によって天皇の権威と霊威の二つが次代に継承され、新天皇の即位が名実ともに完了すると考えられたといっていいだろう。ここで王権の継承という側面に注目すれば、剣璽（権威）の継承を意味する即位式と、天皇霊（霊威）の継承を意味する大嘗祭の、二つの王位継承儀礼によって新しい天皇が誕生することになるのである。

むろん、こうした即位式と大嘗祭の関係は、歴史的にみればさまざまな変化の跡をとどめている。とりわけ大嘗祭についていうと、その観念そのものと儀礼手続きにかんして、じつに多様な解釈がこれまでにもおこなわれてきた。しかしそのような論議をすべて視野におさめたうえであえていえば、日本の王権（天皇制）は、生物学的な血の原理と観念的な霊（魂）の原理からなる二重の継承システムをつくりだしてきた点で、他に比肩するもののない持続性と安定性を獲得することができたのではないか、と私は思う。

もっとも即位式と大嘗祭の問題は、歴史的に国家と宗教の関係と深くかかわってきたため、しばしば近代的な政教分離の立場からきびしく批判されてきた。神道イデオロギーとの関連もあって、複雑な議論が重ねられてもいる。だが、そういう背景を考慮するとしても、この日本型王権の特質については、今日の象徴天皇制の問題をも含めて慎重な検討を加えていく必要があるのではないだろうか。ともかくもそこには、日本人と宗教の関係を考えていくうえで、きわめて重要な課題が横たわっていることだけは疑いがないからである。

第一九章　天皇制における儀礼主義

ブルボン王朝の儀礼主義

天皇制と大嘗祭《だいじょうさい》の関連、ということが、前章のテーマであった。日本型王権の正統性がどこからくるのか、という問題をとりあげたのである。もう一つつけ加えていえば、「象徴天皇制」の政治制度としての安定性は、いったいどこに由来するのか、という問いを立て、それに答えてみたのである。

このことについて、ここでは、それとは少々別の角度から光をあててみようと思う。いきなり唐突な話から入るが、それはルイ一四世（一六三八―一七一五年）という国王についての話だ。一七世紀から一八世紀にかけて、フランスのブルボン王朝を全盛期にみちびいた国王である。

当時、かれの宮廷で不遇な生活を送っていたサン＝シモン公爵は、面白いことに、ルイ一四世の知力は「中程度以下」であったといっている。それだけではない。このサン＝シモンとほぼ同時代の啓蒙《けいもう》思想家だったヴォルテールも、ルイ一四世が習得したのは、せいぜい「ダンスの仕方とギターの弾き方」ぐらいのものであったといっている。

もっとも、これらの無礼きわまる評言は、かならずしもルイ一四世という「太陽王」その人にたいするたんなる不当な嘲弄《ちょうろう》の言葉、というものではなかったのかもしれない。なぜなら当のサン＝シモン自身が指摘しているように、この国王は宮廷でおこなわれる祝祭や散策や小旅行の機会を、臣下にたいする褒賞や処罰の手段として利用し、招待するかしないかによって好意を示したり、ねたみをおこさせたりした、といっているからだ。その点で国王は、明らかに「分割して統治」することに意を用いていたのである。宮廷における「礼儀作法」を支配のための調整、監視、そして安全確保のための装置として活用していたということになるであろう。

ルイ一四世時代のこのような「礼儀作法」の装置については、たとえばノルベルト・エリアスの『宮廷社会』（波田節夫他訳・法政大学出版局、一九八一年）が、すでに周到にして鋭い分析をおこなっている。かれによれば、宮廷ではさまざまな「嫉妬《しっと》」が社会的均衡を保ちながら国王のまわりで渦巻いている。国王はまさに曲芸師さながらその上でバランスをとっている。ルサンチマンの監視者もしくは調整者というわけであるが、それを可能にする秘訣《ひけつ》が、その太陽のごとき国王とのあいだに慎重に「距離」を保たせることであったという。

国王の周囲に礼儀作法と儀式のネットワークをはりめぐらし、そのことで、王のもとに殺到してくる人々の流れをせきとめるための「距離」である。その距離が厳密にきめられ、遵守されていた。そしてその間の微妙なバランスをとることに手練を発揮したのがルイ一四世であった。まことにエリアスのいう通り、「礼儀作法」は国王にとっては、たんに物理的な距離を保つための道具だったのではない。じつは支配のための道具であったのだ。たとえば、ルイ自身の言葉——。

余が支配している人民は、事物の内奥を見通すことができず、通常は表面的な外見にしたがって判断を下している。かれらが敬意や服従にかんして判断の基準にするのは、大抵の場合、席次や位階である。民衆にとっては唯一者によって統治されることが重要であるように、統治の機能をはたす者が、自己を混同したり比較したりできる人物を誰ももたないほどはるかに他者をしのいだ地位についていることが、同様に重要なのである。

（サン＝シモン『回想録』）

この炯眼《けいがん》をみよ。かれはあの出所不明の「朕《ちん》は国家なり」によって偉大だったのではない。右にみたような儀礼主義者としての徹底性において偉大だったのである。そしてその点において、わが国の象徴天皇制における儀礼主義的側面もまた、そのままルイ一四世の宮廷における場合と寸分異なるところがなかったといっていいだろう。

もう一つ、さきのブルボン王朝における「入室特権」(entrées) なるものにも、ふれておこう。これもエリアスの『宮廷社会』によれば、国王の寝室に入る特権をもつ者が、その地位によって六つの集団に分かれていた制度なのだという。第一が「家族入室特権」というもので、これにあずかるのは国王の嫡子や嫡孫、侍医長、近侍長、小姓たち。つぎが「大入室特権」と呼ばれるもので、寝室および衣裳《いしょう》部屋つきの大官。第三が「第一入室特権」で、国王への進講者、儀典長など。第四が「寝室入室特権」で、寝室係、宮中司祭長、大臣、次官、近衛将校、元帥。第五が第一侍従に推薦された貴族の男女。最後が、とくに国王の寵愛《ちょうあい》をうけている者たちの特権で、国王の一族を含め競ってその資格が求められた。

朝、国王がまだベッドにいるうちに入室を許されるのが、最初の二つの集団だった。かれらの誰かが入室するとき、国王は小さい鬘《かつら》をかぶっていた。なぜなら国王は鬘なしでは人前に姿をみせなかったからだ。王の官服を整える者、肌着をもつ者、国王の腰に礼装用の剣をベルトでとめる者、低声で祈禱《きとう》する者、などの儀式がつづく。

このように国王の寝室をめぐってはりめぐらされたネットワークの関係は、ほとんど「距離」とそれにもとづく「威信」にたいする呪物崇拝のごときものだったといっていい。そのため距離と威信の頂点に立つ国王は、ヴェルサイユ宮殿において「私的な部屋」と呼びうるものをほとんどもっていなかった。かれはその宮廷にとどまっているかぎり、自分の生活のすみずみまで支配していた礼儀作法の強制から逃れることはできなかった。国王はその盛時には使用人をも含めて約一万人の人間が住んでいたといわれるヴェルサイユ宮殿において、ほとんど私生活を奪われていたのである。

王朝時代の女官の役割

「入室特権」は、むろんわが国の宮廷生活においても、姿を変えて生きていた。天皇の公的な儀礼空間である「紫宸殿《ししんでん》」はもとより、主としてその私的な居住空間として機能した「清涼殿」への「入室特権」が、威信の「距離」にもとづいて厳密に等級化されていた。たとえば殿上人というのは、官位が三位以上、および四位、五位のうち昇殿を許された者。昇殿とは天皇の日常の居所である清涼殿の南面の殿上の間に昇ることを意味した。また特別に昇殿を許された「六位《ろくい》の蔵人《くろうど》」は、天皇のもっとも身近に仕える侍従の役をはたした。時代によってその機能は変化したが、公式文書の保管、詔勅の伝宣、宮中の事務、行事の処理、そして天皇の日常生活の一切に関与するようになる。

天皇の居住空間への入室特権がこの外に、ヴェルサイユ宮殿におけるのと同じくいくつもの段階に分かれていたことはいうまでもない。その個々の事例を検討するのも興味ある仕事だが、さしあたりここでは宮廷女官の場合にかぎって王朝時代における「女房」の役割にふれておくことにしよう。

古来、天皇にもっとも身近に仕え、その日常の生活に奉仕したのは女官である。天皇は女性に取り囲まれ、その注意深い視線に護《まも》られて生活していたといってよい。それは天皇の人間形成にすくなからざる影響を及ぼしたはずである。律令の制度では、宮中に仕える女性の官人を総称して宮人《きゅうじん》といい、内侍司《ないしのつかさ》および蔵司《くらのつかさ》、書司《ふみのつかさ》、薬司《くすりのつかさ》、兵司《つわもののつかさ》、殿《とのもりの》司《つかさ》、水司《もいとりのつかさ》、膳司《かしわでのつかさ》、縫司《ぬいのつかさ》などの一二の司をおいて職務を分掌した。このうち蔵司以下の一一司はしだいに史上から姿を消していったのにたいし、明治以後の官制にまでその名をとどめたのが「内侍司」という女官職である。

内侍司は、尚侍《ないしのかみ》二人、典侍《ないしのすけ》四人、掌侍《ないしのじょう》四人、女孺《にょじゅ》一〇〇人からなっていた。そのうち尚侍は天皇のそばに常時仕え、奏宣《そうせん》をつかさどり、女孺（掃除、点灯などの雑事をつかさどる下級の女官）を監督し、かつ後宮《こうきゅう》の礼式に目を光らせた。ことに天皇の意思を伝達するときに出される文書を「内侍宣《ないしせん》」といい、平安初期には尚侍は重要な政務にもかかわったのである。たとえば平城《へいぜい》天皇の寵をうけて権力をほしいままにした藤原薬子《くすこ》（？—八一〇年）がそうだった。

また、内侍司の女官は温明《うんめい》殿につとめて神鏡を護る役目をもっていた。そのためこの温明殿を内侍所《ないしどころ》といい、さらに神鏡そのものを内侍所と称するようにもなった。これらの上級の女官は、天皇の身辺に随侍するだけでなく、天皇とその祖神《おやがみ》（アマテラスオオミカミ）との関係をとりもつ媒介者でもあったことに注意しなければならない。わが国の宮廷における「入室特権」がさきのブルボン王朝におけるそれと、この点で大きく異なっているといっていいだろう。

女官たちと神器

ところで、この第一の入室特権を享受していた尚侍のなかから、天皇の寵をえて寝所に侍するものがあらわれるようになった。さきにふれた藤原薬子などはその顕著な例である。かの女は桓武《かんむ》天皇の信任があつい藤原種継《たねつぐ》の娘であった。その長女が平城天皇に嫁したのを機に、抜け目なく自分も東宮宣旨《とうぐうせんじ》として仕えて寵愛をえた。やがて、それがスキャンダルを引きおこし、桓武天皇によって追放される。だが大同《だいどう》元年（八〇六年）になって平城天皇が即位すると、ふたたび権勢の座に復帰した。やがて平城天皇は病弱のため退位し、弟の嵯峨《さが》天皇が即位する。薬子は兄の仲成《なかなり》らと語らって平城天皇の重祚《ちようそ》を画策したが、ことやぶれて鎮圧され、自殺して果てた。世に「薬子の変」と称される事件である。

このように、天皇の寵をえて寝所にはべる上級の女官（内侍）は、やがて女御《にようご》などと同等のものとみなされるようになった。だが、このような慣習も鎌倉時代に入るといつしか廃《すた》れ、尚侍の任命がみられなくなる。なぜなら皇后や女御がもっぱら摂関家などの上流貴族にかぎられるようになったからだ。以後、天皇の寝所につかえる女官は、尚侍職不在のまま典侍や掌侍などにまかせられるようになった。それだけではない。かの女たちは夜のお伽《とぎ》の仕事についただけでなく、そのなかからしだいに内侍所の実務の全般にまでたずさわるものがあらわれるようになった。

たとえば、平安時代の中ごろから、たんに内侍《ないし》といえば掌侍を指すようになり、ついでその首席を勾当内侍《こうとうのないし》といい、もっぱら天皇の意思を伝える役目にあたった。その内容を仮名書きでしたためたものが「女房奉書」と呼ばれた。さきにふれた平安初期の「内侍宣」が鎌倉時代に入ってさらに「女房奉書」という形式を生みだしたのである。それだけではなかった。ここで、とくに注意しておかなければならないことがある。それは、これらの典侍や掌侍が、夜《よる》の御殿《おとど》に安置されている「剣璽《けんじ》」をいつも守護していたということだ。そして天皇がどこか他の場所へ移動するときは、この「剣璽」を捧持して随従するのを最重要の任務としていたのである。

天皇は片時も、単独者として生活することを許されてはいなかった。昼も夜も、その身辺には「剣璽」がつきそっていた。天皇の権威がその剣璽によって守られていたということであるが、同時に天皇からは私的な空間と時間が一切奪われていたのである。天皇はつねに、王権の公的なシンボルである剣と璽とともにあった。

ここで「剣璽」というのが、神話に出てくる草薙剣《くさなぎのつるぎ》（剣）と八坂瓊曲玉《やさかにのまがたま》（璽）であることはいうまでもない。これに八咫鏡《やたのかがみ》を加えて三種の神器という。このうち、とくに重んじられるようになった「鏡」は内侍所に奉安されるようになり、これにたいし「剣」と「璽」が天皇のそばに常時おかれるようになった。清涼殿のうちの御殿のなかに「剣璽の案《あん》」なるものがしつらえられ、その上におかれていたのである。こうして「鏡」を奉安する内侍所に仕えるのが内侍司の女官であり、夜の御殿に安置される「剣璽」を守護するのが、またこれらの女官たちであったのだ。

宮廷というものがそもそも、「女房」の入室特権によって二重三重に取りまかれていたということになる。天皇の肉体からへだてられている距離が慎重に計算され、それにもとづいて入室特権の職掌が細かく配分されていた。その距離と特権を維持するためにあみだされた作法と儀礼が、女房たちの生活行動を権力の中枢に吸い寄せていたのである。

かの女たちは政治のパイプに身をすり寄せて生き、たえず神聖な神器に目を光らせて静かに呼吸していたといってよい。こうして天皇の肉体とのあいだの距離が一挙に埋められたとき、女房たちの儀礼的な入室特権は無定型なエロスの渦巻きのなかに溶解することになる。「伝宣」や「奏宣」という名の政治に腐心する文書人間が、愉楽と受胎に身をまかせる生理人間へと変貌《へんぼう》するのである。こうして運命のおもむくまま、たとえば「皇子《みこ》の出産」という事態がその先におとずれることになるだろう。このときかの女たちにひそかに信号を送ってありうべき受胎を告知していたのが、その頭上間近に飾られている神器ではなかったであろうか。胎内にうごめく新たな生命に幽暗の霊威が宿っているという予感が、そこにはただよっていたにちがいない。

王権誕生を支えた儀礼

思えば、わが王朝時代の後宮における女房たちは、いわばその文書と生理の両面にわたって天皇の生活のすべてに夜となく昼となく介入しつづけたのである。ブルボン王朝のルイ一四世の宮廷から王の私的な領域がまったく喪《うしな》われていたように、天皇の宮廷においてもまたそのような領域は容赦もなく奪われていたといっていいであろう。天皇の寵という名の私的な感情がもっとも直接的な形で発酵するのは、いうまでもなく御伽《おとぎ》女房もしくは御側《おそば》女官という入室特権者たちをはべらせる寝室であった。しかしながらその隔離された寝室ですらが、すでに神器に守られた一種の公的な聖空間であったことは皮肉な成り行きであったというほかはない。

「天皇」という孤独な魂のエロスは、一面で、神霊の気配の前で身をつつしむマゾヒスティックな抑圧に直面していたといえないだろうか。そしておそらくそれゆえに、強力な入室特権を行使する女房へのサディスティックな衝動に身をまかす時間を享受していた。いってみれば、そのような危うい抑圧と解放の上に、「天皇」における人生サイクルの原質が形成されていたのである。

だが、むろんこのようないい方は、事柄の一面を示すものでしかないだろう。なぜなら天皇における後宮生活をこのようにたんに微視的にのみ眺めれば、それは一種の閉塞《へいそく》的で病理的な性愛ゲームに似てくるからである。そしてもしも「皇子の誕生」という王権発生の根本条件を、このような性愛ゲームの結果としてしか見ないならば、「天皇制」における最重要の儀礼的根拠をわれわれは見失うことになるからである。生理人間による「皇子の出産」（血統）をいかにして正統的な「王権誕生」の物語へとつなげるか、そこにこそ前章に論じた大嘗祭（霊威の継承）という儀礼の独自の課題が横たわっていたことを考えなければならない。

そのことにふれて私は、王朝時代の政治的核心をなす摂関体制についてさきに論じておいたのである。「皇子の出産」と「王権の誕生」というテーマが、その体制の成立と不可分にあいかかわるものであったことはいうまでもない。しかしながら同時に私は、その二つのテーマにひそむ「血統《ディセント》」の契機が、じつはつねに不安定な要因をはらんでいることにも注意を喚起しておいた。「血統」というものは、そもそももう一つの「血統」によって脅かされ、ついにはその生命を絶たれかねない運命におかれている。まさにその目に見えざる運命の糸にあやつられて、摂関体制そのものが思わぬ脆弱《ぜいじやく》性を露呈することになるからである。

だがそれにもかかわらず、不思議なことにというか、このような摂関体制によって支えられていたはずの天皇の地位そのものは安泰であった。なぜなら「天皇」という王権誕生の舞台裏には、もう一つの観念体系を暗示する大嘗祭という秘儀装置が用意されていたからである。そこには「血統《ディセント》」という移ろいやすい原理にかわって、「霊威《カリスマ》」という目に見えざる象徴記号（神の手）が装塡《そうてん》されていた。大嘗祭は、永遠不変の「天皇霊」という虚構の命題を、ほとんど現実そのものと幻視させ錯覚させるほどの吸引力をもつ儀礼であったといっていいのではないだろうか。日本「文明」が生みだした、まれにみる精緻《せいち》な政治装置であったと思うのである。

第二〇章　天皇権威の源泉

天皇制の儀礼主義ということを前章で話題に掲げたが、そのことに関連して、かねてから興味あるテーマと考えていたことにここでふれておきたい。

それは、たまたま大室幹雄《おおむろみきお》氏の『桃源の夢想――古代中国の反劇場都市』(三省堂、一九八四年)を読んでいて教えられたことである。氏はそこで、チアユ・ワンの『中国皇帝の愛と生活』(台北、一九七二年)という研究をとりあげ、中国の皇帝たちのそれぞれの生涯について面白い角度から紹介している。たとえば前漢の高祖劉邦《りゅうほう》(在位前二〇二―前一九五年)から清の光緒帝《こうしょ》(在位一八七四―一九〇八年)にいたるまで、中国の皇帝たち二〇八人をとりあげ、その平均寿命は三八歳であるという。

短命な中国皇帝たち

皇帝たちの、比較的にいってこの短命な生涯の理由について、著者のワンは弑殺《しさつ》と美食と運動不足、およびかれらの荒淫《こういん》をあげている。けれども、むろんすべての皇帝に、それがあてはまるというわけではない。さきの大室氏によれば、皇帝たちの生命力の衰微はかれらによって主宰される儀礼の衰弱と対応する側面をもっていたという。すなわち儒教の理念の教えるところによれば、月令的世界観に支えられた皇帝の儀礼はそもそもかれの宇宙的生命の充溢《じゅういつ》の発現であった。皇帝の生命力そのものが、世界の存続と秩序を強化することの象徴的な表現であるはずだった。もしもそうであるとするならば、さきのワンがいうように前漢の高祖から清の光緒帝にいたる中国の皇帝たち二〇八人の平均寿命が三八歳であったということは、皇帝儀礼の不確定性を予想させる要因であるとともに、何ほどか「王権」そのものの不安定をも示すバロメーターであったといえるかもしれない。中国の歴史にしばしば発生するところの、それこそ目まぐるしい王朝の交替がこれを歴然とあらわしている。

さらに大室氏によれば、そのような状況はたとえば後漢帝国の場合にもみられるという。この王朝は創建の初めにおいてこそ、皇帝に具現される儀礼と生命力との相関的な理念に忠実だったけれども、しかしそのようなプラスの相関関係がつづいたのはせいぜい第三代の章《しょう》帝までであった。なぜなら第四代の和《わ》帝以降の皇帝たちの生命は、生理的な意味でもそろって衰弱していたし、それに応じて宮廷儀礼もしだいに衰微していったからである。

たとえば第三代章帝は、一九歳で即位し三三歳で崩じたが、それを継いだときの和帝はわずか一〇歳で、死んだときは二七歳であった。つづく息子の殤《しょう》帝（在位一〇五―一〇六年）が皇帝になったのが生後三ヶ月少々で、八ヶ月のちに死んでいる。第六代安《あん》帝（在位一〇六―一二五年）は一三歳で即位、地方へ遊幸のさい乗輿《じょうよ》のなかで死んだのが三二歳であった。順帝《じゅん》（在位一二五―一四四年）は一一歳で即位、三〇歳で死、沖帝《ちゅう》は二歳で即位、三歳で死。一〇代目の質帝《しつ》は即位したとき八歳、死んだのは九歳、しかもかれは臣下に鴆《ちん》毒《どく》で弑殺されたのである。桓帝《かん》（在位一四六―一六七年）は一五歳で即位、三六歳で死に、つづく霊帝《れい》（在位一六七―一八九年）は一二歳で皇帝になり、三四歳で死んだ。

ざっと以上のごとくであるのだが、これら九人の皇帝の平均寿命はなんと二一・八歳強でしかないのである。こうして大室氏はいう。論理的にいえば、和帝以降における宮廷儀礼の縮小と衰微は、かれら第四世以後の天子たちの生命力が衰弱していったことのあらわれであり、またかれらの治世下における世界全体の衰退と社会秩序の混乱のあらわれでもあった、と。

天皇の「生命力」

いまこれを、わが国の天皇の治世にあてはめて比較してみるとどういうことになるであろうか。むろん比較の水準を同質のものにするのは難しい。けれども、あえてそれにこだわらずにいえば、天皇の生没年が文献的にはっきりしている六世紀の推古《すいこ》天皇（五五四―六二八年）から二〇世紀の明治天皇（一八五二―一九一二年）までの時間幅で考えてみた場合、それはどうなるだろう。面白いことにこの九一代にわたる天皇の平均寿命が、ほぼ四六・四歳弱になるのである。念のためつけ加えると、ここでは、斉明《さいめい》、称徳《しょうとく》の重祚《ちょうそ》年代と、生年が不明の天武《てんむ》と後亀山《ごかめやま》の二代は除いてある。

また焦点を平安の都に移して、桓武《かんむ》から後白河《ごしらかわ》までの時代にかぎった場合、その二八代にわたる天皇の平均寿命は四五・八歳になる。さきの九一代にわたる天皇の平均寿命の四六・四歳と、ほぼ重なるのである。これらの数字は中国の歴代皇帝の場合とくらべて、かなり高い数値を示しているということができるであろう。

もうすこし、この数字「遊び」をつづけてみよう。寿命比べ、といってもいい。さきに平安時代の天皇の平均寿命を算出してみたのであるが、江戸時代を例にとった場合、どうなるか。一般に江戸（徳川）時代は、家康が征夷《せいい》大将軍に任ぜられた慶長《けいちょう》八年（一六〇三年）から、一五代将軍、慶喜《よしのぶ》が大政を奉還する慶応《けいおう》三年（一八六七年）までとされる。それを天皇世代にあてはめると、第一〇七代後陽成《ごようぜい》天皇から第一二一代孝明《こうめい》天皇までの時期にあたる。一五代にわたるほぼ二五〇年、である。その後陽成から孝明までの時代にかぎった場合、この一五代にわたる天皇の平均寿命を計算してみると、五一・三歳になる。この数字は、さきに示した平安時代の桓武から後白河までの天皇の平均寿命、四五・八歳を、五歳近く上回ることになるのである。ちなみにつけ加えると、明治、大正、昭和の三代にわたる天皇の平均寿命は六六歳となって、江戸時代のそれをさらに大きく凌駕《りょうが》することになる。

このように、古代天皇、中世天皇、近世天皇、そして近代天皇の平均寿命をそれぞれとり出して並べてみると、そこからは思わぬ政治の裏面史がみえてもくるが、しかし数字遊びの比較はせいぜいその辺のところで止めておいた方がいいのだろう。天皇の平均寿命と在位年代との関係いかん、といったことも念頭に浮かばないではないけれども、ここではそこまで踏みこむ余裕はない。

ただ、ふたたびさきの話題にもどっていえば、中国の皇帝たちの平均寿命にくらべて、わが国における天皇の「生命力」がはるかに充溢《じゅういつ》していたことがわかる。それだけ宮廷生活における儀礼の象徴性が高度に維持されていたということを、それは意味していたのかもしれない。さきの大室氏の推論を借りていえば、天皇の生命力の相対的な充実の度合いは、儀礼の整備とあいまって、かれらの治世下における世界全体の相対的な安定と社会秩序の平衡を予知するための尺度であったともいえるからである。ということになれば、これまでくり返しのべてきたように、平安時代の三五〇年、江戸時代の二五〇年という長期にわたる平和状態の維持の問題も、この歴代にわたる天皇の平均寿命の相対的な安定性の問題と何ほどか関係があったのではないだろうか。今後とも再考してみるに値するテーマではないかと思うのである。

大嘗祭の意味

いま、天皇の「生命力」が儀礼の象徴性に由来するかもしれないということをいったが、この問題についてもうすこし立ち入って考えてみることにしよう。

そもそもわが国における王位の継承は、即位礼にひきつづく大嘗祭《だいじょうさい》の儀礼をまってはじめて最終的に完成されるものと考えられてきた。その点が、たとえばヨーロッパにおける王位の継承と異なるのである。そのことについては第一八章でもくわしくふれておいたが、この日本列島においては古くから、秋になるとその年にとれた新穀を天照大神（または天《てん》神地祇《じんちぎ》）に供えて、天皇が一緒に食べる新嘗祭《にいなめさい》がおこなわれてきた。すなわち神人共食の儀をともなう収穫祭である。この収穫祭としての新嘗祭が、天皇の代替わりにおこなわれるときにかぎり、とくに大嘗祭と呼ばれたのである。新嘗祭の伝承はすでに『万葉集』や『風土記』にみえ、古い時代から農民のあいだでおこなわれていた。それがやがて宮廷にとり入れられ、天皇を中心とする宮廷祭祀《さいし》のなかで洗練されることになった。その時期はほぼ七世紀の天武《てんむ》、持統《じとう》のころではなかったかとされている。

周知のように天皇の代替わりのときにおこなわれる大嘗祭は、皇位の万世一系性を保障し確認するための儀礼でもあった。皇位の万世一系性はむろん国政上では即位礼によって正式に承認されるわけであるが、しかし神話的には、それは大嘗祭儀による天皇再生の永続性という観念と不可分に結びつけられて伝承されてきた。この天皇系譜にかんする永続性の観念は、たとえば記紀神話の天孫降臨の場面に象徴的に描かれているといっていい。そしてそのような神話的な発想の根元に、外から加えられた政治的虚構の爪跡を指摘したのが津田左右吉《つだそうきち》であった。だがこれにたいして、同じその神話に天皇霊の不変性にかんする呪術、宗教的な根拠を見出《みいだ》そうとしたのが折口信夫《おりくちしのぶ》である。

歴史学者の津田左右吉は、大正から昭和にかけて精力的に記紀神話を研究し、それまでの古代史的な通念を大きく覆した。そのなかで展開されたかれの天皇論の根幹を要約すると、以下のようになるだろう。

その第一は、日本の上代においては宗教的な性格をもつような祖先崇拝の観念はなかった。つまり伊勢神宮の祭祀は太陽神崇拝が本来のものであり、それがあたかも皇室の祖先崇拝の根本であるかのごとくみなされたのは、後世の創作にすぎない。そして第二に、日本の政治的君主に「カミ」の性質があるというのは、その「地位」についてのことであって、その地位にある君主が個人（人間）として「カミ」であるからなのではない。皇室の「地位」が永遠の存在であるというのは、太陽が永遠であることの象徴としてみられたためであろう、というのである。

この津田の天皇論にたいして、民俗学者の折口信夫は昭和三年（一九二八年）に発表した「大嘗祭の本義」のなかで、大嘗祭儀のうちに鎮魂祭と天皇の死＝再生の儀礼が織りこまれていることを論じた。大嘗祭にあたり、禁中に仮設される悠紀殿《ゆきでん》、主基殿《すきでん》の両殿には天皇の寝所がつくられ、褥《しとね》と衾《ふすま》が用意される。これは日嗣《ひつぎ》の皇子《みこ》となる王位の継承者が、その資格を完成するために、寝所に引き籠《こも》って物忌《ものい》みの生活に入るためのものである。

『日本書紀』の天孫降臨の場面によると、そこでは天孫すなわち日嗣の皇子にあたるニニギノミコトがそのからだに「真床襲衾《まどこおふすま》」というのをかぶっている。そしてカイコがマユをかぶっているように、それに包まれて天降りをする。「真床襲衾」というのは、要するに床を覆う寝具ということである。その天孫降臨の場面にあらわれる「真床襲衾」が、ちょうどこの大嘗祭のときにしつらえられる寝所の褥と衾にあたるのだ、と折口はいっている。こうしてその「真床襲衾」を取り除いて起きあがるとき、ヒツギノミコ（王位継承者）ははじめて完全な「天子」になると信じられた。このとき、先帝の「魂」が新しい天子のからだに入って、永遠の生命の活動をはじめる、というのである。

折口信夫がここで強調しているのは、天皇の肉体は一代ごとに変わっていくけれども、肉体から肉体へと継承される「魂」は不変だということである。かれはその「魂」を永遠の「天皇霊」と同一視した。第二に、血統上ではもとよりそこに「皇位」の継承が考えられているが、しかし信仰上からは不変の魂（天皇霊）の継承のみが想定されているのだという。この天皇の魂の不変性を儀礼的に保障するものが、毎年くり返しおこなわれる復活鎮魂の祭としての新嘗祭《にいなめのまつり》であり、代替わりのときにおこなわれる大嘗祭《おおにいなめのまつり》なのである。

以上のことから、津田左右吉が天皇の万世一系性についてその皇位に執着しているのにたいして、折口信夫の方はその天皇霊に中心課題を見出しているということが明らかになるであろう。この両者の対立点は、いわゆる天皇制の本質を論ずる場合の扇の要をなすものと考えられるが、その立論の背後には、大嘗祭の意義についての評価の差がむろん横たわっている。

すなわち津田の立場は、大嘗祭儀のなかに政治神話によって生みだされた呪術的虚構のあとをしかみなかったが、そのような見方が実をいえば戦後歴史学の主流をなすものであった。だが大嘗祭の「本義」によりいっそう近づくためには、そのような歴史学的視点とともに、さらにすすんで折口信夫のいうような民俗・宗教史的な見方に立たなければならないであろう。同じ虚構ではあっても、その呪術的虚構のなかにこそ、かえって政治的真実をあぶり出す秘密が隠されているかもしれないからだ。

密室の中のカリスマ

いま、天皇権威の源泉について「皇位」か「天皇霊」かをめぐって問題を提起してみた。すなわち津田左右吉と折口信夫の仮説を検討したのであるが、ここでもう一つの仮説をつけ加えておきたいと思う。マックス・ウェーバーの考え方である。かれは「アジア諸宗派の宗教意識と救済者宗教意識」という論文のなかで、インドシナ半島や中国、それに朝鮮や日本の宗教とならべて、内陸アジアのラマ教の問題をとりあげている。ウェーバーの「日本」論が興味あるテーマとともに展開されているのであるが、そこには、天皇とダライ・ラマをある視点から比較している箇所がでてくる。すなわち、ダライ・ラマの化身は僧院内の密室で厳格な精神的・肉体的薫陶をうけるが、その身分的状況は京都御所の密室、における天皇のそれと酷似しているという。

みられるようにここでウェーバーは、天皇とダライ・ラマを比較するのに密室(Klausur)という鍵《かぎ》概念を用いている。それは、カリスマとしての天皇とダライ・ラマが日常的に生活している居住空間を指していったものである。そしてこの「密室」という隠《いん》喩《ゆ》を通して、ウェーバーはその両者のあいだに底流する神権政治《テオクラシー》の深層構造に光をあてようとしたのであった。

また、かれの「支配の社会学」によれば、神の化身としての君主(たとえば天皇)は、もともと現実政治的には無力であり、永続的な宮廷幽閉(Palasteinsperrung)の状態におかれていたという。いわば「箱入り(eingekapselt)」の状態におかれていた。その箱入りの宮廷幽閉の状態をかれは、さきに記したように「密室」と表現したわけである。それが天皇の場合のみならず、ダライ・ラマのおかれている状態をもあらわしていた。このような神の化身としての君主は、たしかに政治的には無力であり、そのため成年に達する以前に殺害されることがないではなかった。だが、このような神権政治の体制は、「君主」の身に継承されている「霊威(カリスマ)」の効果を期待することに主眼がおかれていたのであり、そのカリスマ支配の全体の枠組みをくつがえすことにはきわめて消極的であったことに注意しなければならない。その結果、神の化身としての君主の存在とは別に、現実の真の支配者(たとえば日本の将軍)もしくは宮宰や祭司などの職業的な専門家が立てられることになったのである。

以上によってウェーバーが、日本の天皇とチベットのダライ・ラマを、「王」の永続的な宮廷幽閉という面から同じ性格のものととらえていたことがわかるであろう。いってみれば王権の誕生において、儀礼的な「籠《インキュベーション》り」と霊＝霊威《カリスマ》の要因を抽出している。その背景に横たわる観念が、秘匿と顕現あるいは死と再生の循環のリズムであったことはいうまでもない。さきにのべた「鎮魂祭」（＝大嘗祭）の儀礼が厳冬の深夜に想定される「籠り」を中心に展開されたことを想いおこそう。その「籠り」の半ば永続的な制度化の試みが、宮廷生活における君主の「幽閉」ということの真の意味であった。

このようにみてくるとき、ウェーバーの考え方が、さきの津田左右吉のそれよりも、はるかに折口信夫の理論に似かよっているということがわかるのである。

第二一章　「歴史の終わり」と「最後の人間」

歴史観の終わり

「歴史の終わり」という問題意識が、急激に歴史の上に登場してきた。それは、ほとんどソ連・東欧圏の崩壊と冷戦構造の終焉《しゅうえん》の時期と重なっていた。単純化していえばそれは、共産主義や社会主義の敗北とリベラルな民主主義の勝利、という歴史の大転換を指し示す標語となったのである。人類の統治システムとして、結局はリベラルな民主主義だけが残ったということであり、その他の統治形態がすべて終焉したという宣言だった。

そのことを正面から論じたのが、フランシス・フクヤマ氏の『歴史の終わり』上中下（渡部昇一訳・特別解説、三笠書房、一九九二年）である。ちなみに原著は *The End of History and the Last Man* (Francis Fukuyama, 1992) であり、もとのタイトルが「歴史の終わりと最後の人間」となっているところに注意しなければならない。

氏の論文が「歴史の終わり」というタイトルで最初に発表されたのが『ナショナル・インタレスト』誌の一九八九年夏号であった。この年は、さきにも記したように共産主義が崩壊し、世界の潮流がリベラルな民主主義にむけてさらに収束していく時期に重なっていた。この論文には、発表後ただちに多くの書評や批判が寄せられたが、それに応え、さらにその論旨を拡充発展させる形で刊行されたのが、さきの『歴史の終わり』である。

私ははじめこのフクヤマ氏の議論にふれて、なるほど、それはそうかもしれないと思った。歴史的展望がじつに豊かで、全篇《ぜんぺん》を彩る鋭い洞察と着想が新鮮だった。出現するべくして出現したものの見方であるとも考えた。細部にわたる議論はともかくとして、大筋のところは氏の主張する通りではないかと納得したのである。何よりもその論調には、時代の亀裂《きれつ》からわずかにのぞく青空にむけて、快活なのろしを打ち上げているような勢いがあった。「歴史の終わり」という標語が、賛否両論のなかでいわばキャッチコピーのように受けとられ一種の流行現象を呈したのも、おそらくそのためであったのだろう。

ただ私には、そのフクヤマ氏の主張に触発されて、もう一つのテーマが胸の内に浮かんだり消えたりしていた。たしかに今日われわれはまぎれもなく「歴史の終わり」の現場に際会しているのであるが、しかしそれとともにもう一つの重大な歴史の「終わり」の事態にも直面しているのではないか、という疑問であった。それを一口に表現するのはむつかしいが、あえていってしまえば「歴史観の終わり」という事態のことである。「歴史の終わり」と同時に「歴史観の終わり」という転換の時代にわれわれは立ち会っているのではないか、ということだ。

私の疑問というのは、こうだ。フクヤマ氏のいう通り共産主義の崩壊と冷戦構造の消滅によって、たしかに「リベラルな民主主義」が最後に生き残りうる統治形態として歴史の最後の段階に浮上してきた。それはそれとして認めるとしよう。しかしながら氏のいうその「リベラルな民主主義」は、これまでの多くの歴史観がしばしば主張してきたように、はたしてこの地球上の各地に噴出してきた「民族」的な紛争要因と「宗教」的な紛争要因までをも克服し、制圧することに成功するであろうか。近代文明が発展し、近代化のための諸装置がととのえられていくにつれて、それらの紛争要因を、完全に根絶するところまではいかないにしても、せめて馴致《じゅんち》しコントロールすることに成功するであろうか、という疑問である。

考えてみるまでもないことだが、これまでの歴史観や文明史観の多くは、それが社会主義の理論にもとづくものであれ、そうでないものであれ、「近代」の段階に入る過程で前近代的な「宗教」と「民族」の要因がいずれ克服され、極小化の方向をとるのだ、と主張してきた。けれども、そのような歴史記述の常道は、今後もそのまま生きつづけていくのであろうか。そのような楽観的な「近代」歴史観は、その歴史解釈の真実性をこれまでと同じように今後も維持しつづけることができるのであろうか。

われわれは冷戦構造が崩壊したあとの世界の歴史的動向が、パレスチナ紛争、チェチェン紛争、湾岸戦争やイラク戦争をみるまでもなく、世界の各地で民族と宗教による絶望的な対立の状況を生みだしていることを知っている。これまでの楽観的な近代史観や文明史観が危殆《きたい》に瀕《ひん》している現場をみせつけられ、そのような歴史観を再検討せざるをえない状況に立たされているのではないだろうか。そしてもしもそうであるとするならば、われわれは今日たんに「歴史の終わり」の現場に立たされているだけではない。それと同時に、「歴史観の終わり」ということについてもいっそう自覚的でなければならないところに追いこまれているのではないだろうか。

二つの理念型

フランシス・フクヤマ氏の『歴史の終わり』には、さきにもふれたように「歴史観の終わり」に直接ふれるような特別の章が設けられているわけではない。だが私のみるところ、そこに同時に「歴史観の終わり」を暗示するテーマが含蓄のある文脈のなかで語られていることに気づく。その一つが、本書のほとんど終結部に登場する「日本」論にかんする部分である。第五部の「〈歴史の終わり〉の後の新しい歴史の始まり——二十一世紀にむけて〈最後の人間〉の未来」、というのがそれである。そこでは二〇世紀における「歴史の終わり」から二一世紀の「人間の未来」にむけての歴史観が語られているからだ。

だがその問題に入る前に、ここではひとまず、フクヤマ氏が本書で展開している議論の枠組みを私の関心にもとづいて素描しておくことにしよう。

氏はさきにのべたように、旧ソ連と東欧圏の共産主義体制が崩壊したことでリベラルな民主主義が最終的に勝利したと主張し、それがすなわち「歴史の終わり」を意味するのだといった。その場合、そのリベラルな民主主義が歴史的に登場してくる背景として、氏は二つの大きな政治・哲学思想の流れがあったと考えている。一つがロックやホッブスに代表されるアングロ・サクソン系のリベラルな民主主義社会の理念、である。この伝統はやがてアメリカの独立宣言を生みだし、アメリカ合衆国憲法の基礎をつくった。そのような社会が根本とする目標は、生命を維持し、財産を獲得保持する生存本能とかたく結びつき、同時に幸福を追求する権利と不可分に結びついている。

これにたいして、もう一つのリベラルな民主主義の有力な流れが、カントにはじまりヘーゲルによって完成をみるドイツ観念論の系譜に属する思想である。フクヤマ氏によると、このドイツ観念論の哲学的特徴は、人間の尊厳と自由という論題を高く掲げてきたところにあるという。それはむろん、人間における生命維持機能や幸福を追求する権利をかならずしも否定するものではない。人間における理性の発動と欲望の充足という生き方を認めた上で、なおかつ人間的な品位とか気概とかを重視する思想体系であるという。

リベラルな民主主義社会にもアングロ・サクソン型とカント・ヘーゲル＝ドイツ観念論型の二種類があるということだ。二つの理念型、といってもいい。そしてみられる通り、著者のフクヤマ氏はアメリカ人でありながらドイツ観念論の系譜に属する思想家の方を高く買っていて、アングロ・サクソン系のロックやホッブスの思想伝統をむしろ低くみていることがわかる。なぜなら氏は、人類の歴史の進展は、たんに人命の保全とか財産追求だけによって実現されるものではないと考えているからだ。もしもわれわれが真にリベラルな社会を構想しようとするならば、それに加えて人間の尊厳と、他者に認知されたいという高品質の欲求に支えられたものでなければならないといっているからである。市民がたがいに、相手の人間としての尊厳性を認め合う認知の要素が重視されなければならない。

こうして氏は、この尊厳と相互認知の思想的源流を探求してプラトンの哲学思想にまでさかのぼり、かれのテューモス thymos の概念にたどりつく。そのプラトンの『国家』(藤沢令夫訳・岩波文庫)によれば、人間の魂には欲望、理性、そしてかれのいうテューモスすなわち「気概」(藤沢訳)の三つの部分があるという。そのうち大切なのはこの第三の魂の「気概」に含まれる性質であって、そこから自尊心の気質とか人間に生まれながらに備わっている正義の感覚のようなものが生ずる。そしてそうであればこそ、人間は自己の価値を認められなかったときは怒りと恥辱を感じ、自分自身の価値にふさわしく扱われるときは誇りを感じる。すなわち、自己にかんする認知への欲望によって生きている。かのヘーゲルは、まさにこのような感情によって歴史のプロセスの全体が動かされてきたと考えたのだ、とフクヤマ氏はいっている。

ロック・ホッブス流のアングロ・サクソン系の思考と、カント・ヘーゲルに発するドイツ観念論系の思考を区別する分岐点を、そのような形で概括するフクヤマ氏の論考は明快である。あるいは、カント・ヘーゲルに肩入れしたそのような論調に、あまりにも単純な図式化のあとをみて、これを批判する声があがるかもしれない。しかしながらそのような論調の背後にも、今日のアメリカにおけるリベラルな民主主義の行方にたいする懐疑と不安の気持が横たわっていないわけではない。そのことの問題性については、このさきふれていくつもりであるが、ともかくここでプラトンのテューモスの概念をもちだして、人間の未来を展望しようとしている氏の論旨はやはり新鮮であり、刺激に富んでいるといっていいのではないだろうか。

「最後の人間」

もう一つ、氏の議論の内容にふみこんでいく前に、どうしてもふれておかなければならないことがある。それがさきにも記した、歴史の終わりに登場する「最後の人間」という問題である。考えてみれば、フクヤマ氏の『歴史の終わり』という著述の原題がそもそも「歴史の終わりと最後の人間」だったわけであり、そうであればますますその「最後の人間」についてふれておかないわけにはいかない。

まず、そのキーワードがニーチェの「最後の人間」からきていることに注意しよう。それに加えて、フクヤマ氏の本書の最終章に、二一世紀にむけて「最後の人間」の未来、とあったことを思いおこさなければならない。そしてその「最後の人間」の未来が、もしかすると「日本」の将来像と結びつく問題性を含んでいるかもしれない、と氏はいっているのである。

そこでまず、ニーチェのいう「最後の人間」とはいったい何者なのか。それはあの『ツァラトゥストラ』の冒頭に出てくる、近代のニヒリズムをそのまま体現する絶望的な人間のことである。一切の可能性を奪われた極限的な人間像である。ニーチェのいう「超人」の対極に立つ、もっとも軽蔑《けいべつ》すべき終末期の人間、のことだ。その内容を、フクヤマ氏の言葉によって翻訳するとつぎのようになるであろう。

ニーチェによれば近代の民主主義とは、かつての奴隷がみずからの主君になったことではなく、奴隷と一種の奴隷の道徳が全面的な勝利を収めたことを意味していた。リベラルな民主主義における典型的な市民とは、近代自由主義の創始者たちから調教され、快適な自己保存のために自分の優れた価値への誇り高い信念を捨て去った「最後の人間」であった。リベラルな民主主義は「胸郭のない人間」、すなわち、「欲望」と「理性」だけでつくられていて「気概」に欠けた人間、長期的な私利私欲の打算を通じてくだらない要求を次々に満たすことにかけては目端の利く人間を産み落としたのだ。

(『歴史の終わり』上、五五頁)

ここでいう「最後の人間」は、フクヤマ氏のいう「リベラルな民主主義」の系譜の一方の極、すなわちアングロ・サクソン系のそれの延長線上に位置づけられた「人間」であることが、わかるのである。そしてまたその「最後の人間」が「欲望」と「理性」だけでつくられていて「気概」に欠ける人間であるといっている点で、それがカント・ヘーゲルの系譜につながる人間像とは対極に立つ「人間」としてイメージされていることが明らかである。

氏はさらにたたみかけるように、つぎのようにいう。自分の幸福に満足し、ちっぽけな欲望を乗り越えていけない自分になんら羞恥心《しゅうちしん》を抱かない「最後の人間」は、要するに人間であることをやめてしまった存在である。されば、その「最後の人間」が自己の追いつめられた窮境からの失地回復をねらって、予測のつかないようなやり方で自己主張を開始し、ひいてはふたたび獣のごとき「最初の人間」に戻って、こんどは現代兵器を手にしつつ威信をかけた血なまぐさい戦いに立ち上がっていくのではないだろうか。フクヤマ氏はこのような根本的な疑問に答えようとして、『歴史の終わり』を執筆しようと考えたのだということ。本書の原題が、さきにもふれたように「歴史の終わりと最後の人間」となっている所以《ゆえん》が、まさにそこにあるといっていいだろう（同上、五五―五六頁）。

コジェーブ＝フクヤマ仮説

じつをいうと、氏が本書を構想するうえで重要な人物とみなしているのが、これまでそのことにはふれないできたけれども著名なヘーゲル学者のアレクサンドル・コジェーブである。なぜならこの二〇世紀におけるヘーゲルの偉大な注解者こそは、断固たる態度ですでに「歴史の終わり」を宣言していた重要人物だからである（同上、五二―五三頁）。フクヤマ氏のヘーゲル論の骨格はこのコジェーブの哲学思想を根拠に発想されたものであるということが、そこからもわかる。

氏は本書の最終章で、このコジェーブをとくに登場させてつぎのようにいっているのである。

コジェーブによれば、日本は「十六世紀における太閤《たいこう》秀吉の出現のあと数百年にわたって」国の内外ともに平和な状態を経験したが、それはヘーゲルが仮定した歴史の終末と酷似しているという。そこでは上流階級も下層階級も互いに争うことなく、過酷な労働の必要もなかった。だが日本人は、若い動物のごとく本能的に性愛や遊戯を追い求める代わりに――換言すれば「最後の人間」の社会に移行する代わりに――能楽や茶道、華道など永遠に満たされることのない形式的な芸術を考案し、それによって、人が人間のままでとどまっていられることを証明した、というわけだ。

（上掲書、下、一八八—一八九頁）

このコジェーブの言明は、一九五九年に日本を訪れたときにえた体験に触発されたものだという。「最後の人間」の段階を通過したあと、人間はどのような運命をたどるのか、——これがコジェーブの問いでありフクヤマ氏の疑問であった。歴史の終わりという事態を示唆するリベラルな民主主義は、はたしてその最後の関門を乗り越えることができるのか。人間はその生来的な「動物性」に戻るかわりに、どのような方向にそれを越え出ていくことができるのか、という疑問であったといっていい。そしてその問いの意味を追求しようとするとき、フクヤマ氏はとりわけこのコジェーブの言明に惹《ひ》きつけられたのではないだろうか。そして意外なことにその問題意識の彼方に「日本」が登場してきたのである。一六世紀以降、数百年にわたって「平和な状態」を維持することのできた日本の経験が回顧されているのである。

こうして、人が人間のままとどまっていられることを証明した能楽や茶道、華道などの芸術的諸形式が、歴史が終末を迎えたあとの可能性として、また新たな輝きを帯びた価値の創造性として持ち出されることになるのである。それにしても、このコジェーブ＝フクヤマ仮説とでもいうべき考え方には、いったいどういう具体的な内容が盛られているのか。それについては次章でふれることとしよう。

第二三章　「最後の人間」を越える日本モデル

「最後の人間」の運命

リベラルな民主主義こそ、最終的に人間が手にした統治形態ではないかというのが、前章で問題にしたフランシス・フクヤマ氏のテーマだった。さまざまな統治形態をめぐる歴史的な闘争のはてに手に入れたもの、——それが「歴史の終わり」を象徴するリベラルな民主主義だった、というわけである。

だが、そのような歴史観の勝利宣言の背後から、当のフクヤマ氏の多少とも陰気なつぶやきの声がきこえてこないわけではない。そのリベラルな民主主義の岸辺にたどりついた人間は、よくよく観察してみると、すでに終末論的な危うい断崖《だんがい》に立ちつくしているではないか、という陰気な声である。

「最後の人間」という予感の、つぶやきの声である。その断崖の先には何も存在しないだろう、という怖れと不安の表白である。この「最後の人間」の来るべき運命について語るとき、フクヤマ氏はニーチェを軸にして議論を展開しているが、それを氏自身の言葉でいいかえると、おおよそつぎのようなことになるだろう。

リベラルな民主主義の岸辺にたどりついた人類が、はたしてその断崖から墜落していくかどうかは、そのぎりぎりの段階で人間的な「品位」とか「気概」を手にして身を翻すことができるかどうかにかかっている。リベラルな民主主義は、たしかに生命維持や幸福追求にかんする諸権利を追求し獲得することに最大の目標をおいてきた。しかしそれはもう一つの根元的な欲求である人間的な品位と気概の精神を忘却するとき、終末論的なニヒリズムの闇に直面することになるだろう。ここでいう人間的な品位とか気概というのは、自尊心の気質あるいは正義の感覚のようなものをいう。自己の価値を認められないときに怒りと恥辱を感じ、自己の価値にふさわしく扱われるときには誇りを感ずる、自立自尊の生活態度のことだ。

リベラルな民主主義を手中にした人間が、はたして「最後の人間」の岸辺に漂流していくのか、それともそのようなノアの方舟《はこぶね》体験をくぐり抜けて新しい地平にすすみでていくことができるのかどうか、その分岐点がそこにあるというのである。フクヤマ氏はそのリベラルな民主主義社会にも、アングロ・サクソン型とカント・ヘーゲル＝ドイツ観念論型の二類型があるとのべて対比させている。

だが、ここで何にもまして問題にしなければならないのは、その「最後の人間」のその後の運命についてではないだろうか。「歴史の終わり」の断崖のはてに立ちつくしている「最後の人間」にむかって、はたして気概と品位をもたらす神が微笑みかけてくるのかどうか、という問題である。

アレクサンドル・コジェーブの履歴

そのことについてはすでに前章でもふれておいたが、ここではさらにその内容に立ち入って検討を加えてみよう。その内容に立ち入るための思想的な案内人が、前章でも持ち出したようにヘーゲル学者のアレクサンドル・コジェーブである。フランシス・フクヤマ氏がその著『歴史の終わり』の最後をしめくくるにあたって登場させているヘーゲルの個性的な注解者である。「最後の人間」のその後の運命について、新しい展望をきり開く役割を託されている思想家である。

アレクサンドル・コジェーブ Alexandre Kojève（Kojevnikov）とは何者か。一九〇二年モスクワ生まれ。生きていれば今年で一〇一歳になる。十月革命にさいして家族とともにロシアを離れた。青年期に達し、ハイデルベルク大学に入学している。新カント派のハインリッヒ・リッケルトに就き、ヘーゲル哲学を学ぼうとしたが、期待は裏切られて失望。結局、カール・ヤスパースに就いて、母国ロシアの一九世紀の思想家ウラディミール・ソロヴィヨフにかんする論文で学位をとった。ちなみにソロヴィヨフ（一八五三―一九〇〇年）は哲学と神学を修め、神秘主義的傾向をつよめた思想家で、ドストエフスキーと親交を結んだ人物。

さて、コジェーブであるが、一九二〇年代の終わりにフランスに移り、ソルボンヌで本格的なヘーゲル研究をはじめた。ときあたかもヨーロッパでは、ヘーゲル復興の気運がまきおこっていた。コジェーブはその独自のヘーゲル解釈によって頭角をあらわし、一九三三年から三九年までの六年間、パリの高等研究院でとくにヘーゲルの『精神現象学』を解釈する講義をおこなう。その教室にはバタイユ、クロソウスキー、ラカン、メルロ＝ポンティ、カイヨワ、サルトルなどが聴講しにきていたという。この講義はフランス哲学界におけるヘーゲル受容を決定づけたものとされ、コジェーブといえば、何よりもこのときの講義によって知られる。

しかし戦後になってかれはアカデミズムの世界を離れ、フランスの対外経済関係局に所属し、外交官として活躍する道を選ぶ。その外交手腕は群を抜き、会議におけるコジェーブは、相対立する意見を総合し、議論をまとめる術《すべ》に長《た》けていたという。また時代に先駆けて、富める国と第三世界諸国との国際交流に尽力し、五七年以降は植民地である貧しい国々のために活動している。六四年、レジオン・ドヌール勲章騎士章（勲五等）。六七年に定年を迎え、翌六八年に心臓発作でこの世を去った。享年六六。

そのアレクサンドル・コジェーブが、一九五九年に日本を訪れている。それだけではない。日本を訪れ、この国の女性に魅せられたのだとフクヤマ氏は書いている（上掲書、下、一八八頁）。すでに外交官の仕事に就いていたときであるが、そのときの訪日体験でえた感想を、さきの「講義録」の中に注の形で挿入しているのである。それはいろいろな意味においてアイロニーに満ちたものであるが、かれが日本の何に魅せられ、それがかれの哲学的構想力にとってどのような意味をもっていたのか、そのあたりの問題に探りを入れてみる必要がありそうだ。

コジェーブの注目した日本型モデル

「最後の人間」の段階を通過したあと、人間はどのような運命の道をたどるのか、――それがコジェーブの問いであり、フランシス・フクヤマ氏の問いであった。それは換言すれば、リベラルな民主主義ははたしてその最後の関門を自由な世界にむかってくぐり抜けることができるのか、ということだった。「最後の人間」における動物性をのり越えることができるのか。それが可能であるとして、どのような選択の道がのこされているのか。

じつはここで、まったく唐突な話になるのだが、当のコジェーブが、その『ヘーゲル読解入門――「精神現象学」を読む』の中で右の問いに答える形で「日本」の問題を持ちだしているのである。「最後の人間」をのり越える「日本」型のモデルを提示しようとしているといっていいだろう。そしてその観点を慎重な手つきですくいあげ、『歴史の終わり』という自著のしめくくりの部分に位置づけようとしたのがフクヤマ氏であった。

それでは、その最後の選択肢としての「日本」モデルとはどういうものだったのか。それをフクヤマ氏は、前章でもふれたように二つの論点にしぼってわれわれの前にさしだしたのだった。すなわちその一つが、一六世紀以降、数百年にわたって平和な状態を維持することのできた日本の経験。二つ目が、日本の能楽や茶道、華道などの芸術的諸形式が、歴史が終末を迎えたあとの可能性として新たな価値の創造性を生むだろうということ、である。最後の人間における「動物性」から、歴史が終末を迎えたあとの可能性としての「平和な状態」への移行、という問題意識である。それが、いってみれば、コジェーブ＝フクヤマ仮説といえばいえるような問題提起であった。しかしフクヤマ氏は、その「仮説」の内容についてはほんのわずかしかふれてはいない。コジェーブの議論の内容について立ち入った検討を加えているわけではないのである。そこでここでは、まずもってコジェーブその人の肉声をきいてみることからはじめなければならない。

　コジェーブの問題の書が、さきにもいったように『ヘーゲル読解入門――「精神現象学」を読む』である。原著は、パリの高等研究院でおこなったかれの講義の内容を、出席者の一人クノーが整理し、一九四七年になって公刊したものだ（*Introduction à la lecture de Hegel*, 2nd ed, Paris, Gallimard, 1968; 1st ed, 1947）。私が参照しているのは上妻精《こうづまただし》、今野雅方《こんのまさかた》氏による日本語訳の版であるが（国文社刊、一九八七年）、それによって問題の箇所を読んでみることにしよう。その問題の箇所というのが、本書の第七章「『精神現象学』第八章第三部（結論）の解釈」という部分に「注釈」という形で出てくる。だが「注釈」という形式においてではあるが、何とも長文にわたる詳細な注解になっている。それが何とも不思議でもあり、面白い。なぜ、そのようなアンバランスな本文–注解の形式になっているのか、それが目を惹《ひ》く。あとから気がついて挿入した「日本」についての議論を、『精神現象学』解釈の全体の流れの中にうまく組み入れることができなかったからなのかもしれない。

本文で論じていることは、簡単な事柄である。ヘーゲルにおいては、「自然」は永遠であり、それにたいして「人間」は時間的存在であり、有限であるといっているだけだからである。時間的存在である人間は、自然の中に生まれ、やがてその空間的自然の中に消失していく、と解説して、コジェーヴはその本文箇所にたいする注解へと、読者を誘っているのである（上掲書、二三二―二三三頁）。

さて、その注解が、さきにもふれたように何とも不思議な光輝を発している。知的な火花が打ち上げられているようにも映る。論理と感性が鋭く交差した火花の束だ。私ははじめその一文に接したとき、わが目を疑った。こんな箇所にこんな言説がそっと置かれている。そんな衝撃だった。日本への旅の経験が、突如としてコジェーヴに自由奔放な感想を書きつけさせたのであったのかもしれない。いずれにしろ日本への旅が、この長文の注解を生みだす発火点となったことだけは確かである。ところがかれは日本へと旅立つ以前に、すでにアメリカとソ連を数回にわたって旅行していた。そのときの経験が、あとからたどりついた日本の印象をより鮮明なものにしたのであろう。「比較」の視点がさらに研ぎすまされることになったにちがいない。つぎのような口吻《こうふん》にそのことがにじみ出ているといっていいだろう。

> ところで、(一九四八年から一九五八年までの間に)合衆国とソ連とを数回旅行し比較してみた結果、私はアメリカ人が豊かになった中国人やソビエト人のような印象を得たのだが、それはソビエト人や中国人がまだ貧乏な、だが急速に豊かになりつつあるアメリカ人でしかないからである。アメリカ的生活様式(American way of life)はポスト歴史の時代に固有の生活様式であり、合衆国が現実に世界に現前していることは、人類全体の「永遠に現在する」未来を予示するものであるとの結論に導かれていった。このようなわけで、人間が動物性に戻ることはもはや来たるべき将来の可能性ではなく、すでに現前する確実性として現われたのだった。
>
> (同上、二四六頁)

要するに、当時すでに「アメリカ的生活様式」が中国やソ連の頭上を覆いはじめていたということだ。アメリカ人が豊かになった中国人やソビエト人であり、今は貧乏なソビエト人や中国人が急速に豊かになりつつあるアメリカ人である、という見方はアイロニカルではあるけれども、五〇年代の終りの段階としてはかなりに鋭い予測だったといわなければならないだろう。そしてその予測をしめくくるようにして、この状勢はすでに現実のものであり、それは人間が「動物性」に逆行しつつあることの確実な徴候であるとまでいっているのである。

反「自然的」規律を生んだ日本の文明

コジェーブは、「動物性」に逆行しつつある「アメリカ的生活様式」の普遍化、世界化に警告を発していたのだ。それは「最後の人間」への逆行にほかならないとして、そのことの反未来性に危懼《きく》の念を表明していたのである。そして驚くべきことに、そのように書きつけた直後に、かれは「日本」の問題なるものをもち出している。「アメリカ的生活様式」とは正反対の道をすすんだ「日本の文明」のモデルをわれわれの眼前につきつけるのである。能楽や茶道や華道などの、日本特有のスノビスム（上品振舞い）というテーマがそれである。ともかく、そのいうところを少々長くはなるが、じっくり聴いてみることにしよう。

「ポスト歴史の」日本の文明は「アメリカ的生活様式」とは正反対の道を進んだ。おそらく、日本にはもはや語の「ヨーロッパ的」或《あ》いは「歴史的」な意味での宗教も道徳も政治もないのであろう。だが、生のままのスノビスムがそこでは「自然的」或いは「動物的」な所与を否定する規律を創り出していた。これは、その効力において、日本や他の国々において「歴史的」行動から生まれたそれ、すなわち戦争と革命の闘争や強制労働から生まれた規律を遥《はる》かに凌駕《りょうが》していた。なるほど、能楽や茶道や華道などの日本特有のスノビスムの頂点（これに匹敵するものはどこにもない）は上層富裕階級の専有物だったし今もなおそうである。だが、執拗《しつよう》な社会的経済的な不平等にもかかわらず、日本人はすべて例外なくすっかり形式化された価値に基づき、すなわち「歴史的」という意味での「人間的」な内容をすべて失った価値に基づき、現に生きている。このようなわけで、究極的にはどの日本人も原理的には、純粋なスノビスムにより、まったく「無償の」自殺を行うことができる（古典的な武士の刀は飛行機や魚雷に取り替えることができる）。この自殺は、社会的政治的な内容をもった「歴史的」価値に基づいて遂行される闘争の中で冒される生命の危険とは何の関係もない。最近日本と西洋世界との間に始まった相互交流は、結局、日本人を再び野蛮にするのではなく、（ロシア人をも含めた）西洋人を「日本化する」ことに帰着するであろう。

（同上、二四七頁）

人はこの文章を、ことさらに誇張された日本文明擁護の論とみるだろうか。それとも漠然と胸の裡《うち》に秘められたまま、いまだその輪郭を明らかにしえないできた「日本」の問題を、いきなり眼前につきつけられて衝撃をうけるであろうか。いずれにしろ、この文章の中には、じっくり吟味してみるに値するだけの論争的な内容が含まれているのではないだろうか。挑戦的で魅力的なテーマが、生のままの形で提出されているのではないか。

第一に、「歴史の終わり」のあとの段階において、日本の文明は「アメリカ的生活様式」とは正反対の道を進んできた、という言明である。

第二に、日本の文明は戦争と革命の闘争や強制労働から生まれた規律をはるかに凌駕するところの、反「動物的」、反「自然的」な規律を創造することに成功したということ。その象徴的な創造物が能楽や茶道や華道などの日本特有のスノビスム（上品振舞い）であった。そしてまたこのスノビスムは、一方でまた無償の自殺という行動を生みだしたのである。

第三に、日本と西洋世界の間に始まった相互交流の国際状勢は、日本人を再び野蛮にするのではなく、それとは逆にむしろ西洋人を「日本化する」ことに帰着するであろう、と予見していること。

右の三つの論点を試みに総合してみると、議論の筋道が「規律」という問題をめぐって浮上してくることに気づく。すなわち、一方の「アメリカ的生活様式」を支えている「自然」的で「動物」的な段階の規律、それにたいしてもう一方の、日本の文明や他の国々においてみられる「反自然」的で「反動物」的な規律、という問題である。その二つの規律の対照性をきわ立たせようとする物語の筋道である。その議論が、ほとんど同時並行的に、西洋人の日本化、という国際的な相互交流の可能性のテーマをつむぎ出している。その発想がはたして卓越したヘーゲル注解者としてのコジェーブの頭脳の中から生みだされたものであるのか、それとも敏腕の外交官でもあったコジェーブの国際人的感性の中から湧《ゆう》出《しゅつ》した着想であったのか、はなはだ興味深い論題ではないか。それについては、次章につづけて検討を加えてみることにしようと思う。

第二三章　日本文明のグローバル化

日本特有のスノビスム

「歴史の終わり」ということが問題だった。現代における「歴史の終わり」とはいったいどういうことか。その意味をめぐる問題であった。だがそれにしても、その「歴史の終わり」は、はたして文字通りそうであるのか。もしもそれが真実であるとして、それならばその後のわれわれの「歴史」はいったいどうなるのか。「歴史の終わり」のあとを生きる人間の運命に、いったいどのようなイメージを描くことができるのか。人間はいよいよ本当に最後の道を辿《たど》ることになるのか。その「最後の人間」という選択しかのこされてはいないのか、——それがつぎに発生する難問だった。「歴史の終わり」と「最後の人間」の関係である。その両者のあいだに隠されているであろう未来の予想図といったものだ。それがそもそものフランシス・フクヤマ氏によって書かれた、「歴史の終わりと最後の人間」で提起された問題意識だった。さらにいえばこの著作に先立って論じられていたヘーゲルの鋭い注解者アレクサンドル・コジェーブの問題提起であった。そしてそのような思想的な主張の原点に、じつはヘーゲルその人が立っていたのである。

さて、もしもそうであるとすれば、その「最後の人間」とはいったい何を指していたのか。前章までに考えてきたテーマである。フクヤマ氏はそのことを明らかにするためにまずニーチェの言説をとりあげ、ついでその論点のほこ先をさきのコジェーブの議論へと収《しゅう》斂《れん》させてみせたのである。なぜならコジェーブの『ヘーゲル読解入門』には、注記の形においてではあるけれども、「最後の人間」という概念に含まれる終末論的イメージと、そこから脱出するための可能性もしくはその萌芽《ほうが》が指摘されていたからである。

その注記の第一の要点を私なりに整理すれば、一方に「アメリカ的生活様式」を支える「自然」的で「動物」的な規律、他方に日本の文明やその他の国々にみられる「反自然」的で「反動物」的な規律、という二つの規律の対照性がまずあらわれる。そしてそれにつづけて、右にみたような「歴史の終わり」のあとの世界に浮上してくるであろう趨勢《すうせい》の一つとして、その規律にかんする前者から後者への移行、すなわち「西洋人の日本化」という現象が発生するかもしれない、という注目すべき予測がくる。コジェーブのこのような論点をさらに敷衍《ふえん》していえば、「アメリカ的生活様式」から「日本的生活様式」への移行、といいかえてもいいかもしれない。そしてその「日本的生活様式」の一つの有力なモデルとして、かれは能楽や茶道や華道などの「日本の文明」の特質をあげ、それを「日本特有のスノビスム」と命名している。

とすれば、ここでいう「スノビスム」とはいったいどういうことか。そこでいったい何がいわれているのか。むろん一般に、スノビスムとは要するに俗物主義のことだと、一笑に付してしまう向きがないではない。ライフスタイルの単純素朴、あるいはその清廉潔白を好《よ》しとする美意識からすれば、スノビスムとは鼻持ちならぬ貴族志向、田舎者風情の上昇志向として蔑《さげす》みの対象になりかねない。しかしそれは、スノビスムという観念の退化した一面を、ただ侮蔑《ぶべつ》的に強調していいつのっただけのことでしかないだろう。

　スノビスムにはもう一つ、上品振舞いといってもいいようなひそかな文化意志がはたらいている。それだけではない。この上品振舞いは、隙あらばいつでも身分や格差の逆転をもくろむ意識の急上昇を演出する。時代の洗練された輝きをいち早くすくい上げようとする気取りときびすを接している。それがノスタルジックな気分と手を結ぶと貴族趣味にもなる。上昇気流にのる雅嗜好《みやびしこう》である。この貴族趣味や雅嗜好こそ、じつをいうと「オレハモハヤ動物デハナイ」という激しい魂の叫びをあらわしているのであり、すなわち文化意志の自然な発露にほかならないのである。

　かつて、アンドレ・マルローが日本にやってきて、紀伊《きい》半島最南端の那智《なち》の滝を見に行った。根津美術館に伝えられた「那智滝図」をみてその圧倒的な美の迫力に気圧《けお》され、オリジナルの原風景をその目で確かめるために現地に赴いたのだった。現場に立ち、激しく流れ落ちる滝の勢いをみたとき、かれはいったい何といったか。自分の立つ位置をすこしずつずらしながら後退し、ある一点に止まってこういったのだという。

「ここが滝を見るのに最高の位置だ」

スノビスムの究極の姿がそこに露出してみえているではないか。マルローは異文化の微妙に輝く洗練された先端にふれて、感動に身を震わせているのである。脱動物性の自己確認、という恍惚《こうこつ》の瞬間にひたっていたのだといってもいいだろう。もっともこれにはもう一つ、落ちのような話がくっついている。かれが「ここが滝を見るのに最高の位置だ」といったとき、じつをいうとその場所は、記念撮影のカメラマンが立てた三脚のまん前であったという。そのときその場に居合わせた一同、思わず大笑いになったというのだが、これまたスノビスムにはしばしばつきまとう知的な付録であるというほかはない（竹本忠雄「日本文明のなかの垂直軸――マルローとともに日本美術を見る」、『芸術新潮』昭和四九年七月号、三二頁）。

スノビスムのグローバル化

さて、そのマルローと同じフランスの知的同時代を生きたアレクサンドル・コジェーブに話をもどさなければならない（ちなみにマルローは一九〇一年生まれ、コジェーブが一九〇二年生まれ）。いま話題にしているスノビスムについてであるが、それがじつをいうと日本においては能楽や茶道や華道の世界に花開いたものであり、そこにこそ「日本特有のスノビスムの頂点」が示されているとかれがいっていることに、いま一度注意していただきたい。これは周知のようにかつての日本社会においては富裕階級の専有物だったものであり、いまなおそうであるのだが、しかしそれが今日では一般化しはじめているのだという。日本人はすべて例外なく、その形式化された価値にもとづいて現に生きているのだ、という指摘である。そしてその富裕階級的な上品振舞いとでもいうべきスノビスムが、これからの時代に世界化して普遍化していくのではないか。つまり「西洋人の日本化」という形で、その上品振舞いの嗜好がグローバル化していくのではないか、とかれはいっている。それが「ヘーゲル注解」の形でのべられているのだから、驚かないわけにはいかないのである。

ところで、このいま問題にしているコジェーブの「注記」の中には、またこんな文章もでてくる。マルクスのいう「必然性の国」(Reich der Notwendigkeit) と「自由の国」(Reich der Freiheit) についての議論である。

> 芸術や愛や遊び等々……要するに人間を幸福にするものはすべて保持される。——ここで、ヘーゲルの多くの主題の中でもとくにこの主題がマルクスにより再び取り上げられたということを想い起こそう。人間(「階級」)が承認のために相互に闘争し、労働により自然に対して闘争する場である本来の歴史はマルクスにおいて「必然性の国」(Reich der Notwendigkeit) と呼ばれる。そして人間が(心から相互に承認しあうこ

とにより）もはや闘争せず可能な限り労働しないで済み（自然が決定的に制御されている、すなわち人間と調和させられている）「自由の国」（Reich der Freiheit）が彼岸（jenseits）に位置づけられる。（『資本論』第三巻第四八章、第三節第二段落の最後を参照のこと）

ヘーゲルはいっている、――芸術や愛や遊びなどの人間を幸福にするものがすべて保持される世界が、最後にやってくる。その主題をマルクスがふたたびとりあげて、そのような世界を「自由の国」と呼んだ。階級闘争が終結したあとに、自然と人間が調和させられている「彼岸」にその「自由の国」が位置づけられると。コジェーブによれば、ヘーゲルもマルクスも同じことをいっていることになるのだろう。ただ、ここで私がとくに興味をもつのは、コジェーブがそのようなヘーゲルやマルクスのいい分に即しながら、同時につぎのようなこと、すなわち「ポスト歴史の」時代には、「自然的」あるいは「動物的な」所与を否定する「スノビスム」が新しい時代の人間的に生きる規範になるだろうといっていることだ。つまり先のヘーゲルのいう「芸術や愛や遊び等々」の世界も、そしてマルクスのいう「自由の国」も、ともに日本文明において実現されている「能楽や茶道や華道などのスノビスム」を共有する運命にあるだろうと示唆していることである。すくなくともそのようなスノビスム的ライフスタイルの効用抜きに、ヘーゲルのいう主題もマルクスのいう「自由の国」も具体的なイメージを結ぶことはないといっていることになる。

イエナの戦いに現前した「歴史の終末」

その「注記」の中で、コジェーブはさらにこんなこともいっている。人間がふたたび動物に逆行するならば、芸術や愛や遊びそれ自体がふたたび「自然的」なもの、すなわち「動物的」なものに退行していくだろう。かくしてこのような「歴史の終末」を迎えたあとでは、人間はたとえかれらの記念碑や橋やトンネルを建設するとしても、それは鳥が巣を作り蜘蛛《くも》が蜘蛛の巣を張るようなものであり、蛙や蟬のようにコンサートを開き、子供の動物が遊ぶように遊び、大人の獣がするように性欲を発散するようなものだ。それゆえ、それらの一切は「人間を幸福にする」ことなどありうるはずがない。それだけではない。こうして「ポスト歴史の動物の段階にあるホモ・サピエンスという種」は、ついに人間的な言説を喪失し、ただ音声上の記号に条件反射的に反応するところの、蜂の「言語活動」をくり返す存在になるだけである。なぜなら、ポスト歴史の動物には、もはや「世界や自己の（言説による）認識」はなくなるからである……。

それが、コジェーブの目に映った「歴史の終末における最後の人間」の姿であった。「ポスト歴史の動物」としてのホモ・サピエンスの自画像であった。そしてこのことをヘーゲルやマルクスはとっくの昔に認識していたのだといって、その「注記」をつぎのように書きついでいるのである。

だが、［私は］その後間もなく（一九四八年）、ヘーゲルやマルクスの語る歴史の終末は来るべき将来のことではなく、すでに現在となっていることを把握した。私の周囲に起こっていることを眺め、イエナの戦いの後に世界に起きたことを熟考すると、イエナの戦いの中に本来の歴史の終末を見ていた点でヘーゲルは正しかったことを私は把握したのである。この戦いにおいて、そしてそれにより人類の前衛は表面的にはともかく、実質的には人間の歴史的発展の終局にして目的、つまりは終末に達していたのであった。それ以後に生じたことは、ロベスピエール—ナポレオンによりフランスにおいて具体化された普遍的な革命の威力が空間において拡大したものでしかなかった。真に歴史的な観点から見ると、二つの世界大戦はそれに至る大小の革命をも含め、結果としては、（現実的に或《ある》いは実質的に）最も進んだヨーロッパの歴史的位置に周辺地域の遅れた文明を並ばせただけであった。もしもロシアのソビエト化と中国の共産化とが（ヒットラー体制の代弁を介した）帝国ドイツの民主化やトーゴの独立への接近、さらにはパプア人の民族自決より以上のものであり、これらと異なったものであるとすれば、それは中国とソ連とにおけるロベスピエール—ボナパルティズムの具体化により、ナポレオン以後のヨーロッパが、なお残る革命以前の程度の差はあれ時代錯誤的な多数の遺物を除去するよう急《せ》き立てられるに至ったということでしかない。加えて、今やすでにこの除去の過程はヨーロッパそれ自体におけるよりもその延長である北アメリカにおいてより進んでいる。「階級なき社会」のすべての成員が今後彼らに良いと思われるものをすべて我が物とすることができ、だからといって望む以上に働く必要もないとき、或る観点から見ると、合衆国はすでにマルクス主義的「共産主義」の最終段階に到達しているとすら述べることができる。

（『ヘーゲル読解入門』二四五—二四六頁）

歴史の終末は、ヘーゲルが眼前に見ていた「イエナの戦い」において現前していたといっている。したがってまた最後の人間という段階も、このイエナの戦いの中に登場していた、といっているのである。「イエナの戦い」とは、一八〇六年一〇月一四日、プロイセン軍がナポレオン軍と戦って完敗した戦闘をいう。ナポレオンは余勢をかって一〇月末にベルリンに入城し、大陸封鎖令を発した。プロイセンのこの軍事的敗北は王国の瓦解《がかい》を決定づけ、プロイセン改革の契機となった。ヘーゲルはこの「イエナの戦い」の中に歴史の最終段階を見通していたというのである。

「歴史の終末」の最高形態

この決定的な時期にヘーゲルはどうしていたのか。かれは一八〇五年にイエナ大学の員外教授となり、シェリングとともに『哲学批判雑誌』を出版している。翌年、イエナがナポレオンに占領されて大学は閉鎖され、〇八年になってニュルンベルクに移り、その地のギムナジウムの校長になる。いわば貧しい哲学教師の雌伏の時代に、「イエナの戦い」に際会していたということだ。そしてその「イエナの戦い」の中に本来の「歴史の終末」をヘーゲルは見通していた、――そのようにコジェーブはいっているのである。

ちなみに、ナポレオンはこの「イエナの戦い」に完勝したのち、余勢をかってベルリンに入り、引きつづいて大陸封鎖令を発したと先に書いたが、これに反発したのがロシアであった。封鎖令によって農産物の販路を失ったためであるが、一八一〇年末、ついにロシアは封鎖を破ってイギリスとの貿易を再開するとともにフランス商品にたいして高率の関税を課した。そこでナポレオンは約七〇万の大陸軍を編成してロシアに遠征し、モスクワを占領。だが厳冬の到来とクトゥーゾフ将軍率いるロシア軍の反撃にあって敗退する。その間のいきさつはトルストイの『戦争と平和』に詳しく描かれている。

とすればヘーゲルは「イエナの戦い」においてナポレオンのクライマックスすなわち歴史の終末を洞察し、「ロシア遠征」においてナポレオンの没落＝最後の人間を幻視していたということになるのかもしれない。コジェーブの議論を要約すれば、そうならないか。

そしてトルストイもまた、その『戦争と平和』の中に書きとどめた同時代的洞察によって「歴史の終末」をかれなりの視点にもとづいて見通していたということになるのだろう。このときトルストイが見ていたものが、もしかすると「歴史の無常」ということだったのではないかと私は思う。ヘーゲルが「歴史の終末」と洞察していた事態の背後に流れる旋律である。それを「歴史の終末」と表現しようと「歴史の無常」と記述しようと、結局は同じことを意味していたのではないか。コジェーブがことさらにヘーゲルにおける「イエナの戦い」に注意を喚起しているのをみるとき、そのような感想が自然に私の念頭に浮かぶのである。

ともあれ、そのような「イエナの戦い」のあと、世界の歴史は実質的に終局を迎えてしまったのだ、とコジェーブはいう。くり返していえば、人間の歴史的発展の終末がそこに現前していたのだという。したがってそれ以後に生じたことは、ロベスピエール－ナポレオンによりフランスにおいて具体化された「普遍的な革命の威力」がたんに空間的に拡大したものでしかない。二つの世界大戦も、それにいたる大小さまざまな革命も、その変奏曲にすぎない。最高度に進んだヨーロッパ文明もそれに後れをとる周辺地域の文明も、その点からすると何ら異なるものではない。ロシアのソビエト化も中国の共産化も同様である。パプア人の民族自決もトーゴの独立も、このロベスピエール－ボナパルティズムの具体化であるのに外ならない。そこにあるのはたんに程度の差であるにすぎないのであって、真に歴史的な観点からするときは、それらすべての歴史的な事件は、さきのロベスピエール＝ナポレオンによりフランスにおいて具体化された普遍的な革命の威力が、空間において拡大したことを示す実例であるに外ならないからである。

こうして最後に、その空間的拡大の、いってみれば最高形態にあたるものが北アメリカにおける「階級なき社会」なのだという結論に落ちつく。歴史の終末の最高形態、最後の人間の最終形態、といってもいい。とすればアメリカ合衆国は、「或《あ》る観点」から見ると、すでにマルクス主義的「共産主義」の最終段階に到達している、ということになるのである。そしてもちろん、この場合の「最終段階」がコジェーブの言葉によれば、ポスト歴史の時代における固有の生活様式、すなわち「アメリカ的生活様式」によって生みだされた「人間の動物性」を暗示する段階であったことはいうまでもないであろう。

このように概括してみるとき、コジェーブがわれわれの前に提示している歴史の見取図がその意外な横顔や素顔をみせているということがわかるはずだ。それはいささか衝撃的な見取図ではあるのだが、かれははたして歴史の中に見るべきものを見ていたということになるのであろうか。それともその同じ歴史の中に、断念すべきものをあえて手探りをしてでも見とどけようとしていたのであろうか。

第二四章　一筆平天下の戦略

明治維新の無血革命性

これまで私は、コジェーブ＝フクヤマ説を、一つの意味ある「仮説」ではないかという前提のもとに論じてきた。それは「世界」に開かれた理論的な試みの一つであり、「日本」にとっても示唆的な仮説であると考えたからである。

その仮説の刺激によって、今、私の心に喚起してやまない二つの問題がある。一つが、明治維新＝無血革命論をめぐる新たな展望、である。もう一つが、「ポスト歴史」における「最後の人間」に微笑みかけるかもしれない「スノビスム」（貴族趣味、上品振舞い）の可能性、といった問題である。日本の「文明」ということを考えるにさいして、いずれも好個の論題となるものではないだろうか。それが、これまでくり返しのべてきた平安時代の三五〇年、江戸時代の二五〇年の二つの「平和」の意味を考える上でも、逸することのできないテーマであることはいうまでもない。

まず明治維新＝無血革命論であるが、それはフランス革命とくらべるとどうなるか、という問題である。コジェーブ＝フクヤマ仮説を通してみたとき、どのような展望をくりひろげるか、ということだ。前章で論じたことをくり返していえば、「歴史の終末」は、ヘーゲルが眼前に見ていた「イエナの戦い」においてすでにクライマックスに達していたのだという。リベラルな民主主義の到達点が、すでにそこに現前していた。そのように考えるとき、その後に発生した世界史的事態は、「ロベスピエール＝ナポレオン」の名のもとにフランスにおいて具体化された「普遍的な革命の威力」の、たんなる空間的に拡大したものにすぎなかった。そしてその拡大の運動が今日における北アメリカの「階級なき社会」に及んでいるという。アメリカ合衆国は、ある観点からするときはマルクス主義的「共産主義」の最終段階に達しているということになる。

ところが、この「普遍的な革命の威力」の空間的拡大、という巨大な量の運動にたいして、コジェーブ＝フクヤマ仮説が想定していたもう一つの運動が、芸術や愛や遊びの価値をそれとして追求する脱動物・反自然の反政治的な運動だった。マルクスのいう、自然と人間の調和という「彼岸の国」に位置づけられていた「自由の国」への思考ベクトルである。この「自由の国」はすべての階級闘争が終息したあとの「彼岸」を意味したが、しかしそれは同じように「階級なき社会」を実現したアメリカ合衆国のそれとは本質的に性格を異にするものだった。なぜならコジェーブ＝フクヤマ仮説によれば、アメリカにおける「階級なき社会」は歴史の終末における最高形態を示しているのにたいして、後者の「自由の国」は「ポスト歴史」のあとの歴史の出発点を予兆するものだからである。前者が

「自然的」で「動物的」な所与に引きずられる「最後の人間」を象徴する段階であるのにたいして、後者は「脱自然的」で「反動物的」な自由、すなわち「芸術や愛や遊び等々」の世界に解放されている段階を指し示しているからだ。「階級なき社会」の二つの可能性であり、二つの異なった方向性である。

そしてこのような概括に誤りがないとするならば、われわれはそのような歴史認識のスタートラインに、フランス革命と明治無血革命という二人の劇的な走者を立たせてみることができるのではないだろうか。もっとも、このような青写真のようなものを、コジェーブ＝フクヤマ仮説があらかじめ想定していたのかどうかはわからない。だがコジェーブは、ともかくもその刺激的で挑戦的ともいうべきヘーゲル注解の中で、これまでのべてきた「歴史の終末」においては、「西洋人の日本化」という事態がおこるかもしれないといっているのである。「アメリカ的生活様式」から「日本的生活様式」への移行、といいかえてもいい。自然的で動物的な規律から脱自然的で反動物的な規律への転換である。そしてその移行にともなう含意を手元にすこしずつたぐり寄せていくとき、そこに明治維新の「無血革命性」のテーマが自然に立ちあらわれてくるように、私にはみえるのである。脱自然的で反動物的な規律、という命題を歴史的にさかのぼらせていくとき、「無血革命性」というもう一つの命題が浮上してくるのである。

「ポスト歴史」における人間的規律

しかしそれにしても、ここでいう「脱自然」と「反動物」というのはいったい何か。コジェーブ＝フクヤマ仮説がすくい上げている脱自然的で反動物的な「規律」とはいったい何を指しているのか。なぜそれがここで問題になるのかといえば、それはさきにもふれたようにひとえに「アメリカ的生活様式」と「日本的生活様式」のあいだの文化的落差、あるいはその両者における文明的なへだたりといったものが、そこに横たわっていると考えられるからである。そしてこのことにかんしてコジェーブ＝フクヤマ仮説が私の心に喚起してやまないものが、もう一つの命題、すなわち「スノビスム」という問題であるにほかならない。「日本特有のスノビスム」とかれがいっているものであるが、それが「日本的生活様式」を支える有力な価値尺度となり、芸術や愛や遊び等々に象徴される「日本文明」の特徴を示すエートスであるというわけである。

動物性、自然性を超える規律的生活様式への上昇志向、——それがここでいうスノビスムということだ。欲望の全面的解放を重要な目標に掲げるリベラルな民主主義的規律とは対極に位置する上品振舞いであり、貴族趣味である。その自覚的な上品振舞いや上昇志向のエートスが、たとえば能舞台における能役者の身体に典型的な形で投影されているといえるであろう。茶道の禁欲的で自己抑制的な点前《てまえ》の作法や、その他もろもろの芸道や武道における抑制と洗練の美的な身体技法にそれが反映されている。連歌俳諧《はいかい》の遊び心に揺曳《ようえい》するマゾヒスティックな不自由への耽溺《たんでき》など、総じて成熟した社会に投げ出された「最後の人間」を、その最後の瀬戸際で自由の王国へと救済するエロティックな回路、である。それが、生活様式としてのスノビスムに埋めこまれてきた、正統の履歴というものだったのではないだろうか。それが遁世《とんせい》という名の脱自然性や無常という名の反動物性と結びつくとき、西行《さいぎょう》や芭蕉《ばしょう》のライフスタイルが生まれ、良寛《りょうかん》における自由の天国が現前することになったといえるだろう。上品振舞いの古典的なモデルである。精神的貴族趣味が行きついた極北の華やぎである。

もっともアレクサンドル・コジェーブやフランシス・フクヤマ氏がそこまで考えていたのかどうか、それはわからない。しかしながらかれらのいう「自然的」で「動物的」な所与を否定する「スノビスム」という言説を敷衍《ふえん》していくと、結局はそういうことになるのではないか、と私の想像はさらにふくらんでいく。「ポスト歴史」における新しい人間的規律の登場である。それだけではない。このような「スノビスム」の議論をさらに煮つめ蒸留していくとき、その上澄みの中から「公家的なもの」「公家的な行動規範」といったものの結晶体が浮かび上がってくるのではないだろうか。公家的存在様式といってもいい。あらためていうまでもないことだが、それこそまさに上品振舞いそのものの原理、貴族趣味そのものの源流を形づくった当のものだ。日本の歴史におけるスノビスムの原点、自在に変化してやまないスノビスムの座標軸的原点を、それは指し示しているように私は思うのである。

一筆平天下とスノビスム

いま私は、スノビスムの源流をたどっていけば、「公家的なもの」「公家的な行動規範」に行きつくだろうといった。そのように私が考えたのは、前（一七章）にもふれておいたことであるが、ひとえに花田《はなだ》清輝《きよてる》の意表をつくような着眼による。公家、武家、そして寺家（僧侶《そうりょ》）の世界を広く鳥瞰《ちょうかん》したときに、突如としてかれの眼球に映し出された刺激的な発想である。

ちょうど、日本全国を震撼《しんかん》させた安保闘争が終息にむかう時期だった。世間には徒労感がただよい、いっさいの展望が喪《うしな》われていく中で、わずかに暴力か非暴力かの思想課題がささやかれはじめていたのである。その時代の裂け目に鋭いメスを入れたのが、さきの花田清輝の「慈円《じえん》」論だった。

慈円とは、関白までのぼりつめた九条兼実《くじょうかねざね》の弟、天台座主《ざす》を四度もつとめた寺門の最高峰である。また、後鳥羽《ごとば》院に重んじられた歌人。が、かれは同時に、この後鳥羽院の討幕計画に反対して歴史書『愚管抄』を書いている。王と臣下のあるべき姿を「道理」の観念で論じた合理主義者であるが、反面、加持祈禱《きとう》の威力によって怨敵を調伏しようとした密教秘法の忠実な信奉者だった。この場合、怨敵とはいうまでもなく鎌倉幕府の権力中枢であり、武家が掌握する暴力装置そのものであった。それにたいしてかれがくり出したのが身に寸鉄も帯びず、一人の軍兵も使うことなく暴力集団の心胆を震え上がらせる密教の術だった。慈円は『愚管抄』という歴史書の作者であると同時に、怨霊退散、悪霊操作を自在にこなす高級テクノクラートだったのだ。

要するに慈円の戦略は、公家的（非暴力的）な権威によって武家的（暴力的）な権力を抑制し操縦することにあったというのである。公家的なものと武家的なものの闘争をアウフヘーベンする戦略である。それを花田清輝は、一筆平天下という名の非暴力主義であると呼んでいる。一筆平天下とは、いいえて妙ではないか。そういう戦略が実現可能であると信じていた文化が、かつて存在していたということだ。そのことを信じていた人間がいたということが新鮮である。

むろん、問題はそこにとどまらない。ここでいう非暴力主義はさきにも指摘したように、怨霊退散という名の超論理を唯一の武器にしていた。それは、公家のたんなる軟弱と武家の前後をわきまえぬ攻撃性を同時にのり越えようとする戦略であった。だからこの超論理の背後には、いつのまにか「味方を敵の眼でみるとともに、敵を味方の眼でみる」複眼的思考が息づいていたというのである。このような慈円的な複眼思考が、はるか時代をへだてて一九六〇年代の花田清輝の戦略思考に生き返っているところが、何とも面白いではないか。慈円が花田の存在を通して現代の舞台に再登場のチャンスを与えられたのだといっていいだろう。後の時代によって演出される歴史再現の見どころである。

　この場合、「味方を敵の眼でみるとともに、敵を味方の眼でみる」複眼的思考というのが、いってみれば二重スパイの眼差《まなざ》しを内蔵するカメレオン的思考のようにもみえる。人間の怨恨感情《ルサンチマン》の本質に探針を下ろしていけば、そこからは強迫神経症的な味方の眼差しと、不安に脅《おび》える敵の眼差しがほとんど同時に立ちのぼってくる。それを一刀両断に断ち割れば、味方の側からも敵の側からも血しぶきが噴き出すだろう。そう考えれば、この複眼的思考が、その両者を一挙に調停しようとする命がけの非暴力戦略だったということがみえてはこないだろうか。そこまでいけば、この命がけの公家的戦略が同時に危機的なスノビスムを内包するものであった消息がみえてくるのではないであろうか。

　さて、さきにも論じておいたように、この「公家的なもの」の威力が制度的に確立していくのが「平安時代」であった。一筆平天下というパクス・ヤポニカの枠組みをつくったのがこの時代のエートスであった。身に寸鉄を帯びずして武家の心胆を寒からしめたスノビスムである。洗練された貴族振舞いの儀礼至上主義によって、ルサンチマンの発現を制圧しつづける複眼思考の行動様式である。それが、花田清輝のいう非暴力的な一筆平天下という政略の本質だったのではないだろうか。

　これまで私は、江戸時代二五〇年のパクス・ヤポニカの思想的源流が平安時代三五〇年の「公家的」な上品振舞いに発するのではないかといってきた。くり返していえば、コジエーブのいう能楽や茶道や華道などの芸術的諸形式の生みの親が、平安時代に花開く公家的スノビスムであったということだ。武家における動物性と自然性という属性をのり越える非暴力的な行動様式といっていいが、それがすなわち脱自然性と反動物性にもとづく価値規範であったわけである。

この一筆平天下のスノビスムを制度的に保障する上で大きなはたらきをしたのが、政治権力を限定する天皇権威であったことに注意しなければならない。なぜなら天皇の存在こそは、公家世界におけるスノビスム階梯《かいてい》の最高位を占める象徴だったからだ。それは一筆平天下の号令を下しうる最高の首長であり、怨念＝ルサンチマンの世俗的集積を最終的に回収する文化的統合体だった。味方の眼と敵の眼がそこで一挙に融解する、真空虚点といってもいいような存在だった。

非暴力戦略と公家的身体技法

さて、小論の問題意識はしばしばのべてきたように「歴史の終わり」を迎えつつある人類は、これからさきどこへ行こうとしているかということだった。「歴史の終わり」と同時に「最後の人間」の運命に足をからめとられている人間が、そのポスト歴史をどのように生きていこうとしているのか、という問いである。これまで「文明を考える」というテーマを掲げつづけてきたゆえんもまたそこにあった。

熟した柿が枝から落下するように、爛熟《らんじゅく》した文明もまた腐臭を発して墜落の道をたどるときがくる。歴史の終わりが腐敗の臭いを発することも、最後の人間が老・病・死の腐敗、発酵の過程をたどることも、それと別の事態ではない。最後の文明もまた、その全身に浸透している自然性、動物性に覆われたまま、老・病・死の過程をたどるほかはない。

それではこの自然性と動物性のままに老・病・死の腐敗過程をたどる文明は、はたして反自然的で脱動物的な行動規範、換言すれば死への過程を主体的に受け入れる成熟した無常セオリーを手にすることができるであろうか。自然性、動物性の中で生き残ろうとするサバイバル・セオリーにたいして、反自然性、脱動物性のスノビスムの中で老・病・死を主体的に選択する無常セオリーである。

いま私はここで突如として生き残りセオリーと無常セオリーという問題を提出したのだが、ここでいう無常セオリーを、仮構された人工的な舞台で実現してみせようとしたのが能楽世界に生きる能役者たちだった。なぜならかれらの身体作法の根幹がまさに自己の生体をかぎりなく死体に近づけようとするドラマツルギーによって演出されていたからだ。動物性を揚棄した身体、反自然性の極限を見わたそうとする禁欲的な身体技法、――その最たるものが、亡霊（死体）との自己同一化をはかろうとする脱動物・反自然の行動規範だったといっていい。

死への憤怒《ふんぬ》のごとき衝動である。死滅へのマゾヒスティックな上昇志向《スノビスム》である。死（怨霊）を生きる能役者の反自然的な身体が究極の美に輝くのが、そのときだ。禁欲的スノビスムが美的なスノビスムの炎の中に吸いこまれていく瞬間といっていいだろう。だが、奇怪なことに、そこではげしい逆転現象がおこる。死への身体技法が一瞬のうちに生への身体技法へとすり替わるからだ。華麗な能面、色彩豊かな能衣裳《のういしょう》をみれば、そのことは一目瞭然《りょうぜん》ではないか。ほとんど亡霊化して四肢の自由を放棄したかにみえる生ける屍《しかばね》が嫣然《えんぜん》としてエロスの香気を発し、苦悶《くもん》の叫びをあげて観る者に襲いかかってくるのがそのときだ。木偶《でく》のさいはてを歩む能役者の身体が、仮面と仮装によって人間の一切の欲望の扉を開くことになるのである。

生と死のいくえにも折り重なる階梯《かいてい》を瞬時のうちに上昇し下降する、フィクショナルな身体技法である。それは味方を敵の目でみるとともに、敵を味方の眼差しでみる複眼的思考と通じている。味方（生）と敵（死）を、同時にたじろがずに凝視しつづける精神だからだ。花田清輝の筆法をかりていえば、それこそがまさに公家的身体技法であり、コジェーブのいう能のスノビスムが公家的なスノビスムと手を結んでいる世界ということになるだろう。一筆平天下の非暴力的な戦略が、そこに身体技法の形で現前しているのである。

第二五章　ガンディーによる「一筆平天下」

「一筆平天下」の非暴力的な戦略が、わが国の歴史にも存在したということを前章で論じた。その非暴力的な戦略の中からつむぎ出された文明の一つのあり方が、たとえば反自然的で脱動物的な行動規範ではないか、とものべた。それが場合によってはパクス・ヤポニカの枠組みをつくった日本型「スノビスム」、すなわち公家《くげ》的な上品振舞いに通ずる精神回路だったのではないか、とも論じたのである。

生き残りセオリーと無常セオリー

このように考えるとき、コジェーブ＝フクヤマのいう「反自然的」で「脱動物的」な行動規範が、われわれの身体のレベルでいえば、死への過程を主体的に受け入れる成熟した無常セオリーを内包するものであるということがみえてくる。なぜならそれは、生き残りへの過程を無限定的に追求する「自然的」で「動物的」なアメリカン・ウェイ・オヴ・ライフの行動規範、すなわち、生き残りセオリーとはまさに対極に位置する生き方だったからである。「最後の人間」のあとに予兆される「芸術や愛や遊び等々」の世界がそこに開かれていたからである。

だがしかし、問題はまさにそこから発生するだろう。なぜなら生き残りセオリーと無常セオリーという二項対立的な人生見取図からだけでは、現実のわれわれをみちびく意味ある生活規範を生みだすことができるかどうか、はなはだ疑問だからだ。まず第一に、生き残りセオリーがすでにわれわれ自身の生き方の血肉と化してしまっていることがある。われわれはすでに「動物的」で「自然的」な人生観によってがんじがらめになっている。そして第二に、そのゆえにこそわれわれは「最後の人間」的状況に救命ボートを差しだす無常セオリーへの脱出の中に望みを託そうともしている。「脱動物的」で「反自然的」なスノビスムの生活領域を何とか手に入れようともがいている。そういう意味では、われわれの現実は、逆説に響くかもしれないけれども「一筆平天下」の公家的な非暴力戦略を喪《うしな》ってすでに久しいのである。

もしもそうであるとするならば、われわれははたしてその生き残り戦略と無常戦略のあいだに意味のある橋を架けるような第三の媒介項を発見することができるのであろうか。一方の動物と脱動物、他方の自然と反自然のそれぞれのあいだを調停する思想戦略、といってもいい。西欧近代の自然的で動物的な生活規範を抑止する第三項、そしてまた反自然的で脱動物的な日本モデルの生活規範を補完し維持する媒介項の発見、という仕事である。

このように考えてくるとき自然に私の念頭に浮かんでくるのが、あのマハトマ・ガンディーの肖像である。身に寸鉄も帯びずして「一筆平天下」の理念を現実の世界政治の場で実現しようとした人間の生き方である。すなわちニーチェのいう「最後の人間」が死滅したあとに誕生する「超人」、――それがガンディー的存在である、といえないこともない。かれはその非暴力戦略によって、さきの生き残りセオリーを無常セオリーへと媒介し調停した、それこそ最後の人間であったようにみえて仕方がないからだ。公家的な「一筆平天下」のパクス・ヤポニカの戦略と、覇権的強制によって実現されたパクス・ロマーナやパクス・ブリタニカの戦略とを媒介した最後の人間である。アジア的超人としかいいようのない最後の人間のことだ。そのかれの「非暴力」とイギリス帝国の「暴力」とのあいだに演じられた戦いのなかに、いま言った媒介・調停の原理が生き生きと息づいていたことを、あらためて思いおこさないわけにはいかないのである。

ガンディーとは、いったい何者だったのだろうか。その肖像はこれまで、いったいどのような色彩と輪郭をもって描き出されてきたのだろうか。

まず、ガンディーの「裸身」の表情から語ることにしよう。裸こそ、ライフスタイルの究極の姿をあらわしているといえないこともないからだ。ガンディーの「非暴力」は、一種の自己剝奪《はくだつ》としての「裸身」の中から誕生した、ということに注目しなければならない。

唐突ないい方になるが、ひところ話題を呼んだ宮沢りえやマドンナのヌードよりは、ガンディーの裸体の方がはるかにエロティックであったと思う。それもそのはず、内外の見識ある女性たちがその膝元《ひざもと》に殺到し、ガンディーの足や肌に手を触れようとしたのもうなずける。六〇歳の境を超えてもなおガンディーの裸体は十字架上のイエスや苦行シャカの裸体のようにしなやかで、いつでもわれわれの郷愁をさそう品格をそなえていたからだ。だがそれに比して、宮沢りえやマドンナのヌードは視姦《しかん》の堆積《たいせき》のなかで歳月をへ、やがて無残に朽ちはてていくことだろう。

一九三一年といえば、「満州事変」が勃発《ぼっぱつ》した年だ。インドでは、イギリス帝国に抵抗する独立運動が新たな盛り上がりをみせていた。この年の秋、ガンディーはイギリスと交渉するためロンドンに渡る。円卓会議の席につくためだった。ガンディー六二歳のときである。

そのときのかれのいで立ちが傑作である。やや細った黒い裸身の上に、毛布のようなものを巻きつけただけだったからだ。骨ばかりが目立つ両脚を下から二本突き出し、サンダルをはいていた。それはインドで生活するときと何ら変らない、普段の服装だった。その風変りなコスチュームを何ひとつ悪びれることもなく、そのままロンドンの会議場にもちこんだのである。

ちょうどそのころ、ウィンストン・チャーチルが蔵相をやめたばかりであった。かれはそのようなガンディーの姿をみて、「かつてはインナー・テンプルの弁護士、いまや煽動《せんどう》的で半裸の乞食僧《こじき》」といって嘲笑《ちょうしょう》をあびせた。それというのもガンディーはまだ一九歳の若き日、渡英してロンドンのインナー・テンプル法学院に学び、弁護士の資格をとっていたからだ。その英国風の紳士道を学んだはずのガンディーが、いまや素肌まるだしの野蛮な恰好《かっこう》で政治交渉の席につこうとしている。チャーチルの憤懣《ふんまん》が爆発し、右の発言となったのである。

だがそれは、ガンディーにとっては半ば予想された事態だったのではないか。なぜならかれは、インドを植民地として支配する「帝国」の暴力に対抗するためには、完全なる無防備を象徴する裸身の喚起力、その脱政治的な非暴力しかないとかたく信じていたからである。英国紳士の二重三重に防備された正装にたいして、いささかのユーモアをこめてインド風聖者のヌード衣裳を対比してみせたのである。

一筆平天下の隠された戦略

さらに舞台は一転して、第二次世界大戦後の一九五三年のことだ。イギリスの名門、ハロー校の同窓会は一夕、卒業生の一人であるネルーを晩餐会《ばんさんかい》に招いてその労をねぎらった。ネルーは当時、インド独立後はじめての首相をつとめていた。そして時のイギリスの首相チャーチルも、同じ同窓生としてこの会合に出席していた。スピーチを求められて立ち上がったかれは、平素の皮肉屋の口調を改めて、眼前に坐《すわ》るネルーの勇気と誠実と雅量について丁重な讃辞を贈ったのである。独立後のネルー首相は、むろんいつもインド大衆の前に姿をあらわしていたが、しかしガンディーのようにその裸身をさらすようなことはしなかった。かれはインドの同胞の前でも、イギリス人にたいするように、英国風の教養の衣服を身につけた紳士として振舞っていた。

さて、いうまでもないことであるが第二次大戦後の世界において、インドのネルー首相の声望は高かった。中国の周恩来、インドネシアのスカルノ、旧ユーゴのチトーらと手を組んで、第三世界の牽引車《けんいんしゃ》になっていたからだ。そのネルーが『自伝』のなかで書いている。――自分はインド大衆のまっただなかにあって、いつも一個の孤独な異邦人のように感ずる、と。かれは最高のバラモン階級の出身で、英国風の教養と知性を身につけ、その数多くの著作もほとんど流麗な英語で書いている。地方に遊説するときも英語で話し、そのつど通訳がついて地方語に言い換えなければならなかった。かれは師のガンディーとともに独立のために戦った闘士であったが、その精神は大衆のなかで孤立していたのである。

ネルーのあとを継いで首相になったのが、かれの娘のインディラ・ガンディーだった。かの女は、功成り名遂げてこの世を去った父親とは運命を異にし、のちにシーク教徒の護衛兵に狙撃《そげき》されて非業の死に斃《たお》れた。そのインディラが地方の遊説に出かけたときのことだった。あるアメリカの女性政治学者が同行したが、突然、群衆がそのアメリカ女性の車に殺到して花束の雨を降らせた。かの女を首相と間違えたのである。インディラもまた父ネルーとともに、インド大衆の目からははるかに遠い雲の上の存在だったわけだ。

それにくらべるとき、ガンディーの存在はいつもインド大衆のなかに深く根を下ろしていた。「裸の聖者」というかれのイメージを誤認するものは誰もいなかった。何か事がおこるたびに、大衆はまずかれの一挙手一投足に注視の目を向けた。かれらはいわばガンディーの像を通して、その背後にときに「神」の気配、その身じろぎを感じとっていたのかもしれない。それがガンディーにおける非暴力のサイン、換言すればその「一筆平天下」の隠された戦略だったのではないだろうか。しかし独立直後、この裸の聖者は、狂信的なヒンドゥー教徒右翼によって暗殺されるにいたる。深い衝撃がインド全土を走り、人びとの心をはげしく揺さぶった。ガンディーとかれの非暴力の思想が、結局は大衆の一人によって裏切られたのである。

私は一九八九年二月に、ブラジルのリオデジャネイロを訪れた。街全体はカーニバルでわき立っていたが、市の中心を占める公園に、あのマハトマ・ガンディーの大きな銅像が建っているのをみつけて驚いた。そこには数人の浮浪者がベンチに寝そべっているだけで、銅像に注意をむける者は誰一人いなかった。

そのリオで地球環境サミットが開催されたのが一九九二年六月だった。そこでも、「持続可能な開発」という考えが提起されていたが、この会議においても、ガンディーのメッセージはどこからもきこえてはこなかった。サミットから二年経った一九九四年の五月になって、同じ南半球の南アフリカ共和国で新しいマンデラ大統領が登場することになった。このニュースをきいて私がまず思いおこしたのがガンディーの名であった。なぜならかれこそは、前世紀の終りに南アフリカに渡り、人種差別に反対して非暴力闘争を開始した当の中心人物だったからだ。かれはその後、故国のインドに帰り、民族の指導者としてインドを独立にみちびく。

ガンディーが南アフリカで非暴力（サティヤーグラハ）の闘争を始めたのが一九〇六年である。そのときから今日まで、ほぼ一世紀の歳月が流れている。その点からすれば、南アフリカにおける人権獲得の運動はガンディーからマンデラにいたる一〇〇年の時間の流れのなかで展開されたものだったことがわかる。私がそのガンディーの名にこだわるのは、西欧近代の膨張、拡大にたいするアジア側からの異議申し立ての、最初で本格的な思想運動と、その名がかたく結びついているからである。かれはインドの伝統的な「アヒンサー（不殺生）」の原理を「非暴力」という、いわば「一筆平天下」の思想武器に仕立てあげ、圧倒的な暴力装置をもつイギリス「帝国」とたたかった。この方法は第二次大戦後、アジア、アフリカ、ラテン・アメリカの民族運動にすくなからざる影響を与えたのである。

孤立するガンディーの非暴力

インドは第二次大戦直後の一九四七年になって、パキスタンとともに独立をはたした。

インド亜大陸は長いあいだイギリスの植民地だったが、ヒンドゥー教徒を中心とするインドと、イスラーム教徒のためのパキスタンという二つの国家に分かれてそれぞれ独立したのである。以後今日まで約半世紀の歳月が流れたが、インドではその間に三人もの指導者がテロに斃れている。まず独立直後の四八年に、ガンディーが犠牲になった。初代首相のネルーは無事に生涯を全うしたが、その娘で首相になったインディラ・ガンディーは八四年にシーク教徒の護衛兵に射殺され、その後インディラの長男ラジブ・ガンディー元首相もタミル民族の過激派によって爆殺された。

インドが独立をはたしたとき、パキスタンと分離することにガンディーが反対していたことをいま思いださないわけにはいかない。ヒンドゥー教徒とイスラーム教徒がそれぞれの「国家」をつくっていがみ合うくらいなら国家などはいらぬ、とまでいっていた。暗殺される種子がすでにそこに胚胎《はいたい》していたのである。こうしたかれの非暴力は、今日にいたるまで無視と孤立のなかに放置されたままではないだろうか。なぜならインド国内においてだけでなく、世界の各地において、民族対立と宗教紛争の火種が噴出していっこうに止む気配がないからだ。かれは今日なお暗殺されつづけているといっていいのである。

たとえば、アメリカで人種差別や民族抗争がおこると、しばしばマーティン・ルーサー・キング牧師のことが想起される。しかしキングの精神的な師であったはずのガンディーの名が言及されることは、まずほとんどない。中国で、天安門《てんあんもん》事件が発生したときもそうだった。学生のあいだに激しいレジスタンス運動が燃えあがったが、そのときも自然発生的に「非暴力」のスローガンが掲げられた。しかしながら、ガンディーの名を口にするものはいなかったのである。

皮肉なことに、「ソ連」崩壊の現場においても、同じような光景がみられたのではなかったのか。連邦の解体がはじまったとき、各地でレーニンの像がひきずりおろされたり壊されたりしたが、そのとき「非暴力」という大文字がかれの古びた彫像にはりつけられる場面があった。しかしその非暴力がガンディーの名とともに語られることはなかったのである。

ガンディーの名はすでに歴史の塵《ちり》のなかに埋もれてしまったのだろうか。そうかもしれない。だが、かれの生涯の実践と結びつけられないような非暴力に、いったいどんな意味があるのだろうか。このような状況は、私にはほとんど人類による忘恩の仕業のようにしかみえない。ガンディーを十字架に送り暗殺したのはわれわれ自身だ、という思いに駆られる。イエスの嘆きとブッダの悲しみが、死を前にしたガンディーの「神よ!」という最期のつぶやきと重なってきこえてくるのである。

くり返していえば、インドがパキスタンと分離して独立したのが一九四七年である。さきにものべたようにガンディーはその「分離独立」に強く反対していたが、それが引き金となって暗殺された。そして一九七一年、バングラデシュがパキスタンから分離して独立した。その過程で多くの血が流され、紛争が各地に飛び火したことは周知のことだ。

それ以降今日まで、この地球上には宗教、民族、言語、地域主義などにもとづく深刻な権利要求と相互殺戮《さつりく》の悲劇が発生しつづけている。湾岸戦争、9・11テロ、アフガン戦争、イラク戦争と、拡大の一途をたどっているではないか。その背景にパレスチナをめぐる根深い紛争、対立の歴史が介在していることはいうまでもない。そして今日、その火の粉がいつわれわれ自身の頭上にふりかかってこないともかぎらないのである。

そういう人類の未来図を、ガンディーは誰よりも鋭く見通していたのではないだろうか。

第二六章　無常セオリーの戦略

トルストイの眼差し

私は本書の元になった連載を、サルトルとレヴィ＝ストロースのあいだで一九六〇年代に交わされた激しい論争をとりあげることからはじめた。『本の旅人』の二〇〇一年、一〇月号からだったと思う。そしてその文章の最後のところで「宗教」と「民族」という名の歴史上のママ子たちが、この世紀の転換期においてにわかに不気味な身じろぎをはじめつつあるのではないかという予感を書きつけた。湾岸戦争とそれにつづく「ソ連」の崩壊を機に、いうところの「近代的な歴史観」によって抑圧されてきた「宗教」と「民族」が、新たに妖怪《ようかい》の衣裳《いしょう》をまとって世界の各地にさ迷い出てきたのではないか、と論じて締めくくったのである。

ところが驚くべきことに、その文章を発表した直後に、あの9・11の同時多発テロが発生した。私は自分の予感がそのような形で的中したことに胸を衝《つ》かれたが、そのとき歴史の地鳴りのような響きにあらためて耳を傾ける気持になったことを忘れることができない。以後執筆の回を重ねるにつれて、その思いはますますつのり、それに応じて議論は拡散と収斂《しゅうれん》をくり返し紆余《うよ》曲折を経ることになった。その結果、行方定まらぬ迷路に足をとれる恰好《かっこう》になったのは是非もない。こうしてこの文章もそろそろ店仕舞いの季節を迎えているわけであるのだが、最後にここで一片の感想を書き記してさしあたりの結びにしようと思う。

一八一二年のことだった。ナポレオンがロシアに大遠征をしかけた年である。前（第二三章）にもふれたことだが、ナポレオン軍がプロイセン軍と戦ってこれを殲滅《せんめつ》したのが「イエナの戦い」であり、それが一八〇六年の一〇月一四日のことだった。その「イエナの戦い」においてヘーゲルが「歴史の終末」をみていたことについては、すでにのべた。いわゆるコジェーブ＝フクヤマ仮説における「歴史の終わり」を予兆する象徴的な画期である。

その「イエナの戦い」の六年後になって、ナポレオンはロシアの遠征に向かい、みずからの没落、すなわち「最後の人間」を自作自演する運命に進み出ていく。その惨憺《さんたん》たる敗戦においてまさに歴史の無常としかいえない悲劇をかれは痛烈に嚙《か》みしめることになる。

そのロシアにたいする大遠征であるが、一八一二年の八月に入って、圧倒的な勢力を誇るナポレオン軍はスモレンスクを落とし、九月になってモスクワに入城した。

このスモレンスクの炎上と落城からモスクワ入城までの事態の推移が、トルストイの『戦争と平和』に生き生きと描きだされている。この小説はロシア軍の側に立って書かれているのであるから、ロシア軍の退却という動きのなかで物語が展開していく。このときのナポレオン軍を迎え撃つロシア側の総大将が、隻眼《せきがん》のクトゥーゾフ将軍であった。つとに歴戦の勇将としてたたえられ、その実績が認められて祖国防衛の総司令官に任ぜられていたのである。

しかし戦いはロシア軍に利あらず、後退に後退を重ねていく。ついに祖国の心臓部モスクワまで敵手に引き渡すことになるが、その間クトゥーゾフはじっと耐えつづけている。そんなある日、かれは幕営でくつろいでいた。書類に署名したり、白いだぶだぶの首のしわを伸ばして本に読みふけったりしていたが、そこへアンドレイ公爵が入ってくる。その場面をトルストイは、つぎのように記している。

クトゥーゾフは軍服の襟《えり》をはだけたままソファに深々とかけていた。彼はフランスの小説を手にしていたが、アンドレイ公爵が入っていくと、ペーパーナイフをはさんで、本を閉じた。アンドレイ公爵が表紙を見ると、それはマダム・ド・ジャンリの『白鳥の騎士』だった。

(工藤精一郎訳、新潮社、一九七〇年)

ロシア軍がナポレオン軍に圧《お》されて後退に後退を重ねているときに、クトゥーゾフは三文小説に読みふけっていたのである。それもフランス人の手になる通俗小説を！

ひたすらな退却戦を指揮するなかで、フランスの三文小説に読みふけっている将軍の姿がはたしてクトゥーゾフの実像であったかどうか、それはわからない。あるいはトルストイの創作であったのかもしれない。だがたとえ創作であったとしても、それはそれで一向にかまわない。なぜならトルストイが、祖国の英雄をそのようにイメージしていたということが私には面白いからである。

やがて厳しい冬がきて、ナポレオン軍は雪と寒さに阻まれ、なだれを打つように総退却をはじめる。クトゥーゾフはすでにそのことを予想していた。静かな落ち着きのなかで、フランスの三文小説に読みふけっている姿にそれが暗示されている。そのクトゥーゾフの顔にトルストイ自身のシルエットが重なる。歴史の奥を凝視《みつ》めているトルストイの沈鬱《ちんうつ》な眼差《まなざ》しがそこにダブる。だが私の想像は、そこからさらに上昇し、翼をのばしていく。場面は一転して、悄然《しょうぜん》と戦場に立つ日本のある将軍の肖像が立ちのぼってくる。乃木希典《のぎまれすけ》のことだ。

乃木希典の日記

日露戦争がはじまったのが明治三七年（一九〇四年）二月である。クトゥーゾフがナポレオンと戦ったときから数えて九〇年以上が経っている。このとき乃木は第三軍の司令官に任ぜられて、ただちに戦地に赴いた。

出征の途次の六月に陸軍大将に昇進、第三軍を指揮して旅順《りょじゅん》に迫った。第一回目の総攻撃がおこなわれたのが八月一九日であるが、第三軍の五万の将兵のうち三分の一にあたる一万五千余の死傷者が出た。つづいて一〇月二六日、第二次総攻撃が敢行されたが、それでも旅順の堅塁は抜けず、いたずらに死屍《しし》をさらすばかりであった。やがて陣営を立て直し、第三次の総攻撃がはじまったのが一一月二六日、だが歩兵連隊がつぎつぎと全滅して、ようやく乃木も作戦の非を悟るようになる。

翌二七日、あらたに二〇三高地を攻撃目標に選んで突撃につぐ突撃をくり返すが、その狭隘《きょうあい》な地上には死体が積み重なるばかりで山腹には血が河をなして流れた。次男保典《やすすけ》が戦死したのがこのときである。事態の悪化を憂慮した満州軍総司令部は総参謀長児玉源太郎《こだまげんたろう》を第三軍に派遣、作戦の指揮にあたらせた。それが一一月三〇日のことで、それから五日後の一二月五日になってようやく二〇三高地が陥《お》ちた。

その前後の状況が「乃木日記」に、生々しく記されているのである。乃木希典は若いころから「日記」をつけていた。几帳面《きちょうめん》な性格であったことをうかがわせるが、それが旅順攻撃のさなかにおいても中断することなくつづけられていたのだ。

そこには、幕僚たちと会見し、戦場を視察して命令を下す将軍の行動が細かに記されている。戦闘の惨状が報告され、保典の死が伝えられ、東京の妻のもとからリンゴ箱が送られてきたことまで記述されている。乃木はそれらの事柄を、事務的に淡々と「日記」に書きつけていく。一つ一つ区切るようにして、短い言葉を重ねていくのである。

その几帳面な「乃木日記」を読んでいて、私ははっと思う。なぜならそこには、かれの詩や歌が、折にふれ状況に応じて、まるで判で押したように書きつけられているからである。旅順攻略のため第三軍の司令官に任ぜられたときはその感慨を歌に詠じ、死屍の山を築いた南山の戦場を巡視したときにはためらうことなく七言絶句をつくり、つづいて歌を詠んでいる。二〇三高地の攻防戦でも、その暗澹《あんたん》たる心情を七言絶句に賦《ふ》し、旅順の陥落、敵将ステッセルとの水師営での会見に臨んでも、歌をつくり詩を吟ずることを忘れないのである。

旅順の乃木希典は、目の前にくりひろげられる果てしない死闘とその帰趨《きすう》をたじろがずに凝視《みつ》めていたであろう。勝敗の交替と、その背後に横たわる無数の闇の声にも耳を傾けていたであろう。だがそういうとき、かれの眼前に突如として空虚な時間の穴があく。歴史の闇を通して、勝敗の交替とは別の宇宙の響きがその空虚な時間の穴からあふれ出してくる。それが漢字に託された七言絶句となって結晶し、それが大和《やまと》言葉でつづられる短歌の流れとなってほとばしる。

そういう経験は、一見するにさきのクトゥーゾフ将軍にとってもナポレオンにとってもついに無縁なものだったようにも思う。もちろんそのあたりの判断は難しいが、しかしすくなくとも『戦争と平和』の作者であるトルストイ自身にとっては、かならずしもそうではなかったのではないか。なぜならかれはロシアの風土における冬将軍の威力がどのように苛烈《かれつ》なものであるかを熟知していたはずであるし、遠く歴史の足音に耳を澄まし、大地にひろがる無辜《むこ》の民の声なき声をきいていたはずだからである。歴史の無常の足音、といってもいいだろう。その時代の動きに心を澄ますクトゥーゾフ（＝トルストイ）の姿が、私には二〇三高地に立つ乃木希典の寂し気なシルエットに重なって映るのである。こうして自分の想像がそこまで及ぶとき、冬将軍の到来によってなだれを打つように総退却していくナポレオン軍の将兵の生死のありさまが、ふとあの『平家物語』の合戦の場面を呼びおこし記憶の奥底から引きずり出す。歴史の無常、の調べである。

無常セオリーによる危機脱出

私はかねて、わが『平家物語』に匹敵するただ一つの文学があるとすれば、それこそトルストイの『戦争と平和』ではないかと思ってきた。それだけではない。この二つの作品こそは、かならずや二一世紀の人間たちの心を深くとらえることになるにちがいないと思ってきたのである。ここでは最後に、その問題にふれてもうすこし別の観点から考えてみることにしよう。

唐突ないい方にはなるが、今日この地球上にもしも真に破滅的な危機が押し寄せてきたとしたら、はたしてどうするか。思考実験的なモデルとして考えた場合、すくなくともそこに二つの選択肢が想定されるのではないかと私は思う。一つが「生き残り」戦略にもとづく危機回避、もう一つが「無常」戦略にもとづく危機脱出の選択、である。

第一の「生き残り」戦略とは、あの『旧約聖書』の冒頭に登場するノアの方舟《はこぶね》物語に象徴されるモデルだ。人類の堕落を怒った神が大洪水をおこす。そこでノアが方舟をつくり、妻子を乗せて生きのびる。人類絶滅の危機に、少数の選ばれた者たちだけが生き残った、という物語だ。

この生き残りの神話は、やがてサバイバル・セオリーとでもいうべき理論の生みの親になった。なぜならこの考え方は、ユダヤ・キリスト教社会の歴史をつらぬいて生きつづけた選民思想や進化思想を産出してやまなかったからだ。それだけではない。それは人間いかに生くべきかという生の哲学、生命の倫理的命題の根幹を支え、さらには今日のほとんどの政治・経済理論における土台を形づくってきたといっていい。

むろんここでいう生き残り戦略は、現代医療の現場にも息づいている。脳死によって死につく者と、臓器の移植によって生の世界に復帰する者を選別する、生命操作のテクノロジーのことだ。もう一つ、あの「持続可能な開発」というスローガンを思いおこそう。一九九二年にリオデジャネイロで開催された「地球環境サミット」でもち出された提言である。これまた地域と資源を選別することでさらに開発を持続させ進展させようとする戦略にほかならない。サバイバル・セオリーは今日こうしてなお、甚大かつ深刻な影響をわれわれの社会に及ぼしつづけているといっていいだろう。だがこの戦略はこれから後、はたして「歴史の終わり」の世紀に新しい道を指し示し、「最後の人間」の未来に救済の光を注ぐことにつながるのかどうか。

これにたいしてもう一つの選択肢が、さきにものべたように無常戦略にもとづくモデルである。それは、人類がもしもノアの大洪水のような危機に見舞われ、その大多数が死滅する運命を免れえないとわかったとき、「われもまた死に赴こう」と決断する選択肢である。わずかな生き残りへの可能性を拒否して、死の運命を甘受する多数の側に身を寄せようとする生き方だ。そのような決断の根底にあるものが、仏教でいう無常という認識だったのではないか、と私は思う。この世の中に存在するもので永遠なるものは一つもない。形あるものはかならず滅する。生きる者また死を免れることはできない。ブッダの簡明な無常観である。生き残ることの限界をとことんつきつめたモラルである。さきのサバイバル・セオリーにたいする無常セオリーといっていいだろう。この無常の原理は、何人も否定することのできない真理性をそなえている点で、思想における一般相対性理論と称してみてもいいかもしれない。

もっとも仏教の無常セオリーとはいってみても、それはかならずしも一様なものではない。なぜならブッダの説いた無常は客観的な認識にもとづく乾いた無常であったが、わが国に発酵した無常はそれとは明らかに質を異にするものだったからだ。さきにふれた『平家物語』の冒頭に出てくる「祇園《ぎおん》精舎の鐘の声、諸行無常の響きあり」を口ずさむだけでよい。そこに流れている旋律は、悲哀の情感にひたされた湿った無常である。現実の事象を客観的に把握する原始仏教の哲学的認識と、滅びゆく者の運命に無限の同情の涙を流す情緒的な認識の違いである。

誰でもインドに行けば否応《いやおう》なく直面することであるのだが、ブッダが活動した舞台は乾燥した地域に覆われている。そのことを念頭におくとき、『平家物語』の壇ノ浦《だんのうら》における最期の場面がいかに異質のものであるかがわかるというものだ。平家の公達《きんだち》がつぎつぎに海中に身を沈めていく断末魔の状況は、まさに身もだえする無常という外ないものである。まさに情緒的な無常感覚の母胎がそこに露出しているのである。だがそれにたいして、たとえばつぎのような道元《どうげん》の一首はどうか。

春は花　夏ほととぎす　秋は月
冬雪さえて　冷《すず》しかりけり

そしてまた良寛《りょうかん》の一句、

裏をみせ　表をみせて　散るもみじ

に滲《にじ》み出ている無常感覚は、どうだろう。そこには、生きていても死んだのちにも、自然そのものの懐《ふところ》に復帰していこうとする静寂、清澄の無常の調べが脈打っているではないか。明るい無常感覚である。さきに、無常セオリーとはいっても、それはけっして一様なものではないだろうといったゆえんである。

「歴史の終わり」をのり越える第三の道

さて、もしもそうであるとすると、われわれ自身の今日における運命はいかに——、という問題が最後に立ちあらわれてくるだろう。眼前に迫りくる世界のグローバリゼーションの大波に抗して立ちつづけようとするとき、すでにわれわれ自身があのサバイバル・セオリーにがんじ搦《がら》めになっている自画像がみえてくる。「最後の人間」からの脱出口を探し求めて右往左往しているわれわれの自画像だ。

とすればわれわれははたして、かつて平安時代の三五〇年、江戸時代の二五〇年において実現されたあのパクス・ヤポニカの戦略を今日この手で取りもどすことができるのか。明治無血革命を可能にした思想的エネルギーを新たに回復することができるのか。そのように思い屈するとき、この時代の強大な風圧の下からあの無常セオリーの旋律がきこえてくる。『平家物語』の無常の旋律である。そしてそれが、同じように歴史の足音に耳を澄ましていたあの老トルストイの姿に重なる。さらに不思議なことに、インドにおいて「一筆平天下」の非暴力を成功にみちびいたあのマハトマ・ガンディーの決死のライフスタイルが、どこからともなく眼前に蘇《よみがえ》ってくる。イギリスの「覇権」とインドの「精神」を架橋しようとした無類の調停者・ガンディーの肖像である。

生き残り戦略と無常戦略の対決、そして相互克服の問題である。「歴史の終わり」をのり越えていく第三の道にかかわる問題といってもいい。それによって「最後の人間」観を塗りかえる転機をつかむことができるかどうか、ということだ。換言すれば、ここでいう生き残り戦略と無常戦略の相反する旋律が、今後はたして調和のとれた二重奏を生みだすことに成功するかどうかということである。それともその両者の関係は、結局のところ自動機械人形のようなぎくしゃくした狂想曲を奏でることに終るのであろうか。

われわれは今日、まさに世紀の分岐点に立たされていると思わないわけにはいかないのである。

あとがき

私事にわたることをお許しいただきたい。

私は、平成九年（一九九七年）に満六五歳を迎え、国際日本文化研究センター（日文研）を定年退職した。それから四年の歳月を経て、平成一三年（二〇〇一年）になって、所長としてふたたびその古巣にもどってきた。そのときから、もう三年が経つ。

満六五歳で日文研を退任したときだった。大学でいえば最終講義にあたるような講演会を開いてもらった。静かに慎ましやかに去ればよかったのであるが、つい自制を欠き、いわずもがなのことをいってしまった。

私のふるさとは岩手県の花巻《はなまき》である。ついでにいえば、宮沢賢治《みやざわけんじ》の生家は実家からそう離れていないところにある。その花巻の地で中学、高校時代を過した。ところが、大学は仙台だった。ふるさとを出て、西へ移動したのである。その仙台では学生時代、教師生活をふくめて一四、五年もいただろうか。その後、東京に出た。ふたたび西へ移動したのである。

東京で七年余りを過し、いっとき仙台に舞いもどることがあったが、こんどは箱根をこえて京都に移住することになった。日文研と縁を結ぶことになったからだが、そのときは長駆して西国に旅立つという心境だった。

よくよく考えてみると、私の人生はみちのくのふるさとを旅立って、ひたすら西へ西へと歩きつづけてきたようなものだった。自然にそんな気分になっていた。おそらくそのためだったのだろう。いまいった退任講演の最後のところで、ついこんなことをいっていた。

私はこれまで、西へ西へと旅をつづけてきましたが、日文研をやめたあとは、もう西方浄土に行くほかないような心境であります……。

冗談のつもりが、かならずしもそうはならなかったのだから仕末がわるい。せめて、背中をみせて、さらに西へ、とか何とかいって終りにすればよかったのだが、あとの祭りである。

これが、あとあとまで祟《たた》ることになった。日文研をやめたあと、奈良に移ることになったからである。新しい女子短大をつくる仕事を頼まれたからだったが、ときどき西方浄土の方はどうなりましたかといわれるようになった。覚悟はしていたが、そのような質問の矢をはぐらかすのが、またひと苦労だった。敵前逃亡といわれてもしかたのない振舞いだったのだから、首をすくめてやりすごすほかはなかったのである。

つまり前言をひるがえして、京都から奈良へとこんどは南への旅路をたどったわけだった。平安の都から奈良の都へと歴史を逆行する旅を楽しんでいますなどと、ひたすら防戦につとめるようになった。すぐそばには法隆寺や中宮寺がひかえ、とても贅沢《ぜいたく》なところに住んでいます、などといっていた。

そんなこんなで奈良につとめていたのは三年ほどだったが、平成一二年に縁あってふたたび京都に帰還することになった。三年の刑期を終えそっと京都に潜入するといった気分だったのだが、しばらくして京都市の「市民しんぶん」から電話がかかった。「私の京都」という常設のコラム欄があるが、それに寄稿するようにというお誘いだった。京都のどこか好きなスポットを選んで感想をのべよ、という注文である。

はじめ、どこにしようかとあれこれ候補地をあげてみたのだが、なかなかきまらない。堂々めぐりで疲れてしまったころ、どうしたわけか突然、京都タワーのイメージがよみがえった。とたんに気持がそこにストンと落ちたのだから、われながら驚いた。

それというのもそのころ私は、昼の明るい空に高くのびているタワーもいいけれども、夜空に桃色に輝くタワーを拝むのも悪くはないと思うようになっていたからである。新幹線にのって京都駅に近づくと、眼前にタワーの優しい姿がみえてくる。そんなとき、ほのぼのした気持になる。誇張でなく、わが家に帰ってきたような気分になる。かつて羽田《はねだ》が国際空港だったころ、着陸が直近に迫ると、富士山の美しい姿がみえたものだ。あのときのほっとした気持、ああ、やっと日本に帰ってきたという思い、ちょっと大袈裟《おおげさ》にいうと、あの気持に似ているのである。

それを書いたとき、いろんな方面から思わぬ反響があって驚かされたが、そのことについてはここでは触れない。ただじつをいうと、私にはこの京都タワーと並んでもう一つ、ひそかに羨望《せんぼう》の眼差《まなざ》しをむけているスポットがあった。京都の北郊、鷹ヶ峰《たかがみね》である。第一、名前がいい。私はかつてチベットのラサで、ハゲ鷲《わし》が舞い降りて屍体《したい》を貪《むさぼ》る鳥葬の現場に立ったことがある。いってみればチベットの鷲ヶ峰である。ひょっとすると京都の鷹ヶ峰も似たような鳥葬の舞台だったのかもしれない。大文字山の北に位置するという点も気になるところだ。おそらくそこは、お盆の季節、タマ送りの霊場だったのだろう。おまけにその地名も、天ヶ峰《てんがみね》、鷲ヶ峰《わしがみね》、鷹ヶ峰の三峰に由来するのだという。もともと鷲ヶ峰と鷹ヶ峰は異種（鳥）同義のメタファーだったのかもしれない。

その鷹ヶ峰の山里に、何とも洒落《しやれ》た芸術村をつくったのが本阿弥光悦《ほんあみこうえつ》だった。いや、村ではない。光悦町とも呼ばれた芸術の里をつくった。徳川家康から拝領した土地だったというのだからたいしたものだ。そこに一族や職人たちとともに住みつき、芸術家たちも集まってきた。

光悦自身は刀剣の鑑定や研磨を得意とし、絵画・蒔絵《まきえ》、陶芸、茶の湯、書道、作庭と、天馬空を行くような芸術狂いだった。その上、その狂いようが日蓮宗への信仰と結びついていた。光悦の芸術桃源郷は法華《ほっけ》の町ともいわれたのである。かれはときに、裏山の奥で屍体をついばむ鷹をみながら題目を唱えていたのかもしれない。

さて、本題の、われわれの日文研の所在地、桂坂《かつらざか》である。京都では辺境の洛西《らくせい》地区にある。京都タワーが京都の南のはずれ、そしてさきの鷹ヶ峰が京都北方の辺境の地だったとすれば、さしずめこの桂坂は西山連峰を背後にひかえる京都の奥の院といっていい場所だろう。その所番地が御陵大枝山《おおえやま》となっているのをみると、かつては鬼や蛇が出没する葬地だったかもしれない。古墳や古代天皇の御陵もあちこちに点在している。鷹や鷲が舞い降りてきて死人をついばんでいた光景も浮かばないでもない。その点でも、かつての鷹ヶ峰やチベットの鳥葬の地とくらべてけっして引けをとるものではないだろう。

ついついわれにもなく、肩ひじ張ったものいいになってしまったようだ。もうやめることにしよう。ただ、やめる前にもう一言だけお許しをいただかなければならない。このごろ私が桂坂をのぼりつつ思うことは、つぎの一事である。京都の奥の院・桂の地は、まことにこの世のものとも思われぬ風光明媚《めいび》の地、そのまま絵にもなれば書にもなる、詩にもなれば歌にもなる。戸外に遊べば鷹や鷲ならぬ野鳥の群が美しい声でさえずり、空気が澄みわたっている。あえて含羞《がんしゅう》の気をふりはらっていえば、地上の西方浄土もかくやと思わせるところではないだろうか。

最後に、本書は、角川書店のPR誌『本の旅人』に二〇〇一年一〇月から二〇〇四年三月まで「文明を考える」と題して連載したものから成り立っている。そしてこの時期は、ちょうど日文研において「日本文明」にかんする研究プロジェクトを立ち上げ、同僚や仲間たちと一緒に継続的な共同研究を開始し続行したときにあたる。日文研における「日本文化」の総合的、国際的研究を、もう一つの「日本文明」の研究という視角から照らし出そうとする試みの一つであった。それが、あの9・11のテロ事件からイラク戦争までの時期に重なっていたことが、いまあらためて思い出される。「文明」研究へのわれわれの問題意識が、現代文明の危機意識と連動する形で私の喉元《のどもと》につきあげてきたのである。本書に展開したのは、もちろん私個人のまことに不十分なものであるが、これまでの試行錯誤のあとをひとまずこのような形で仮説的に提示して、各方面からのご教示とご批判をえたいと願っている。

本書をまがりなりにも、このような形で仕上げることができたのは、ひとえに編集部の宮山多可志さんのご尽力と小林順さんのご協力による。お二人には心から御礼を申し上げたいと思う。

二〇〇四年一〇月一日

洛中にて　山折哲雄

本書は、二〇〇四年一一月に刊行された角川叢書を再構成のうえ、文庫化したものです。

日本《に》本《ほん》文《ぶん》明《めい》とは何《なに》か

山《やま》折《おり》哲《てつ》雄《お》

平成26年 1月25日　初版発行
令和7年 3月25日　5版発行

発行者●山下直久

発行●株式会社KADOKAWA
〒102-8177　東京都千代田区富士見2-13-3
電話　0570-002-301(ナビダイヤル)

角川文庫 18366

印刷所●株式会社KADOKAWA
製本所●株式会社KADOKAWA

表紙画●和田三造

●お問い合わせ
https://www.kadokawa.co.jp/（「お問い合わせ」へお進みください）
※内容によっては、お答えできない場合があります。
※サポートは日本国内のみとさせていただきます。
※Japanese text only

ISBN978-4-04-409453-9　C0195

◆◇◇

角川文庫発刊に際して

角川源義

第二次世界大戦の敗北は、軍事力の敗北であった以上に、私たちの若い文化力の敗退であった。私たちの文化が戦争に対して如何に無力であり、単なるあだ花に過ぎなかったかを、私たちは身を以て体験し痛感した。西洋近代文化の摂取にとって、明治以後八十年の歳月は決して短かすぎたとは言えない。にもかかわらず、近代文化の伝統を確立し、自由な批判と柔軟な良識に富む文化層として自らを形成することに私たちは失敗して来た。そしてこれは、各層への文化の普及滲透を任務とする出版人の責任でもあった。

一九四五年以来、私たちは再び振出しに戻り、第一歩から踏み出すことを余儀なくされた。これは大きな不幸ではあるが、反面、これまでの混沌・未熟・歪曲の中にあった我が国の文化に秩序と確たる基礎を齎らすためには絶好の機会でもある。角川書店は、このような祖国の文化的危機にあたり、微力をも顧みず再建の礎石たるべき抱負と決意とをもって出発したが、ここに創立以来の念願を果すべく角川文庫を発刊する。これまで刊行されたあらゆる全集叢書文庫類の長所と短所とを検討し、古今東西の不朽の典籍を、良心的編集のもとに、廉価に、そして書架にふさわしい美本として、多くのひとびとに提供しようとする。しかし私たちは徒らに百科全書的な知識のジレッタントを作ることを目的とせず、あくまで祖国の文化に秩序と再建への道を示し、この文庫を角川書店の栄ある事業として、今後永久に継続発展せしめ、学芸と教養との殿堂として大成せんことを期したい。多くの読書子の愛情ある忠言と支持とによって、この希望と抱負とを完遂せしめられんことを願う。

一九四九年五月三日

角川ソフィア文庫ベストセラー

愛欲の精神史1
性愛のインド

山折哲雄

ヒンドゥー教由来の生命観による強力な性愛・エロスの世界。ガンディーの「非暴力」思想の背後にある「性ののり越え」の聖性と魔性など、インドという土壌での禁欲と神秘、「エロスの抑圧と昇華」を描く。

愛欲の精神史2
密教的エロス

山折哲雄

両界曼荼羅と空海の即身成仏にみる密教的エロス、これに通底する『源氏物語』の「色好み」にみられる「空無化する性」。女人往生を説く法華経信仰と「変成男子」という変性のエロチシズムについて探る。

愛欲の精神史3
王朝のエロス

山折哲雄

「とはずがたり」の二条をめぐる五人の男との愛の呪縛と遍歴。これと対比される璋子の野性化する奔放な愛欲のかたち。愛執の果ての女人出家、懺悔・滅罪について描く。王朝の性愛をめぐる増補新訂付き。

天災と日本人
寺田寅彦随筆選

寺田寅彦
編／山折哲雄

地震列島日本に暮らす我々は、どのように自然と向き合うべきか——。災害に対する備えの大切さ、科学と政治の役割、日本人の自然観など、今なお多くの示唆を与える、寺田寅彦の名随筆を編んだ傑作選。

日本人とユダヤ人

イザヤ・ベンダサン

砂漠対モンスーン、遊牧対定住、一神教対多神教など、ユダヤ人との対比という独自の視点から、卓抜な日本人論を展開。豊かな学識と深い洞察によって、日本の歴史と現代の世相に新鮮で鋭い問題を提示する名著。

角川ソフィア文庫ベストセラー

新版 遠野物語
付・遠野物語拾遺
柳田国男

雪女や河童の話、正月行事や狼たちの生態――。遠野郷（岩手県）には、怪異や伝説、古くからの習俗が、なぜかたくさん眠っていた。日本の原風景を描く日本民俗学の金字塔。年譜・索引・地図付き。

雪国の春
柳田国男が歩いた東北
柳田国男

名作『遠野物語』を刊行した一〇年後、柳田は二ヶ月をかけて東北を訪ね歩いた。その旅行記「豆手帖から」をはじめ、「雪国の春」「東北文学の研究」など、日本民俗学の視点から東北を深く考察した文化論。

日本の昔話
柳田国男

「藁しび長者」「狐の恩返し」など日本各地に伝わる昔話106篇を美しい日本語で綴った名著。「むかしむかしあるところに――」からはじまる誰もが聞きなれた昔話の世界に日本人の心の原風景が見えてくる。

日本の伝説
柳田国男

伝説はどのようにして日本に芽生え、育ってきたのか。「咳のおば様」「片目の魚」「山の背くらべ」「伝説と児童」ほか、柳田の貴重な伝説研究の成果をまとめた入門書。名著『日本の昔話』の姉妹編。

日本の祭
柳田国男

古来伝承されてきた神事である祭りの歴史を「祭から祭礼へ」「物忌みと精進」「参詣と参拝」等に分類し解説。近代日本が置き去りにしてきた日本の伝統的な信仰生活を、民俗学の立場から次代を担う若者に説く。

角川ソフィア文庫ベストセラー

毎日の言葉
柳田国男

普段遣いの言葉の成り立ちや変遷を、豊富な知識と多くの方言を引き合いに出しながら語る。なんにでも「お」を付けたり、二言目にはスミマセンという風潮などへの考察は今でも興味深く役立つ。

一目小僧その他
柳田国男

日本全国に広く伝承されている「一目小僧」「橋姫」「物言う魚」「ダイダラ坊」などの伝説を蒐集・整理し、丹念に分析。それぞれの由来と歴史、人々の信仰を辿り、日本人の精神構造を読み解く論考集。

新訂 妖怪談義
柳田国男
校注／小松和彦

柳田国男が、日本の各地を渡り歩き見聞した怪異伝承を集め、編纂した妖怪入門書。現代の妖怪研究の第一人者が最新の研究成果を活かし、引用文の原典に当たり、詳細な注と解説を入れた決定版。

山の人生
柳田国男

山で暮らす人々に起こった悲劇や不条理、山の神の嫁入りや神隠しなどの怪奇談、「天狗」や「山男」にまつわる人々の宗教生活などを、実地をもって精細に例証し、透徹した視点で綴る柳田民俗学の代表作。

海上の道
柳田国男

日本民族の祖先たちは、どのような経路を辿ってこの列島に移り住んだのか。表題作のほか、海や琉球にまつわる論考8篇を収載。大胆ともいえる仮説を展開する、柳田国男最晩年の名著。

角川ソフィア文庫ベストセラー

海南小記

柳田国男

大正9年、柳田は九州から沖縄諸島を巡り歩く。日本民俗学における沖縄の重要性、日本文化論における南島研究の意義をはじめて明らかにし、最晩年の名著『海上の道』へと続く思索の端緒となった紀行文。

先祖の話

柳田国男

人は死ねば子孫の供養や祀りをうけて祖霊へと昇華し、山々から家の繁栄を見守り、盆や正月にのみ交流する――膨大な民俗伝承の研究をもとに、古くから日本人に通底している霊魂観や死生観を見いだす。

妹の力

柳田国男

かつて女性は神秘の力を持つとされ、祭祀を取り仕切っていた。預言者となった妻、鬼になった妹――女性たちに託されていたものとは何か。全国の民間伝承や神話を検証し、その役割と日本人固有の心理を探る。

火の昔

柳田国男

かつて人々は火をどのように使い暮らしてきたのか。火にまつわる道具や風習を集め、日本人の生活史をたどる。暮らしから明かりが消えていく戦時下、火の文化の背景にある先人の苦心と知恵を見直した意欲作。

桃太郎の誕生

柳田国男

「おじいさんは山へ木をきりに、おばあさんは川に洗濯へ――」。誰もが一度は聞いた桃太郎の話。そこには神話時代の謎が秘められていた。昔話の構造や分布などを科学的に分析し、日本民族固有の信仰を見出す。

角川ソフィア文庫ベストセラー

仏教の思想 6
無限の世界観〈華厳〉

鎌田茂雄
上山春平

律令国家をめざす飛鳥・奈良時代の日本に影響を与えた華厳宗の思想とは？　大乗仏教最大巨篇の一つ『華厳経』に基づき、唐代の中国で開花した華厳宗の複雑な教義をやさしく解説。その現代的意義を考察する。

仏教の思想 7
無の探求〈中国禅〉

柳田聖山
梅原猛

『臨済録』などの禅語録が伝える「自由な仏性」を輝かせる偉大な個性の記録を精読。「絶対無の論理」や「禅問答」的な難解な解釈を排し、「安楽に生きる知恵」という観点で禅思想の斬新な読解を展開する。

仏教の思想 8
不安と欣求〈中国浄土〉

塚本善隆
梅原猛

日本の浄土思想の源、中国浄土教。法然、親鸞の魂を震撼し、日本に浄土教宗派を誕生させた善導の魅力、そして中国浄土教の基礎を創った曇鸞のユートピア構想とは？　浄土思想がもつ人間存在への洞察を考察。

仏教の思想 9
生命の海〈空海〉

宮坂宥勝
梅原猛

「弘法さん」「お大師さん」と愛称され、親しまれる弘法大師、空海。生命を力強く肯定した日本を代表する宗教家の生涯と思想を見直し、真言密教の「生命の思想」「森の思想」「曼荼羅の思想」の真価を現代に問う。

仏教の思想 10
絶望と歓喜〈親鸞〉

増谷文雄
梅原猛

親鸞思想の核心とは何か？　『歎異抄』と「悪人正機説」にのみ依拠する親鸞像を排し、主著『教行信証』を軸に、親鸞が挫折と絶望の九〇年の生涯で創造した「生の浄土教」、そして「歓喜の信仰」を捉えなおす。

角川ソフィア文庫ベストセラー

仏教の思想 11
古仏のまねび〈道元〉

高崎直道
梅原猛

日本の仏教史上、稀にみる偉大な思想体系を残した禅僧、道元。その思想が余すところなく展開された正伝仏法の宝蔵『正法眼蔵』を、仏教思想全体の中で解明。大乗仏教思想の集大成者としての道元像を提示する。

仏教の思想 12
永遠のいのち〈日蓮〉

紀野一義
梅原猛

「古代仏教へ帰れ」と価値の復興をとなえた日蓮。永遠のいのちを説く「久遠実成」、宮沢賢治に数多の童話を書かせた「山川草木悉皆成仏」の思想など、日蓮の生命論と自然観が持つ現代的な意義を解き明かす。

無心ということ

鈴木大拙

無心こそ東洋精神文化の軸と捉える鈴木大拙が、仏教生活の体験を通して禅・浄土教・日本や中国の思想へと考察の輪を広げる。禅浄一致の思想を巧みに展開、宗教的考えの本質をあざやかに解き明かしていく。

新版 禅とは何か

鈴木大拙

宗教とは何か。仏教とは何か。そして禅とは何か。自身の経験を通して読者を禅に向き合わせながら、この究極の問いを解きほぐす名著。初心者、修行者を問わず、人々を本格的な禅の世界へと誘う最良の入門書。

日本的霊性 完全版

鈴木大拙

精神の根底には霊性（宗教意識）がある――。念仏や禅の本質を生活と結びつけ、法然、親鸞、そして鎌倉時代の禅宗に、真に日本人らしい宗教的な本質を見出す。日本人がもつべき心の支柱を熱く記した代表作。